Nina Dittmann

Abgekommen

Roman nach wahrer Geschichte

Bibliografische Information der Deutschen Nationalbibliothek: Die Deutsche Nationalbibliothek verzeichnet diese Publikation in der Deutschen Nationalbibliografie; detaillierte bibliografische Daten sind im Internet über http://dnb.dnb.de abrufbar.

© 2025 Nina Dittmann
Weitere Mitwirkende: Detlef Dittmann
Covermotiv: Swakoptal bei Goanikontes, Namibia
Foto: D.Dittmann

Verlag: BoD · Books on Demand GmbH, Überseering 33, 22297 Hamburg, bod@bod.de

Druck: Libri Plureos GmbH, Friedensallee 273, 22763 Hamburg

ISBN: 978-3-7693-2286-6

Dies ist ein historischer Roman. Er basiert im Wesentlichen auf zwei Büchern, die mein Urgroßvater zwischen 1914 und 1919 als Zeitzeuge in Deutsch-Südwestafrika verfasst hat. Die Geschichte von Henning und Isabell Richard jedoch ist fiktiv. Alle Personen und Handlungen sind frei erfunden, so dass Fakten und Fiktion eine untrennbare künstlerische Einheit bilden.

Bei vier Recherchereisen nach Namibia haben mein Mann und ich die Orte des Geschehens besucht, akribisch nach familiären und zeitgeschichtlichen Spuren gesucht und dem Roman so die nötige Authentizität gegeben.

EINS

„Komm Schatz, wir machen das", rief Henning begeistert aus und hatte dabei wieder dieses aufgeregte Funkeln in den Augen, das ich inzwischen schon zu gut kannte.

„Ich sehe es schon genau: Du und ich, weit weg von diesem Schietwetter in Afrika und mit einer Aufgabe, die uns wirklich erfüllt. Es gibt so viele neue Siedler, da braucht man dringend Ärzte, gerade Chirurgen. Wir können da echte Aufbauarbeit leisten, wir Zwei, das weiß ich!"

„Aha", murmelte ich, während ich über das Waschbecken gebeugt Salatblätter wusch. Es war ein langer Arbeitstag gewesen. Ich freute mich auf ein leichtes Abendbrot und auf mein Bett.

„Gestern bei der Versammlung hat Herr Winter von der Kolonialgesellschaft wieder auf den eklatanten Ärztemangel in Südwest hingewiesen. Es gibt ein paar Ärzte an den Militärstützpunkten, das war's dann aber auch. Für die Zivilbevölkerung ist niemand zuständig, erst recht nicht im Inland. Wir beide haben es in der Hand, das zu ändern!"

Wie so oft bei diesem Thema redete sich Henning regelrecht in Fahrt vor Tatendrang. Seine Wangen begannen zu glühen, und er musste mehrfach schlucken vor Aufregung.

„Und außerdem hat er gesagt, dass es für deutsche Ärzte eigenes Land zu Vorzugspreisen gibt. Das ist unsere Chance, Liebling, ehrlich. Du wolltest doch immer Abenteuer, jetzt kannst du's haben!"

Erwartungsfroh strahlte er mich mit seinen ausdrucksvollen Augen an. Milde lächelte ich zurück. Die Idee, nach Afrika auszuwandern, begeisterte meinen Mann schon länger. Seit Monaten redete er von nichts anderem mehr und beschäftigte sich in jeder freien Minute mit dem Leben in den deutschen Kolonien südlich des Äquators. Er besuchte Werbeveranstaltungen der Kolonialgesellschaft und ließ sich die ‚Kolonialzeitung' ins Haus schicken, die regelmäßig erschien und blumig beschrieb, wie das Leben in den fernen Dependancen des Deutschen Reichs aussah.

‚Südwest' war noch nicht lange Reichskolonie. Erst spät, als die anderen Kolonialmächte Europas schon große Teile der Erde für sich beansprucht hatten, war das Deutsche Reich in den internationalen Wettbewerb um den Besitz der vermeintlich letzten unverteilten Gebiete eingetreten. Erhoffte wertvolle Rohstoffe für die rasch voranschreitende Industrialisierung und viel Platz in den fremden Ländern trieben nun auch die Deutschen an, unter ihnen viele Kaufleute, die gute Geschäfte witterten.

1884 hatte der Bremer Kaufmann Adolf Lüderitz durch seinen erst 21jährigen Gesandten Heinrich Vogelsang den in Südwestafrika unter anderem ansässigen Namas zielstrebig ein großes Stück Land abkaufen lassen und einen Handelsposten eröffnet. Er besaß damit den Küstenabschnitt nördlich des Oranje auf einer Länge von 150 km und schaffte Tatsachen. Plötzlich gab es deutsches Territorium am südlichen Zipfel Afrikas. In der Welle ehrgeiziger Kolonialisierungspläne schaffte er es damit, dass Reichskanzler Bismarck eine Schutzerklärung für das Land abgab. Sechs weitere deutsche Kolonien sollten bis zum Jahr 1900 folgen: Togo, Kamerun, Deutsch-Ostafrika, Neuguinea, Kiautschou in China sowie zuletzt Samoa und einige kleinere Inseln in der Südsee. Innerhalb weniger Jahre beanspruchte das Deutsche Reich zusätzliche Gebiete auf der ganzen Welt verteilt und war wie seine europäischen Nachbarn zur Kolonialmacht geworden.

Ich weiß gar nicht mehr so recht, wie es eigentlich angefangen hatte mit Hennings Begeisterung für ein Leben in Afrika. Ich denke, dass es der regelmäßige Kontakt zu seinem alten Schulfreund Uwe war, der ihn überhaupt auf die Idee gebracht hatte. Uwe war vor noch nicht allzu langer Zeit ausgewandert. Er war Tierpfleger und kümmerte sich um Strauße, die auf einer Farm irgendwo in der Namib gehalten wurden. Der bekannte Hamburger Zoobesitzer Karl Hagenbeck hatte in Südwest ein ehrgeiziges Projekt gestartet: Er züchtete die großen Vögel für den Fleisch- und Federexport nach Europa. Zuchttiere dazu führte er extra aus Deutschland ein, begleitet und versorgt von deutschen Tierpflegern. Uwe hatte zuvor mehrere Jahre im Zoo von Hagenbeck gearbeitet. Er war ungebunden und so kam es ihm sehr entgegen, als ihm von seinem Chef persönlich die Stelle in Südwest angeboten worden war. Ohne zu zögern griff er zu und begleitete bereits einige Wochen später ein halbes Dutzend Strauße zurück in ihre ursprüngliche Heimat.

Er und Henning kannten sich seit frühester Kindheit. Sie waren seit jeher eng befreundet und standen seit Uwes Auswanderung in regem Briefkontakt. Spannend beschrieb er jedes Mal seine Erlebnisse im fernen Afrika, und mit jeder Nachricht, die uns in zerknitterten und schmutzigen Briefumschlägen über tausende von Kilometer erreichte, wurde mein Mann sich sicherer: Dorthin wollte er auch. Henning hatte gerade seine Facharztausbildung zum Chirurgen beendet und suchte nun nach einer beruflichen Herausforderung. Noch waren wir beiden am Universitätsklinikum Eppendorf angestellt, ich als Krankenschwester, er als chirurgischer Unterarzt.

Uns beiden machte die Arbeit Spaß, aber wir waren uns sicher, dass da noch etwas anderes kommen musste.

Zu abenteuerlustig und zu freiheitsliebend waren wir beide, als dass wir uns vorstellen konnten, unser gesamtes Arbeitsleben in einem Krankenhaus im Schichtdienst und mit immer den gleichen Abläufen zu verbringen. Henning hatte den Traum eines Landarztes, am liebsten weit entfernt von jeglichen Zwängen der preußischen Bürokratie. Von der gab es im Deutschen Reich schon vor dem Krieg mehr als genug. Alles war organisiert, alles war geregelt. Henning dagegen suchte das Neue, das Ungeregelte, um sich nach seinen Vorstellungen und ohne bürokratische Hindernisse etwas aufzubauen, das den Menschen vor Ort wirklich half. In Deutsch-Südwestafrika, weit weg von Berlin, gab es zwar auch deutsche Krankenhäuser, aber keine niedergelassenen Ärzte. Zu dünn besiedelt war die Kolonie, als dass sich eine Praxis gelohnt hätte. Das wollte Henning ändern, zur Not mit einem zweiten beruflichen Standbein.

Mit der Zeit hatte ich mich von seiner Begeisterung anstecken lassen. Auch mir war Deutschland mit all seinen gesellschaftlichen Regeln und Verpflichtungen inzwischen einfach zu eng. Ich wünschte mir ein spannendes und abwechslungsreiches Leben an der Seite meines Mannes, in dem wir Dinge sahen und taten, die sich auch für mich als Frau außerhalb von Küche, Kindern und Kirche abspielten. Kurz gesagt, ich suchte genauso wie mein Mann das Abenteuer und die Freiheit.

Wir waren erst seit Kurzem verheiratet und sehr glücklich miteinander. Von Anfang an waren wir ein perfektes Team. Kennengelernt hatten wir uns in der Ambulanz, in der ich seit dem Ende meiner Krankenschwesterausbildung arbeitete. Während eines ruhigen Spätdienstes ohne Notfall hatte ich die Zeit genutzt und die Verbandsmittelbestände auf der Station geordnet. Ich war allein und hing zufrieden meinen Gedanken nach, die sich um einen ausgesprochen schönen Ausflug mit meinen Freundinnen drehten. Ein paar Tage zuvor waren wir an der Ostsee gewesen. Die Eltern einer meiner Freundinnen hatten dort ein Ferienhaus direkt am Strand. Das Wetter war traumhaft gewesen und selten hatten wir so viel gelacht. Ich war dankbar und zufrieden, so lange und intensive Freundschaften zu haben. Wir alle kannten uns schon aus der Schule und hatten uns trotz unterschiedlicher weiterer Lebenswege nicht aus den Augen verloren. Wie früher waren wir über den Strand getobt, hatten uns in die Brandung geworfen und danach faul im Sand von der warmen Sonne trocknen lassen. Abends erzählten wir uns Geschichten, bei denen die anderen raten mussten, ob sie wahr oder falsch waren. Alles war so herrlich unbeschwert!

Als ich so meinen Gedanken nachhing, flog plötzlich die Tür auf.

„So, dann wollen wir mal…", platzte Henning als diensthabender Assistenzarzt routinemäßig heraus, noch bevor er den Raum richtig betreten hatte.

„Wollen wir was genau?", antwortete ich keck, denn die Unbeschwertheit des vergangenen Wochenendes beflügelte mich immer noch. Langsam drehte ich mich zu ihm um, aber sein Anblick ließ mich jäh verstummen. Groß und souverän stand er da in seinem weißen Arztkittel, mit etwas widerspenstigen blonden Haaren und spitzbübischen Gesichtszügen, die in interessantem Kontrast zu seiner würdevollen Erscheinung standen. Um seinen Hals hing ärztetypisch ein Stethoskop, das ihm eine gewisse Autorität verlieh, auch wenn seine Hosenbeine eine Spur zu kurz waren. Perplex starrte ich ihn an. Wir waren uns im Krankenhaus bisher noch nicht begegnet, und ihm erging es offenbar ähnlich. Eine gefühlte Ewigkeit sprach keiner von uns, dann räusperte er sich und bemühte sich um einen professionellen Ton:

„Ich dachte, die frisch eingelieferte Knöchelfraktur würde hier sehnsüchtig auf ärztlichen Beistand warten. Ist sie schon wieder fortgehumpelt?"

An kleinen Fältchen um die Augen erkannte ich, dass dieser Mann viel und gerne lachte. Ich beschloss spontan, ihm trotz unseres Standesunterschieds auf Augenhöhe entgegenzutreten.

„Ja, sie hat vergessen, dass sie noch Essen auf dem Herd hat und musste schleunigst los", witzelte ich und hätte mir postwendend auf die Zunge beißen können für so eine flache, respektlose Erwiderung. Betreten drehte ich mich zurück zu meinen Verbandsstoffen. Wahrscheinlich war ich über das Ziel hinausgeschossen. Wie hatten wir in der Schwesternschule gelernt? Immer schön höflich sein zu den Ärzten.

„Jawoll, aber wenn sie den Herd ausgestellt hat, kommt sie zurück, oder?", nahm er den Faden wieder auf und lachte dabei jungenhaft und schelmisch. Das Eis war gebrochen. Lächelnd drehte ich mich zu ihm zurück.

„Nein, nein, sie ist in Zimmer 2 und wartet tatsächlich. Hier fand bis eben eine Herz-Kreislauf-Überwachung statt, der Raum war nicht schnell genug frei."

Irrte ich mich, oder entdeckte ich eine Spur Enttäuschung in seinem Blick, dass er den Raum so schnell wieder verlassen und seiner ärztlichen Pflicht nachkommen musste?

Ich jedenfalls war in dem Moment froh, dass er nicht mein Herz abhören sollte, so schnell wie es klopfte.

Am nächsten Tag hatten wir gemeinsam Nachdienst. Es war eine ruhige Nacht, nur wenige Notfälle wurden eingeliefert. Zeit genug für unkomplizierte Unterhaltungen. Ich war verblüfft, wie vertraut Henning mir von Anfang an war und wie selbstverständlich wir miteinander arbeiteten. Zum Schichtende hin nahm er erkennbar seinen Mut zusammen:

„Morgen ist das Wetter so wunderbar angesagt, haben Sie Lust auf einen Spaziergang an der Alster?"

Von da an war jeder Tag ohne den anderen ein verlorener Tag. Schon nach drei Monaten heirateten wir an einem stürmischen Tag in Kiel und wussten beide, dass auch unsere Ehe gut gegen Wind und Wetter geschützt sein würde.

Nach der Hochzeit lebten wir zunächst in einem möblierten Zimmer in einer herrschaftlichen Villa an der Alster zur Untermiete. Das Haus gehörte einer älteren Witwe, deren Mann als Reeder um die Jahrhundertwende sehr viel Geld verdient hatte. Frau Finke hatte es eigentlich nicht nötig, zu vermieten, aber ganz offensichtlich wollte sie nicht allein in ihrem riesigen Anwesen leben und nahm daher nur eine verhältnismäßig geringe Miete. Gut bezahlbar für einen jungen Unterarzt und eine Krankenschwester am Anfang ihrer beruflichen Karriere. Im Gegenzug erwartete sie etwas Gesellschaft in Form eines gemeinsamen Kaffeetrinkens am Sonntagnachmittag und dann und wann eine Unterhaltung.

Wir hatten es nicht schlecht bei Frau Finke. Das Haus war wunderschön gelegen und hatte einen parkähnlichen Garten, den wir mitbenutzen konnten. Für Haushalt und Garten gab es Personal. In Abständen leisteten wir Frau Finke in ihrem Salon bei einer Tasse Tee mit einem hanseatisch ordentlichen Schuss Rum Gesellschaft und plauderten über das Wetter und die aktuellen Ereignisse aus der Umgebung. An unseren Lebensumständen gab eigentlich nichts zu beanstanden, zumal unsere Vermieterin eine weitgereiste und eloquente Dame war. Unsere Freunde beneideten uns um unsere feudale Wohnung, die ganz und gar nicht unserem Geldbeutel entsprach, denn wenn wir müde aus dem Krankenhaus kamen, war unser Zimmer warm und in der Küche fand sich immer etwas zum Essen.

Und dennoch, und ohne zunächst explizit darüber geredet zu haben, wussten wir beide, dass dieses Domizil nur eine Übergangslösung sein würde. In der Villa war trotz einer emsigen Putzfrau alles irgendwie eingestaubt: Die wertvollen Teppiche, die schweren Gardinen, ja sogar die Erscheinung unserer Vermieterin. Die Zeit schien dort stehengeblieben zu sein vor vielen, vielen Jahren. Trotz der Großzügigkeit um uns herum fühlten wir uns merkwürdig eingeengt und gehemmt in unserer Lebensführung. Wir sehnten uns damals nach absoluter Freiheit und Leichtfüßigkeit.

Regelmäßig zum Beispiel war es ein schwieriges Unterfangen, sich über die knarrenden Treppenstufen an Frau Finke vorbei zu schummeln, wenn wir abends oder am Wochenende länger ausgegangen waren. Viel zu sehr war sie an Neuigkeiten ‚von draußen' interessiert. Immer stand sie erwartungsvoll in ihrem geblümten Bademantel in der Empfangshalle, musterte uns und unsere Bekleidung dezent und fing ein vermeintlich unkompliziertes Gespräch an:

„Ach, Sie waren aus?!", bemerkte sie mit der Regelmäßigkeit eines Uhrwerks, woraufhin Henning nicht weniger stereotyp antwortete:

„Wissen sie, Frau Funke, heute ist ein besonderer Tag. Heute war es eine Ausnahme, dass wir aus waren."

Wie und warum der Tag besonders war, ließ er dabei jedes Mal offen und Frau Finke wagte nicht zu fragen, dazu war sie zu sehr von der alten Schule. Irgendwann musste ich innerlich schon grinsen, wenn ich den geblümten Bademantel nur erahnte, denn die nachfolgende Unterhaltung verlief jedes Mal exakt nach dem gleichen Muster. Meist grinste Henning mich im Anschluss triumphierend an, und beschwingt nahmen wir die letzten Stufen zu unserem altmodisch eingerichteten Zimmer im Obergeschoss mit Toilette auf halber Höhe des Treppenhauses.

Etwa ein Jahr lebten wir bei Frau Finke. Für unsere erste gemeinsame Wohnung nach der Hochzeit war die Bleibe ein Glücksstreffer. Unser echtes Zuhause aber würden wir irgendwo anders finden, da waren wir sicher. Damals wussten wir nur noch nicht, wo.

Eines Sonntags spazierten wir wieder einmal den Petersenkai am Hamburger Baakenhafen entlang und ließen das emsige Treiben auf uns wirken. Wie Ende jeden Monats sollte ein Schiff der Woermann-Linie in Kürze ablegen. Dieses Mal war es die ‚Professor-Woermann', ein moderner, stattlicher Dampfer. Auf dem etwa einen Kilometer langen Kai, der von der Reederei exklusiv für seine Afrika-Linien angemietet worden war, herrschte eine Art Volksfeststimmung. Viele Menschen hatten sich eingefunden. Eine kleine Musikkapelle spielte, geschäftig wurden Koffer, Kisten und Proviant für die nächsten Wochen verladen. Die Reisenden verabschiedeten sich mehr oder weniger tränenreich von ihren Verwandten. Überall spürte man die Aufregung der Auswanderer, die der Start in ein neues Leben mit sich brachte.

Schon seit den 1880er Jahren bestanden regelmäßige Verbindungen nach Afrika. Die Woermann-Flotte war eine der größten Reedereien der Welt und führend bei Afrikafahrten. Bis Togo war man etwa 14 Tage unterwegs, bis Südwest 26 Tage. Die Verbindung nach Deutsch-Ostafrika lief durch das Mittelmeer und den Suez-kanal. Wir liebten diese spannungsgeladene Geschäftigkeit und dieses ‚Endlich-geht-es-los-Gefühl'. Sofort ergriff uns wieder das Fernweh.

So kam es, dass wir zum Ende des Jahres 1913 mit konkreten Planungen für unsere Auswanderung begannen. Üblicherweise gingen die Ehemänner zunächst allein in die Kolonien, bauten die Existenz auf und holten ihre Familien nach, wenn die Lebensumstände gesichert waren. Das jedoch wäre für uns nicht zu ertragen gewesen.

Einmal hatte Henning einen halbherzigen Versuch unternommen, mich zunächst in Hamburg zu lassen. Er tat es aus reiner Fürsorge für mich, und schon beim ersten Satz bemerkte ich, dass sein Herz ganz anderer Meinung war als das, was er mir zu erklären versuchte:

„Weißt du, Schatz, wir wissen doch gar nicht, was uns dort erwartet. Es wird seinen Grund haben, dass so viele Männer allein in die Kolonien gehen, und ich kann ja nicht immer auf dich aufpassen. Was meinst du, willst du nicht lieber erstmal bei deinen Eltern bleiben und ich baue uns ein schönes Nest?" Verkrampft versuchte er, mich möglichst unbeteiligt anzusehen, was ihm aber gänzlich misslang.

„Kommt ja wohl überhaupt nicht in Frage", wetterte ich. „Meinst du wirklich, ich lasse mir auch nur einen Tag unseres Abenteuers entgehen? Nein, nein, egal wie gefährlich und entbehrungsreich die nächsten Jahre auch sein werden, ich will mit. Du kennst mich doch, im Schaukelstuhl herumzusitzen und zu warten ist nichts für mich. Das war ich noch nie und das werde ich nie sein. Wir sind beide kräftig und gesund und können zusammen unschlagbar gut anpacken, das weißt du. "

Emsig nickte Henning. Er wusste nur zu genau, was für ein eingespieltes Team wir beruflich und privat waren.

„Und außerdem hältst du es ja sowieso nicht mehr als ein paar Stunden ohne mich aus", fügte ich schelmisch hinzu und legte meine Hand behutsam auf seine Wange. Dankbar neigte er den Kopf und drückte sie zwischen Schulter und Kopf.

„Klar weiß ich das, und du kennst mich halt auch zu gut", gab er erleichtert zu. „Ich wollte es ja auch nur mal vorschlagen. Weißt du, ich höre immer wieder, dass es verantwortungslos ist, junge Frauen nach Afrika zu bringen, aber wahrscheinlich ist das ja der pure Neid derjenigen, die allein gehen müssen."

Noch etwas besorgt blickte er mich an, aber ich hielt seinem Blick unbeirrt stand. Jede weitere Argumentation war zwecklos, das wusste er, und meine Vehemenz kam ihm in diesem Fall mehr als entgegen. Die Sache war geklärt.

„Aber sag hinterher nicht, ich hätte dich mitgeschleppt!" Zufrieden lächelnd nahm er mich in den Arm, hob mich einige Zentimeter vom Boden ab und drehte sich mit mir sachte im Kreis.

Händeringend wurden damals Ärzte und Schwestern für die Lazarette der Schutztruppe gesucht. Es wäre der einfachste Weg gewesen: Eine Offizierskarriere beim Militär als Stabsarzt mit regelmäßigem Gehalt aus Berlin, festen Arbeitszeiten und geregeltem Urlaub. Alles preußisch organisiert und sicher. Genau das aber wollten Henning und ich nicht, darüber waren wir uns einig, zumindest nicht auf Dauer. Andererseits waren wir auch nicht so wagemutig und blauäugig, als dass wir wie Glücksritter auf ihrer Suche nach Gold einfach mal so aufbrachen. Wir brauchten einen Einstieg, einen Anfangspunkt, von dem aus wir unser Leben wie auch immer gestalten konnten. Dieser Einstieg bot sich uns in Form einer Urlaubsvertretung in einem Krankenhaus in Swakopmund. Dort gab es ein Lazarett mit angegliedertem Krankenhaus für die Zivilbevölkerung. Die dortigen Ärzte wurden überwiegend durch das Militär gestellt. Oftmals sparten sie sich ihren gesetzlich zugesicherten Urlaub auf, um für einige Wochen nach Europa zurückzukehren. In diesem Zeitraum konnten die Patienten natürlich nicht unversorgt gelassen werden, so dass immer wieder ‚Springer' benötigt wurden, die die ärztlichen Behandlungen fortführten. Das sollte unser Einstieg werden! Henning bewarb sich in Berlin beim kaiserlichen Hauptquartier des Heeres für eine befristete Urlaubsvertretung in Deutsch-Südwestafrika.

Einige Wochen warteten wir auf eine Antwort aus Berlin und wurden immer nervöser. Wir hatten den Entschluss zum Auswandern getroffen, nun sollte es auch losgehen. Was, wenn Henning nicht benötigt werden würde, weil er nicht ausreichend für einen Einsatz in den Tropen ausgebildet war? Was, wenn eine militärische Grundausbildung Voraussetzung für einen Arbeitsvertrag war? Henning hatte sein Studium direkt nach dem Abitur begonnen und war während dieser Zeit nicht einmal Mitglied in einer Studentenverbindung gewesen. Er hasste jede Art von Uniformierung. Die Stelle als Vertretungsarzt sollte Mittel zum Zweck sein, erste Schritte in Deutsch-Südwest machen zu können. Nicht mehr und nicht weniger. Hatte er das gegenüber den Herren des Heereshauptquartiers angemessen verstecken können?

Als wir schon anfingen, uns eine Alternative für unseren beruflichen Einstieg zu überlegen, ließ es sich Frau Finke eines Abends nicht nehmen, uns das förmliche Schreiben persönlich zu überbringen. Beiläufig fing sie uns auf dem Weg ins Obergeschoss ab, dieses Mal nicht im typischen geblümten Bademantel und sichtbar aufgeregt:

„Ach, Herr Richard, das ist aber gut, dass wir uns zufällig sehen. Heute ist ein Brief für Sie aus Berlin gekommen. Was gibt es denn so Wichtiges, das in unserer Hauptstadt entschieden werden muss?"

„Wissen Sie, Frau Finke, wir haben da ein Forschungsprojekt im Krankenhaus, bei dem wir in Kontakt mit Berlin stehen", flunkerte Henning. Von der Seite bemerkte ich, dass er leicht errötete. Er war ein schlechter Lügner, aber wir waren übereingekommen, möglichst wenig über unsere Pläne zu reden, bevor nichts in den berühmten trockenen Tüchern war. Uns stand nicht der Sinn danach, ständig angesprochen zu werden, wann wir denn gingen.

„So, so, Forschungsprojekt…", murmelte unsere Vermieterin mit schiefgelegtem Kopf. Ganz offensichtlich nahm sie ihm die Geschichte nicht ab. Henning beschloss, sich nicht tiefer in die Sache hineinzureiten.

„Ja, dann nehmen wir den Brief jetzt mal mit nach oben, morgen ist auch noch ein Tag, sich damit zu beschäftigen", sagte er und drehte sich abrupt zur Treppe. Verblüfft blieb Frau Finke zurück. So wortkarg kannte sie ihren Untermieter nicht. Skeptisch blickte sie uns nach. Kaum dass wir unsere Zimmertür hinter uns geschlossen hatten, riss Henning das Kuvert auf.

„Puuh, lange kann ich diese Geheimnistuerei nicht mehr aushalten!"

„Ich auch nicht, wir sind offenbar einfach zu anständig für diese Welt. Hoffentlich wissen wir jetzt endlich mal, wann wir unsere Koffer packen können!"

„Ja, das hoffe ich auch sehr. Gerade liegt unsere Zukunft in diesem Brief!".

Hektisch zog er das dünne Stück Papier aus dem Umschlag, überflog den Inhalt und grinste mich breit an.

„Also, dann, fang schon mal mit Packen an, mein Liebling! Sie haben uns genommen! Ich soll eine Urlaubsvertretung im Swakopmunder Krankenhaus übernehmen und du wirst Hilfspflegerin im zivilen Bereich. Ist das nicht großartig? Das Abenteuer beginnt!"

ZWEI

„Was wollt ihr? Seid ihr wahnsinnig?", rief meine Mutter entgeistert, als wir meinen Eltern Weihnachten 1913 erstmals von unserem Vorhaben berichteten.

„Aber da gibt's doch nur Hottentotten und wilde Tiere, da kann man doch nicht leben!"
Entsetzt blickte sie in die Runde und dann zu meinem Vater. Der saß scheinbar ungerührt an der festlich geschmückten Tafel und schnitt weiter Fleisch von seiner Gänsekeule, während meine Mutter hektische rote Flecken am Hals bekam und mit einem lauten Klappern das Besteck fallen ließ.

„Kind, ich kann es nicht glauben! So weit weg von uns und mitten im Busch? Das kannst du nicht machen! Wie stellst du dir das denn vor?"
Die Flecken breiteten sich aus, und ich bemerkte, dass ihre Stimme zunehmend schriller wurde.

„Ja, Mama, das weiß ich noch nicht so genau, aber das ist ja auch nicht schlimm. Wir sind jung, gut ausgebildet und außerdem nicht allein in Südwest. Da wohnen schon einige tausend Leute und mit jedem Schiff der Woermann-Linie werden es mehr. Alles in Ordnung, hier, guck mal!"
Ich war auf ihre Reaktion vorbereitet und hatte vorausschauend die letzten Ausgaben der ,Kolonialzeitung' mitgebracht. Darin fand sich alles Wissenswerte: Reiseberichte, Inserate und viele Fotos unserer neuen Heimat. Sofort ergriff mich wieder die Vorfreude.

Mein Vater war immer noch erstaunlich ruhig. Genüsslich nahm er einen großen Bissen Knödel mit Soße und kaute ausgiebig, gerade so als habe er nicht gehört, was seine einzige Tochter für abenteuerliche Pläne hatte. Lange Zeit sagte er nichts, sondern blickte nachdenklich auf seinen Teller.

„Also, ich finde es gut", sagte er schließlich und erteilte uns damit so etwas wie eine Absolution. Ich war sehr dankbar über diesen einen Satz, denn ich wusste, dass mein Vater nie ein vorschnelles Urteil von sich gab. Er würde meine Mutter über kurz oder lang überzeugen, auch wenn es dazu sicher einiger Sätze mehr bedurfte.

Mit befristeten Arbeitsverträgen und dem ‚Segen' meiner Eltern kümmerten wir uns als nächstes um unsere Abreise. Die Deutsche Ostafrika-Linie der Hamburger Woermann-Gesellschaft hatte gerade einen neuen Reichspostdampfer in Betrieb genommen, der seine Jungfernfahrt um Helgoland mit Bravour gemeistert hatte. Ein Schiff mit modernster Technik, gebaut für über 300 Passagiere. Nun sollte sie zu ihrer ersten großen Afrikafahrt in See stechen. Durch unsere Arbeitsverträge wurden uns vom Heereshauptquartier zwei verbilligte Fahrkarten für die Erste Klasse zur Verfügung gestellt. Günstig waren die Überfahrten nicht, die einfachsten Kabinenplätze kosteten schon 500 Reichsmark. Wer sich mit dem Zwischendeck zufrieden gab, konnte für ‚nur' 200 Reichsmark bis nach Südafrika kommen. So kurz nach unserer Berufsausbildung waren Tickets für die Erste Klasse also nicht gerade angemessen für uns, dennoch nahm ich die Möglichkeit einer luxuriösen Überfahrt gerne an. Das Zwischendeck, das oft nachträglich in Schiffe eingebaut wurde, um zusätzliche Passagiere transportieren zu können, war eine gesundheitliche Herausforderung. Kein Tageslicht, keine Rückzugsmöglichkeiten und eine Enge, die das Immunsystem auf eine harte Probe stellte. Oft genug hatten wir im Krankenhaus Passagiere aus dem Zwischendeck, die an Durchfallerkrankungen oder Tropenkrankheiten litten, mit denen sie sich bei Mitreisenden angesteckt hatten und die unterwegs nicht auskuriert werden konnten. Wir wussten, dass wir auf uns aufpassen mussten, wenn wir unsere Kräfte für unseren Start in das neue Leben behalten wollten.

Unsere Abreise stand also fest, nun war es an der Zeit, Freunde und Verwandte zu informieren. Mir war mulmig dabei, denn unsere Liebsten zurückzulassen, war die Kehrseite der Medaille. Meine Freundinnen, meine Eltern, lieb gewonnene Arbeitskollegen, viele von ihnen würde ich vielleicht nie wieder sehen. Hennings Eltern waren früh verstorben, schon bevor wir uns kennengelernt hatten, und Geschwister hatten wir beide nicht. Ich wusste, dass ich gerade meinen Eltern wehtat mit meinem Weggang, aber immer, wenn der Kloß in meinem Hals zu dick wurde, dachte ich an die Sonne Afrikas und unsere spannende Zukunft und schluckte ihn herunter. Auch die Südwester machten schließlich Urlaub, und die Verbindungen von uns nach Europa wurden immer besser. Wir würden sie alle regelmäßig besuchen, wenn wir in unserer neuen Heimat erstmal Fuß gefasst hätten. Das nahmen wir uns fest vor!

Wie erwartet kullerten dicke Tränen bei meinen Freundinnen und erstaunlicherweise auch bei vielen Bekannten und Kollegen. „Das könnt ihr doch nicht machen", war auch hier der allgemeine Tenor, und sogar Frau Finke fiel aus allen Wolken, als wir unser Zimmer kündigten.

„Also doch kein Forschungsprojekt, jedenfalls keins im Auftrag des Krankenhauses", meinte sie resigniert. „Schade, schade, ich hatte mich gerade an frischen Wind in diesen alten Mauern gewöhnt. Aber gut, der Sog der Kolonien ist so stark, dass ich verstehe, wenn junge Menschen sich hineinziehen lassen. Das Leben dort soll ja prächtige Möglichkeiten bieten! Wäre ich nicht so alt, würde ich auch noch mein Köfferchen packen! Kommen Sie, wir trinken einen Tee mit einem besonders ordentlichen Schuss Rum zum Abschied und dann nehme ich Ihnen das Versprechen ab, mir mindestens einmal im Monat zu schreiben!"

Und so saßen wir ein letztes Mal im mondänen Salon mit den wertvollen Teppichen und den schweren Gardinen. Es tat mir leid für Frau Finke, dass sie nun vielleicht wieder in einen Zustand der Eintönigkeit verfallen würde und nahm mir fest vor, ihr tatsächlich regelmäßig Briefe zu schicken.

Unser weniges Hab und Gut lagerten wir bei meinen Eltern ein oder verschenkten es an ein Frauenhaus in der festen Überzeugung, es nie wieder brauchen zu müssen. Zu Beginn unseres neuen Lebens passte unser Besitz in zwei große Kisten.

Der Tag der Abreise rückte näher, und wir wurden immer aufgeregter. Noch einmal trafen wir uns mit allen, die uns wichtig waren, konnten aber schwer mit ihrer Trauer umgehen. Sie waren diejenigen, die zurückblieben, deren Leben sich nicht drastisch ändern würde in der nächsten Zeit und die teilweise selbst haderten mit ihrer Unentschlossenheit, neue Wege zu gehen. Wir konnten ihnen schlecht helfen, denn natürlich waren wir es, die gingen und natürlich musste jeder die Entscheidungen für sein eigenes Leben treffen. Aus dieser Sicht heraus waren wir froh, als es etwa zwei Wochen später endlich losging.

Das Schiff übertraf in punkto Bequemlichkeit unsere kühnsten Erwartungen: Die großen, elegant eingerichteten Gesellschaftsräume der Ersten Klasse waren mit Marmorvertäfelung ausgestattet und bestanden aus Speisezimmer, Halle, Wohnzimmer und einem Rauchsalon. Für die kleinen Passagiere gab es mehrere Kinderzimmer, eins auf dem Hauptdeck und eins auf dem Bootsdeck. Dort war auch eine Turnhalle mit Sportgeräten, in der sogar kleinere Wettkämpfe für die

Gäste geplant waren. Vorn erlaubten Promenadendecks mit Glasscheiben den Passagieren einen angenehmen Aufenthalt auf Deck auch bei nordeuropäischem Nieselregen.

Unser persönlicher Steward begleitete uns zur Kabine. Auch sie bot ungeahnten Luxus für ein Schiff und erst recht für uns, wo wir doch beide aus Mittelschichtsfamilien stammten und Luxus erst bei Frau Finke kennengelernt hatten. Die Einrichtung war äußerst geschmackvoll und solide. Wir fühlten uns wie in einem Hotelzimmer der Spitzenklasse. Alles war auf dem neuesten Stand. Unser Gepäck wurde in große, bequem zugängliche Gepäckräume verladen, so dass wir nicht einmal beengt durch unsere Koffer waren. Es war unglaublich, Henning und ich fanden vor Staunen kaum Worte für so viel Eleganz.

„Meine Damen und Herren, ich begrüße Sie auf diesem herausragenden Schiff der Woermann-Linie auf unserer Fahrt nach Deutsch-Südwestafrika", begann der Kapitän seine Ansprache mit sichtlichem Stolz.

„Was Sie hier vorfinden, entspricht dem modernsten Stand der Technik. Die Reederei fühlt sich verpflichtet, in besonderem Maße für ihr persönliches Wohl verantwortlich zu sein. Dies gilt natürlich auch und besonders für ihr leibliches Wohlergehen. Ich darf Ihnen mitteilen...", und dabei schob er seinen Brustkorb stolzgeschwellt noch einige Zentimeter vor in Richtung seiner Zuhörerschaft, „dass das Schiff über mehrere Kühlräume verfügt, die durch eine mit Kohlensäure betriebene Anlage gekühlt werden. Es wird Ihnen kulinarisch an nichts fehlen in den drei Wochen der Überfahrt, darauf erhalten Sie mein Wort. Und auch technisch sind wir auf dem modernsten Stand und auf jede Situation vorbereitet. Unser Schiff verfügt über drei Dynamomaschinen zur Stromerzeugung für Beleuchtung und Ventilation, modernste sanitäre Einrichtungen und natürlich über drahtlose Telegraphie, so dass wichtige Nachrichten jederzeit ausgetauscht werden können. Sie können sicher sein, zu keiner Zeit vom Geschehen in unserem Mutterland abgeschnitten zu sein."

Er machte eine kurze Pause, um diese Information auf seine Passagiere wirken zu lassen.

„Toll", raunte ich, „dann verfolgt uns der Hamburger Klatsch und Tratsch ja immer weiter. Und ich dachte, wir hätten ihn in Frau Finkes Salon zurückgelassen.

Amüsiert stupste Henning mich in die Seite.

„Psst, das hier ist ein wichtiger Moment, etwas mehr Respekt dem Kapitän gegenüber, bitte, er platzt ja gerade vor Stolz", flüsterte er zurück.

„Und selbstverständlich ist auch für Ihre körperliche Unversehrtheit bestens vorgesorgt", fuhr der Kapitän fort.

„Sollte es mal zu einer Gefahrensituation kommen, wovon wir alle natürlich nicht ausgehen, verfügt unser Schiff über hochmoderne Unterschallsignale, Fernmelde- und Löschanlagen. Sie müssen sich also keinesfalls um eine sichere Überfahrt sorgen, dafür gebe ich ihnen hier und jetzt mein Ehrenwort."

Der Auftritt war schon etwas theatralisch, und wir hatten Mühe, während der weiteren, ausschweifenden Ausführungen über die Vorzüge dieses neuen Schmuckstücks der Woermann-Linie konzentriert zuzuhören, gönnten dem Kapitän aber seinen beruflichen Erfolg einer ersten großen Fahrt auf einem nagelneuen Schiff. Sicher hatte er sich diesen Posten verdient, und so nickten wir immer mal wieder anerkennend und applaudierten höflich, als er seine Ansprache beendet hatte.

Mitte/Ende Mai 1914 verließ die ‚Kigoma' den Hamburger Hafen. Wie so oft nieselte es ununterbrochen. Ein kalter Wind trieb dunkle Wolken vor sich her. Das Meer war mäßig aufgewühlt mit kleinen grauen Schaumkronen, die zu Tausenden auf den Wellen schaukelten. Zitternd vor Kälte hielten wir uns an der feuchten Reling fest und sahen den Hamburger Hafen Stück für Stück verschwinden in kalten Schwaden aus Gischt, Nebel und Dampf aus unserem riesigen Schornstein.

Das Wetter machte uns den Abschied leicht, aber noch lange heftete ich meinen Blick auf die beiden Gestalten meiner Eltern, die wie kleine Punkte verloren auf dem Dock standen. Meine Mutter hatte es geschafft, nicht zu weinen, aber ich mochte nicht daran denken, wie sie sich fühlen würde, wenn sie nach Hause zurückgekehrt war und sich die Aufregung unserer Abreise gelegt hatte. Hoffentlich würden wir uns eines nicht zu weit entfernten Tages wiedersehen und uns gegenseitig davon überzeugen können, dass es allen gut ging!

Als die Nebelschwaden auch das letzte Fitzelchen Land verschluckt hatten, kehrten wir durchgefroren unter Deck zurück und weinten dem norddeutschen Wetter keine Träne nach.

Was für eine Betriebsamkeit herrschte an Bord! Überall wuselten Reisende und Personal, es waren immerhin über 400 Menschen. Beim ersten fürstlichen Abendessen waren alle Passagiere aufgeregt, lachten und suchten Kontakt zu ihren Mitreisenden. Man fühlte sich verbunden auf dem gemeinsamen Weg ins Ungewisse, und wir bildeten da keine Ausnahme. Ich konnte kaum auf meinem Stuhl sitzen vor Nervosität und hatte eigentlich gar keinen Hunger. Gespannt sog ich alles in mich auf: Die feine Einrichtung mit dem edlen Geschirr, die mit Hussen überzogenen Stühle, Mobiliar im feinsten Jugendstil und vor allem die herausgeputzten Gäste, die sich und den Mitreisenden mehr oder weniger gekonnt demonstrierten, dass sie ,dazugehörten' zu den vermögenden Neubürgern von Deutsch-Südwest.

Mit uns am Tisch saß ein exzellent gekleideter Geschäftsmann mittleren Alters. Man sah ihm seinen beruflichen Erfolg unzweifelhaft und nicht unbedingt nur positiv an. Er konnte kaum an den Tisch reichen, so feist und rund war er. Frisur und Bart waren tadellos hergerichtet, und er blickte mit selbstsicherer Gelassenheit unbeeindruckt von der Aufregung um ihn herum in die Weinkarte. Aus jeder Pore verströmte er Selbstherrlichkeit, Dekadenz und die Macht des Geldes. Er trug Ringe an beiden Händen, seine Weste war aus feinstem Stoff und seine plumpen Füße steckten in maßgefertigten Schuhen.

„Guten Abend, gestatten Sie, dass wir uns zu Ihnen setzen", begann Henning galant die Konversation, obwohl uns die Plätze ja zugewiesen worden waren.

„Natürlich, natürlich, nehmen Sie Platz", antwortete unser Gegenüber gnädig und deutete auf die beiden leeren Stühle an seinem Tisch. Es folgte höfliches Schweigen.

„Sind Sie das erste Mal auf der Reise nach Südwest?", nahm Henning die Unterhaltung wieder auf. „Wissen Sie, für uns ist alles hier neu, aber wir sind begeistert von dem Schiff und der Professionalität der Besatzung. Unsere Einschiffung war eine logistische Meisterleistung, und die Überfahrt verspricht sehr angenehm zu werden."

Wieder einmal war ich angetan von der Konversationsfähigkeit meines Mannes. Er hatte die Gabe, sich blitzschnell auf seinen Gesprächspartner einzustellen und ihm in angepasster Haltung und Wortwahl gegenüberzutreten. Tatsächlich blickte dieser interessiert von der Weinkarte auf und musterte Henning und mich aus kleinen, prüfenden Augen inmitten seines feisten Gesichts. Was er sah, schien ihm zuzusagen, er nickte unmerklich.

„Ja, der Woermann-Konzern versteht es, seine Gäste bei Laune zu halten. Kein Wunder, dass sie ihre Flotte immer weiter ausbauen können. Und ich denke, wir sind noch lange nicht am Ende der Möglichkeiten mit unserer neuen Kolonie. Es steckt so viel Potential in Afrika. Wenn wir es klug anstellen, werden wir an die Erfolge von Frankreich und England anknüpfen können. Auch Deutschland wird aufblühen als Kolonialmacht!"

Erfolge? Aufblühen? Bisher hatte ich den Aspekt des internationalen Wettlaufs der europäischen Staaten um Handel, Vormachtstellungen und Rohstoffe in fremden Ländern schlichtweg ignoriert. Mit wirtschaftlichen Interessen hatte ich mich nie beschäftigt, sie hatten mich einfach nicht interessiert. Henning und mir ging es um die Menschen, um alle Menschen, und wie wir ihnen gesundheitlich helfen können. Wir wollten unsere medizinischen Kenntnisse nach Deutsch-Südwest bringen, nichts dort herausholen.

Sicher war es sehr idealistisch und naiv, aber spätestens seit Beginn unserer Berufsausbildungen war uns Geben wichtiger als Nehmen. An diesem Tisch stießen wir auf die Welt der Wirtschaft, der Geschäfte und des Geldes. Ich war irritiert und überließ Henning die weitere Konversation.

„Sind Sie auch geschäftlich unterwegs?"

„Sehr richtig. Ich bin im Karakulgeschäft tätig, und das sehr erfolgreich." Selbstverliebt strich er sich über seinen prallen Bauch.

„Kennen Sie Persianer? Das ist mein Metier."

„Persianer? Was sind Persianer?", fragte ich unsicher.

„Persianer sind Mäntel, die aus gelocktem Lammfell hergestellt sind. Das Fell ist ganz weich, die Frauen sind verrückt danach. Exquisite Kleidungsstücke lassen sich daraus schneidern. Mäntel, Westen, Stolas, der Markt boomt."

Selbstgefällig lehnte er sich zurück.

„Ich möchte nicht verhehlen, dass mir meine Beziehungen zu Schaffarmern in Südwest zu einem gewissen Wohlstand verholfen haben, denn unter Wert werden die Felle selbstredend nicht abgegeben."

Ja, offenbar waren für Herrn Vogt, wie er sich vorgestellt hatte, schon etliche Krümel vom kolonialen Kuchen abgefallen, und er ließ es sich nicht nehmen, seinen Reichtum unangenehm zur Schau zu stellen.

Auf der einen Seite war es vielversprechend für uns, sofort jemanden kennengelernt zu haben, der bereits sein Glück in der Kolonie gemacht hatte, auf der anderen Seite war ich mir ganz und gar nicht sicher, ob ich mit dieser Art Mensch zurechtkommen würde. Selbstgefälligkeit lag mir nicht, und als Henning mir später im stillen Kämmerchen erzählte, dass für die Karakulfelle Lämmer direkt nach ihrer Geburt getötet wurden, weil nur dann ihr Fell so weich und sauber war, dass es den hohen Anforderungen europäischer Käuferinnen genügte, beschloss ich, einen höflichen Abstand zu wahren. Geld und Macht öffnen eben doch nicht automatisch alle Türen…

Wir genossen den ersten Abend an Bord in vollen Zügen mit frischer Nordseescholle, Kartoffelsalat und einem guten Weißwein. Man feierte mit den anderen Gästen bis tief in die Nacht. Aufbruch in ein neues Leben, das wollte begossen werden. Der Alkohol floss reichlich, und einige Herren im Speisesaal vergaßen schon am Anfang der Reise ihre preußische Kinderstube. Mir taten die alleinreisenden jungen Frauen leid, die an diesem ersten Abend teils fluchtartig den Speisesaal verließen. Viele waren auf dem Weg zu ihren neuen Arbeitsplätzen als Lehrerinnen oder Hauswirtschafterinnen auf den Farmen. Sie würden einiges Durchsetzungsvermögen benötigen in den nächsten Wochen, denn ganz offensichtlich hofften einige Einwanderer schon hier ihre Begleiterin für das neue Leben zu finden.

Unser erstes Ziel waren die Kanarischen Inseln. Wir liefen Teneriffa an und erhielten den ersten Eindruck südlicher Lebensart und Vegetation. Diese Farben und Gerüche! Blühende Bougainvilleas, Palmen, Oleander in allen erdenklichen Rotschattierungen, dazu eine strahlende Sonne am tiefblauen Himmel. Wie sehr hatten uns Licht und leuchtende Farben gefehlt im trüben norddeutschen Winter!

Für die Passagiere wurde ein Landgang organisiert, während frische Vorräte und Wasser geladen und Wartungsarbeiten an unserem Dampfer durchgeführt wurden.

Der Ausflug war es wert: Santa Cruz bezauberte uns mit malerischen Gassen und einer herrschaftlichen Kathedrale. Auf dem Markt gab es riesige Mengen tropischer Früchte, die wir oft noch nie gesehen hatten. Ein Händler hielt uns mit einer langen Holzzange eine kleine braune, glänzende Frucht entgegen, die unglaublich süß war und wie ein Bonbon im Mund zerging. „Uuuah, wie lecker", nuschelte Henning, während er sich bemühte, Reste des klebrigen Fruchtbreis mit Zunge und Fingern aus seinen Zähnen zu pulen. „Schatz, ich esse nie wieder was anderes, ich schwöre es!" So begeistert war mein Mann, dass er stante pede eine große Schachtel der saftig-süßen Datteln kaufte.

Es war wie ein Urlaubstag, und Henning und ich sparten nicht, uns trotz der gesicherten Verpflegung an Bord mit noch vielen anderen Leckereien einzudecken. Feigen und Mandelkekse, Nüsse und Oliven wanderten über die ausladenden, übervollen Obst- und Gemüsestände in unsere Taschen. Wir konnten uns kaum sattsehen, -riechen und -schmecken.

Leider ertönte zu bald die Schiffsglocke zum Ablegen, es war noch eine weite Reise bis an die südwestliche Spitze Afrikas.

Auf offener See verlief das Leben an Bord in ruhigen Bahnen. Tagein, tagaus schoben uns die beiden Expansionsmaschinen mit gleichmäßiger Geschwindigkeit durch die Wellen. Um uns herum war nur Wasser, Wasser und Himmel.

Die einzigen Abwechslungen boten Schulen verspielter Delfine, die ein Stück mit dem Schiff zogen, und dann und wann fliegende Fische, die wie Schwalben über die Wasseroberfläche segelten. Manchmal sah man einen Mast am Horizont, aber meist waren die Schiffe zu weit entfernt, um auch nur Einzelheiten an Deck zu erkennen.

Langeweile machte sich breit. Es war alles gesagt und getan. Essen konnte man auch nicht ununterbrochen, erst recht nicht bei rauerer See mit einem Anflug von Übelkeit. Wie gut, dass wir zu diesem Zeitpunkt noch nicht wussten, was wirklicher Seegang bedeutete!

Die räumliche Enge auf dem Schiff mit seinen knapp 140 Metern Länge und 17 Meter Breite tat ihr Übriges, bald kannten wir jeden Schäkel und jede Öse. Über Stunden spielten wir Karten oder versuchten zu lesen, was bei dem ständigen Auf und Ab sehr ermüdend war. Immer wieder nickte ich tagsüber ein und konnte dafür nachts nicht schlafen. Was für eine unglaubliche Eintönigkeit! Zwar wurden an Bord regelmäßig Freizeitaktivitäten wie Doppelkopfturniere oder musikalische Abende organisiert, alle Veranstaltungen waren aber irgendwie ruhig und ,gesetzt' und damit nur eine dürftige Ablenkung für mich als bewegungshungrigen Menschen. Ich drehte Runde um Runde auf dem Panoramadeck wie ein Wildtier in Gefangenschaft. Oftmals ging ich auch in die Turnhalle und machte einige Gymnastikübungen, aber auch das war bei den steigenden Temperaturen kein echtes Vergnügen.

Mit jedem Breitengrad wurde es heißer. Erbarmungslos heizte die Tropensonne das Schiff schon morgens um acht auf. In den Kabinen stand die Luft, trotz der elektrisch angetriebenen Fächer, die überall installiert waren. Die Fenster waren Tag und Nacht geöffnet, aber der Fahrtwind brachte keine ausreichende Abkühlung. Der Schiffsbauch war wie ein Backofen.

Frischwasser war rationiert und eine Erfrischung mit Meerwasser verbat sich von selbst. Das Salz trocknet die Haut aus und entzieht dem Körper Wasser, die kurzzeitige Abkühlung schadet insgesamt mehr, als dass sie hilft.

Sehr schnell war es nicht mehr möglich, tagsüber mehr als nur einen Augenblick an Deck zu bleiben. Die Tropensonne zeigte schmerzhaft ihre volle Energie. Binnen kürzester Zeit waren wir lichtentwöhnten Nordeuropäer rotverbrannt wie gekochte Hummer. Henning hatte eines Nachmittags im Fahrtwind seinen Hut verloren und bekam prompt die Quittung. Nacken, Nase und Ohren waren puterrot und geschwollen.

Er hatte zunächst gar nicht bemerkt, wie lange er sich tatsächlich auf dem Oberdeck in der prallen Sonne aufgehalten hatte, denn er hatte ein intensives Gespräch mit einem Mitreisenden geführt, und der Wind hatte ihn die Hitze vergessen lassen. Umso schlimmer war die Erkenntnis gegen Abend.

„Oooh, Isa", gab er kleinlaut zu, „ich glaube, das war ein Tick zu viel Sonne heute. Mein Gesicht fühlt sich ein wenig heiß an."

Mitleidig musterte ich meinen puterroten Ehemann.

„Zeit für kalte Umschläge, würde ich sagen", gab ich ein versiertes Urteil als Krankenschwester ab.

„Da hilft nur Omas Rezept!"

Wir besorgten uns Quark aus der Kombüse und versuchten die betroffenen Stellen zu kühlen, so gut es ging. Zum Glück hatte er keinen Hitzschlag erlitten. Dennoch war sein Wohlbefinden erstmals empfindlich gestört, was er mit einer gewissen Wehleidigkeit auch deutlich zum Ausdruck brachte.

„Das juckt so, das juckt so unendlich", hörte ich in regelmäßigen Abständen, abwechselnd mit „autsch, tut das weh", sobald die Quarkmaske getrocknet war und bröckelte.

„Sicher ist das noch genauso, wenn wir da sind, was soll ich nur machen?"

So souverän mein Mann im Umgang mit Kranken und Verletzten war, so wenig kam er mit eigenen Blessuren zurecht. Ich kannte ihn schon gut genug, um zu wissen, wann ich mir ernsthaft Sorgen um ihn machen musste und wann eine Spur Selbstmitleid nicht zu leugnen war. Die Verbrennung war kräftig, aber nicht ernsthaft. Zwar tat er mir aufrichtig leid, dennoch konnte ich mir kaum ein Grinsen bei dem skurrilen Anblick verkneifen, den mein gebeutelter Mann bot, während er mit dicker Quarkmaske im Gesicht vor dem geöffneten Bullauge saß, an das er sich in der Hoffnung auf Kühlung einen Hocker geschoben hatte.

Der nächste Halt war Liberia, genauer gesagt die Hauptstadt Monrovia. Wir erwarteten uns viel von diesem Hafen. Schon einige Zeit waren wir an herrlichen Tropenküstenabschnitten mit Palmen und weißem Sandstrand wie aus dem Bilderbuch entlanggefahren. Zielsicher hatte uns der Kapitän mit unserem riesigen Dampfer in ein malerisches Flussdelta manövriert, das gesäumt war von dichten Mangrovenwäldern. Schon sahen wir uns in den kleinen Beibooten auf dem Weg an Land, als die herbe Enttäuschung kam: Ein Landgang für die Passagiere war nicht vorgesehen.

„Meine sehr verehrten Damen und Herren", teilte uns der Kapitän beim Frühstück mit, „leider ist es uns nicht möglich, einen Landgang zu organisieren. Wir werden unseren Stopp hier ist so kurz wie möglich halten. Ich bitte um Verständnis. Er gilt einzig und allein der Proviantaufnahme und die der Kruboys, deren Arbeit unersetzlich ist für unsere Reise."

Eine große Enttäuschung machte sich im Speisesaal breit. Wie sehr hatten sich alle nach den gleichförmigen Tagen auf See auf einen Ausflug wie auf den Kanaren gefreut! Nun mussten wir uns noch länger gedulden, bis wir den ersten Schritt auf afrikanischen Boden setzen würden. Ich dachte über das nach, was wir gerade gehört hatten.

„Kruboys?", wiederholte ich einmal mehr irritiert halblaut und mehr zu mir selbst. Für meine Begriffe hatten wir schon sehr viel Personal an Bord. Für alles gab es Stewards, Matrosen, Seeleute oder Arbeitskräfte. Uns Reisenden, zumindest denen in der ersten Klasse, fehlte es an nichts, aber auch überhaupt nichts. Wozu dann noch weitere Arbeiter?

Herr Vogt hatte mich gehört und lehnte sich betont lässig zu mir herüber, soweit es seine Leibesfülle zuließ.

„Die Kruboys kommen von der hiesigen Küste und sind geborene Seeleute. Die leben seit Jahrhunderten an der Küste, kennen jede Welle. Im Leben habe ich noch keine Männer gesehen, die unsere Fracht so sicher vom Schiff kriegen. Auf dem Hinweg werden sie hier eingesammelt. Ist das Löschen der Ladung geschehen und fährt der Dampfer wieder zurück, nimmt der das Pack wieder an Bord und setzt sie auf der Heimreise in Monrovia ab. So einfach ist das. Und im Übrigen...", und dabei kam wieder der Geschäftsmann in ihm durch, „...sind die Kruboys deutlich billiger als deutsche Arbeiter. Ist ja schließlich auch nicht unwichtig. Bei der Woermann-Linie, und nicht nur da, ist es schon eine lange Praxis. Das System hat sich bezahlt gemacht. Es gibt Hunderte dieser Leute, und sie können froh sein, von uns bezahlt zu werden."

Selbstzufrieden, einmal mehr mit seinem Wissen trumpfen zu können, lehnte er sich zurück und spülte einen ordentlichen Schluck erstklassigen Rotweins durch seine feiste Kehle.

Die Erklärung per se kam mir logisch vor. Leute mit Seetüchtigkeit und Erfahrung mit den örtlichen Gewässern waren sicher wertvoll an Bord. Dennoch störte mich etwas an der Art, wie unser Tischnachbar über diese Menschen sprach. Er war im Tonfall durch und durch abschätzig, ja geradezu verachtend. Noch konnte ich nicht erfassen, woran es genau lag, aber deutlicher Unmut machte sich in mir breit. Wahrscheinlich machte sich das ‚System‘, sich der eingeborenen Bevölkerung als billige Arbeitskraft zu bedienen, nur einseitig bezahlt. Ich konnte mir kaum vorstellen, dass eine deutsche Schifffahrtsgesellschaft angeheuerten Matrosen auf einem ausgebuchten Schiff mit räumlicher Enge adäquate Unterkünfte und eine faire Bezahlung für ihre Dienste zukommen lassen würde.

Nachdem etwa 20 stämmige, muskulöse Liberianer von einem einfachen Kanu aus geschickt und trittsicher über eine heruntergelassene Strickleiter auf den Dampfer geklettert waren, sah ich mich in meiner Vermutung bestätigt. Die Männer, bekleidet nur mit einer Art Hose aus großkarierter Baumwolle oder Wolle, wurden im harschen Befehlston direkt zum Deckschrubben, Maschinenölen oder zu anderen niederen Tätigkeiten beordert, kaum dass sie den ersten Fuß an Bord gesetzt hatten. Keine Begrüßung, kein freundliches Wort, keine Möglichkeit, das mitgebrachte Bündel abzulegen, nichts.

Bis zu jenem Zeitpunkt hatte ich mich zugegebenermaßen noch nie mit den Völkern beschäftigt, die vor den Europäern auf dem afrikanischen Kontinent lebten. Afrikaner war für mich Afrikaner. Eine Masse Mensch, die wir Europäern mit unserer Zivilisation und unserem Fortschritt unterstützen und formen wollten. Ein ungenutztes Potential an Land und Leuten. Mit der Geschichte der weltweiten Kolonialisierung hatte ich mich nur am Rande beschäftigt, schließlich war unsere Auswanderung ja mehr Hennings Idee als meine und in meinem Hamburger Leben hatte ich definitiv andere Interessen.

Hier sah ich nun die ersten eingeborenen Afrikaner in Fleisch und Blut. Sie kamen, um für uns zu arbeiten und wurden behandelt wie Sklaven. Meine Verunsicherung wuchs. Ich würde noch sehr viel lernen müssen über das Miteinander in den Kolonien.

Schon am nächsten Tag ging unsere Reise weiter. Das Schiff fuhr in Sichtweite zur Küste, aber wie wir feststellen mussten, wurden die Strände zunehmend rauer. Die malerischen Tropen waren vorbei, stattdessen herrschte hohe Brandung, die mit viel Getöse auf steinige Küsten traf. Dazwischen gab es nur kurze Abschnitte mit Sandstrand voller Treibgut und dahinter dichten, gefährlichen Urwald. Das gleiche Bild von morgens bis abends, ohne die kleinste Veränderung. Menschen oder Tiere bekamen wir ebenfalls nicht zu Gesicht, so dass es irgendwann keinen Unterschied mehr für uns machte, ob wir Einzelheiten an Land erkennen konnten oder nicht.

Eine spaßige Abwechslung wurde uns allerdings geboten, als wir südlich von Liberia den Äquator überquerten. Ein alter Brauch sieht genau dort eine ‚Taufe' für alle Seeleute (und eigentlich auch für die Passagiere) vor, die bis dato noch nicht auf der südliche Halbkugel gereist waren. Die Äquatortaufe hat eine lange Tradition. Seit Jahrhunderten schon wollte man Neptun, den Gott des Meeres, gnädig stimmen und Mut dafür zeigen, dass man diese unglaublich unwirtliche und enorm heiße Gegend durchquert. Für die Betroffenen ist so eine Taufe nicht unbedingt lustig, für die Zuschauer dafür umso mehr. Der Täufling wird von einem verkleideten Neptun und seinem Gefolge ‚gereinigt' und erhält einen maritimen Spitznamen. Und natürlich muss eine Äquatorüberquerung anschließend von allen feuchtfröhlich gefeiert werden. Die Taufe ist einer der wenigen Momente, in denen auch der Besatzung Alkohol erlaubt ist, solange der Schiffsbetrieb nicht beeinträchtigt wird.

Auf der ‚Kigoma‘ waren es etwa ein Dutzend Seeleute, die sich mehr oder weniger bereitwillig der Prozedur unterzogen. Sie standen erkennbar nervös Schulter an Schulter auf dem Vordeck, nur mit dem Nötigsten bekleidet. Die Bootsleute hatten einen großen Waschzuber herbeigeschleppt, der mit Salzwasser gefüllt war. Dann erschien ‚Neptun‘ mit seinen Begleitern. Einer der dicken Bordköche hatte sich einen alten Kartoffelsack übergeworfen und hielt einen Dreizack aus genagelten Holzlatten in der Hand. Auf dem Kopf trug er eine gelbe Krone aus Pappmaché, die ihm jedoch immer wieder in die speckige Stirn rutschte. Regelmäßig musste er sie mit seinen dicken Wurstfingern zurückschieben, um überhaupt etwas zu sehen. Begleitet wurde er von einem Gefolge mehrerer Küchenhelfer, die sich mit irgendeinem Farbpulver und Schmieröl schwarz angemalt hatten. Feixend bauten sie sich vor den Täuflingen auf. Sie alle wussten, was nun kommen würde, im Gegensatz zu den armen Täuflingen. Genau auf Höhe des Äquators bei Breitengrad Null wurden die Maschinen unseres Dampfers abgestellt, die Taufe war eben eine ‚heilige‘ Angelegenheit. Symbolisch entstiegen ‚Neptun‘ und sein Gefolge dem Meer und nahmen auf einer vorbereiteten Bank Platz. Die Täuflinge mussten sich nun mit gesenktem Blick vor ihm hinknien. Nach einer kunstvollen Pause begann der ‚Gott der Meere‘ mit seiner Ansprache:

„Ich, Neptun, Herrscher über alle Meere, Flüsse, Seen, Teiche, Tümpel, Pfützen und sonstigen Gewässer, Regent über alle Fische, Frösche und Nixen tue hier und jetzt kund, dass die hier anwesenden Landratten unter Einsatz von Leben und Gesundheit in mein Reich eingedrungen sind. Sie haben sich dadurch verpflichtet, dieses zu ehren und sollen nach eingehender Prüfung, Reinigung und Läuterung in Neptuns Gewässer aufgenommen werden. Bestehen die Täuflinge ihre Prüfung, sollen sie hoch gelobt werden und von nun an

Titel tragen, die mein Gefolge für sie ausgesucht hat. Zum Zeichen Eurer Ehrerbietung küsst mir zunächst die Füße!"

Ein entsetztes Aufstöhnen ging durch die Reihen der Zuschauer in Anbetracht der per se dunkel behaarten, ungepflegten Stumpen des Smutjes mit den gebogenen gelben Fußnägeln. Jetzt aber waren sie noch zusätzlich mit einer ordentlichen Schicht Senf und Pfeffer beschmiert.

„Mundabwischen ist strikt untersagt, anderenfalls verfallt ihr alle dauerhaft in Ungnade!", warf ‚Neptun' drohend in die Runde.

Ein Täufling nach dem anderen ergab sich seinem Schicksal und näherte sich den platten Füßen. Einige hielten sich die Nase zu, andere schoben ihre Zunge wie ein Chamäleon heraus für einen größtmöglichen Abstand. Alle aber hielten Anblick und Geruch stand, eine beachtliche Leistung, wie ich fand. Und alle hielten sich an das Verbot des Abwischens!

Nach dieser zugegebenermaßen ekelhaften ersten Prüfung wurde jeder Täufling einzeln zum Zuber geführt und von Neptuns Helfern ausgiebig untergetaucht. Oftmals so lange, dass der arme Kerl kaum noch Luft bekam und japsend nach Luft schnappte. Er sollte so vom Staub der nördlichen Halbkugel gereinigt werden, und ‚Neptuns' Gefolge machte sich offenbar einen Spaß daraus, sich in der Dauer des Untertauchens zu übertreffen. Nach dem Bad ließ man sie für einen Moment in der sengenden Sonne trocknen, um sie anschließend zu ‚salben', sprich großzügig mit schwarzem Maschinenöl und ranzigem Fett zu bestreichen. Der Gestank war immens, die Matrosen waren nicht zu beneiden.

Im wahrsten Sinne des Wortes triefend vor Fett erhielten sie noch mehr oder sinnvolle Taufnamen wie ‚Plattfisch' oder ‚Soldatenkrabbe' und waren nach etwa einer halben Stunde Prozedur endlich erlöst. Die älteren Seemänner tobten vor Schadenfreude, denn jeder Neuling musste ein solches Schicksal erdulden und die Alten erinnerten sich nur zu gut an ihre eigene Taufe.

Für uns Unbeteiligte war es eine vergnügliche Abwechslung zur sonst mittlerweile deutlich spürbaren Lethargie. Der Alkohol floss in Strömen, und der Abend wird so manchem noch in langer, wenn auch ziemlich undeutlicher Erinnerung geblieben sein.

Auf Höhe von Angola schlug plötzlich das Wetter um. Dunkle Wolken brauten sich zusammen, dazu ein kräftiger Wind. Bald sah man grelle Blitze in regelmäßigen Abständen aufzucken. Noch nie hatte ich derart kräftige Entladungen gesehen, sie erhellten sogar die Wasseroberfläche. Ein heftiger Sturm war im Anmarsch, in diesem Gebiet und zu dieser Jahreszeit nichts Ungewöhnliches. Binnen kürzester Zeit herrschten raue See und dichter Nebel. Alles war Grau in Grau. Es gab kein Oben und kein Unten mehr und keinen Unterschied zwischen Himmel, Wasser und den Rauchschwaden aus den Schornsteinen. Meterhohe Wellen ließen das Schiff schaukeln wie ein Karussell. Auf den Jahrmärkten in Deutschland war ich immer gern mit der Schiffsschaukel gefahren, hier aber wünschte ich mir nur, dass die Überfahrt endlich vorbei war.

Die Reisenden, die sich nicht gerade übergaben, waren inzwischen in eine Art Duldungsstarre verfallen. Untätig wartete man einfach ab. Alle sehnten sich nach festem Boden unter den Füßen und nach einem Ende des unsäglichen Geschaukels.

Henning kämpfte ebenfalls mit heftiger Seekrankheit. Zwei lange Tage schleppte er sich zwischen Bett und Bullauge hin und her, um mit Positionswechseln und tiefen Atemzügen auf Linderung zu hoffen. Allgemein soll man sich bei Seekrankheit ja einen festen Punkt am Horizont suchen und ihn fixieren. Hier aber gab es einfach keine festen Punkte, nur wilde

Wellen und Schaumkronen. Erschöpft ließ er sich zum wiederholten Mal auf sein Bett fallen und stöhnte laut auf.

Seine immer noch rotverbrannten Ohren und die sich schon pellende Nase bildeten einen ungesunden Kontrast zu seinem aschfahlen Gesicht. Er sprach und aß kaum und war nicht zu bewegen, auch nur einen Fuß außerhalb unserer Kabine zu setzen. Ich litt mit ihm, auch wenn es mir bei Weitem nicht so schlecht ging. Der geborene Seefahrer war mein Mann wahrlich nicht, und ich hoffte sehr, dass dies für lange Zeit unsere letzte Seereise sein würde.

Nach fast 6000 Seemeilen und 23 Tagen auf See erreichten wir am 04. Juni 1914 mittags endlich, endlich unseren Zielhafen. Wie auf Kommando lichtete sich der Nebel und schenkte uns einen ersten Blick auf Swakopmund. Durch die Schiffsglocke und laute Begeisterungsrufe aufmerksam geworden, strömten fast alle Reisenden gleichzeitig aus dem Schiffsbauch. Das Deck war prall gefüllt mit jubelnden, tanzenden und springenden Menschen. Abwechselnd lag man sich in den Armen und riss sich wieder los, um bloß alle Einzelheiten unserer Ankunft aufzusaugen. Etwas abseits konnte ich sogar Herrn Vogt ausmachen, der in einem langen schwarzen Persianermantel würdevoll an der Reling stand. Den Mantel empfand ich etwas unpassend für Afrika, musste aber zugeben, dass der Wind doch empfindlich kalt war. Fröstelnd lehnte ich mich an Henning. Der blickte versonnen auf die Küste.

Aus der Ferne sah Swakopmund aus wie ein deutsches Nordseebad. Sogar ein rot-weiß gestrichener Leuchtturm begrüßte uns, daneben verputzte Steinhäuser, breite Straßen und soweit bereits erkennbar eine kleine Straßendampfbahn. Überall waren zu unserer Begrüßung Fahnen in unseren Nationalfarben Schwarz, Weiß und Rot gehisst. So weit weg von Deutschland, und doch kamen wir auf eine Art nach Hause zurück.

„Ist das nicht herrlich, Isa? Wir sind am Ziel! Endlich am Ziel! Unser neues Leben kann beginnen!", riss er mich aus meinen Gedanken heraus.

„Guck dir das doch mal an", entgegnete ich etwas weniger pathetisch. „Das sieht hier ja wirklich aus wie in Deutschland. Wie haben die Leute das denn geschafft? Hier gibt's doch eigentlich nichts, keine Baumaterialien, kein Holz, und trotzdem steht da eine kleine Stadt!"

„Stimmt. Und guck dir mal diese riesige Mole an, an der wir vermutlich gleich anlegen werden. Unvorstellbar, was die Errichtung dieses Stahlgerüsts mit seinen Hebevorrichtungen und Kränen für ein Kraftakt gewesen sein muss! Ich bin mal gespannt, wie wir da anlegen sollen!"

Er hatte recht. Eigentlich war der Hafen zum Anlanden völlig ungeeignet. Eine ständige starke Brandung verhinderte, dass größere Schiffe an die große eiserne Landungsmole anlegen konnten, die über hundert Meter tief in die Bucht hineinragte. Während wir uns schaukelnd der Küste näherten, betrachtete ich diesen eisernen Finger ins Meer. Er war noch nicht fertig gestellt, und trotzdem nagte das Salzwasser schon sichtbar an den Stahlpfählen, und im vorderen Bereich erkannte ich deutliche Sandbänke. Nach einem ruhigen Hafenplatz sah das wahrlich nicht aus.

Und tatsächlich musste die ‚Kigoma‘ außerhalb vor Anker gehen. Wir waren furchtbar aufgeregt und konnten es kaum aushalten, endlich von Bord zu gehen. Wie lange hatte wir darauf gewartet!

Der folgende Landgang aber wurde zu einem echten Abenteuer und war nichts für schwache Nerven. Kleine Brandungsboote der Woermann-Linie, gesteuert von den liberianischen Kruboys, setzten sich mittschiffs zum Dampfer. Nun musste man zu dritt oder zu viert in eine Art Korbstuhl aus Weidenruten klettern, über den wir auf die kleinen Schlepper heruntergelassen wurden. Bei dem Wellengang kein leichtes Unterfangen. Der an Bord der ‚Kigoma‘ für den kleinen Verladekran zuständige Bootsmann musste sehr genau die Wellentäler achten, um das Deck des kleinen Schleppers überhaupt zu treffen. Oftmals brauchte er mehrere Versuche und trotz aller Vorsicht landete der Korb häufig mit einem dumpfen Knall und schmerzhaft für die Insassen auf dem harten Deck.

Das Brandungsboot brachte die inzwischen reichlich durchnässten Passagiere zur Mole, wo sie in eine weitere Gondel einstiegen und mit einem Dampfkran die letzten Meter auf das Eisengestänge hochgezogen wurden. Deutsche Ingenieurskunst traf hier eindeutig auf die Kraft der Natur!

Sicher kann man sich vorstellen, wie lange das ‚Verladen‘ aller 300 Passagiere dauerte, erst recht beim plötzlich einsetzenden Nebel. Oftmals musste aus Sicherheitsgründen unterbrochen werden. Als Erste-Klasse-Passagiere waren wir glücklicherweise einmal mehr privilegiert und gingen zuerst von Bord. Noch waren die Bedingungen akzeptabel und unsere Helfer konzentriert. Angst hatte ich keine. Als ich mit Henning und zwei weiteren Männern auf engstem Raum in dem knackenden Korbgeflecht schaukelte, grinste ich innerlich und freute mich wie ein Kind über unsere unfreiwillige Karussellfahrt, auch wenn die Anlandung natürlich alles andere als ungefährlich war. Meine Abenteuerlust meldete sich, und die Vorfreude auf unser neues Leben tat ihr Übriges. Ein lauter Jauchzer entfuhr mir, als wir plumpsend auf dem Deck des Brandungsbootes landeten.

Das Gepäck wurde zeitgleich mit uns an Land gebracht, und endlich standen wir mit all unseren Habseligkeiten und mit vor Aufregung zitternden Knien auf einer Stahlbrücke direkt vor der Küste von Deutsch-Südwestafrika, nur noch wenige Schritte von unserer neuen Heimat entfernt.

DREI

Zu unserem Erstaunen griff sogar im fernen Afrika sofort die preußische Bürokratie: Wir mussten durch eine langwierige Zollkontrolle. Auf Geheiß des Hafenmeisters kämpften wir uns durch tiefen Sand zu einer staubigen Baracke unterhalb des Leuchtturms. Dort erwarteten uns zwei Reichszollbeamte in tadellosen Uniformen.

„Ihre Ausweise bitte", murmelten sie geschäftig, so als befänden sie sich an einem vielbereisten Grenzübergang und nicht in einem kleinen Hafen, in dem die Ankunft eines einzigen Schiffes und die entsprechende Passagierliste schon Tage im Voraus bekannt waren. Auch tausende Seemeilen vom Reich entfernt musste den Einreisevorschriften in deutsches Hoheitsgebiet gerecht werden. „Haben Sie etwas zu verzollen?".

Im Augenwinkel sah ich, dass Henning ein Spruch auf den Lippen lag und stieß ihn warnend in die Seite. Jetzt bloß nicht anecken und gleich am Anfang Ärger mit den Behörden bekommen! Er biss sich mit einem leichten Grinsen auf die Lippen und bedachte mich mit einem schelmischen Blick. Wir beiden wussten genau, wie gerne er das deutsche Beamtentum auf die Schippe nahm.

„Selbstverständlich hätten wir entsprechende Waren vorher deklariert", entgegnete ich pflichtbewusst und wahrheitsgemäß, denn außer unserer medizinischen Ausrüstung hatten wir nur die nötigsten Kleidungsstücke mit.

Akribisch wurden Papiere und Gepäck trotzdem kontrolliert. Der Kolonialdienst war für Viele alles andere als eine Strafversetzung und wurde von abenteuerlustigen Staatsdienern sogar gern angetreten. Er bot Beamten unter anderem eine Kolonialdienstzulage in beträchtlicher Höhe. Beamte und Soldaten mussten sich auch nicht um die Reise, ihre Unterkunft oder die medizinische Versorgung am neuen Dienstort kümmern. Alles wurde auch von Berlin aus geregelt. In der Kolonie brauchte man aber natürlich seine Legitimation und tat seine Arbeit entsprechend gründlich.

Endlich aus den Fängen der Bürokratie entlassen, erkundigten wir uns noch vor Ort nach einer Übernachtungsmöglichkeit. Wir würden während unserer Urlaubsvertretung extern übernachten müssen, denn im Wohnheim des Krankenhauses gab es keine Unterbringungsmöglichkeit für ein Ehepaar, wie wir schon in Deutschland erfahren hatten. Zu unserem Schrecken mussten wir aber erfahren, dass eines der besten Hotels in Swakopmund, der ‚Kaiserhof', einige Wochen zuvor komplett abgebrannt war. Der Schaden war immens und freie Zimmer in anderen Häusern demzufolge ausgesprochen spärlich. Viele Ankömmlinge würden die erste Nacht in ihrer neuen Heimat sehr provisorisch verbringen müssen.

„Sehen Sie zu, dass Sie irgendwo unterkommen", riet uns ein sonnengebräunter Mitarbeiter der Woermann-Linie, der immer noch damit beschäftigt war, die Anlandung der nicht endenden Flut von Gepäckstücken zu kontrollieren.

„Eine Nacht im Freien ist in Swakopmund kein Zuckerschlecken, das kann ich Ihnen sagen! Es wird ausgesprochen feucht und kalt. Wissen Sie, das ist wegen des Belugastroms. Fast jeden Abend zieht hier Nebel auf und lässt die Temperaturen so schnell sinken, dass man sich über eine dicke Jacke und eine ordentliche Tasse heißen Tee freut. Ich weiß, wovon ich rede, schließlich bin ich schon zehn Jahre da!" Erstaunt blickte ich den drahtigen Mittfünfziger vor mir an.

„Wie meinen Sie das? Ist es hier immer kalt und gibt's hier immer Nebel?"

Tatsächlich war es schon jetzt empfindlich frisch, obwohl die Sonne noch hoch stand und nur immer mal wieder von einzelnen Nebelschwaden verdeckt war. Schon fühlte ich mich ein wenig, als hätte ich Hamburg gar nicht verlassen. Ich war froh um die Strickjacke, die ich noch an Bord angezogen hatte. Die gnadenlose afrikanische Sonne, die uns auf der Fahrt schon so übel zugesetzt hatte, schien hier vom Nebel verschluckt zu werden, und das offensichtlich häufiger. Skeptisch blickte ich zum Himmel.

„Nein, nein, keine Angst, auch hier scheint mal die Sonne", klärte mich der Hafenarbeiter auf und löste damit auch das Rätsel um seinen wettergegerbten Teint.

„Am Mittag des nächsten Tages schafft sie es, sich durchzusetzen und der Stadt wieder einen blauen Himmel und eine durchaus angenehme Wärme zu spenden. Hier lässt es sich prima leben, willkommen in der Kolonie!"

Ja, so hatte ich es mir gewünscht! Das war eine Begrüßung genau nach meinem Geschmack. Herzlich und offen. Dankbar lächelte ich den Mann an. Kleine Worte mit großer Wirkung.

Zufrieden hakte ich mich bei Henning ein und stapfte durch den Sand zur kleinen Schmalspurbahnhaltestelle direkt vor dem Zollhaus. Obwohl von der Größe her überschaubar, wurde ganz Swakopmund von verschiedenen Verbindungen befahren. Das war nicht dem puren Drang nach Luxus geschuldet, sondern eher der Tatsache, dass die Straßen und Wege so tief mit Sand bedeckt waren, dass auch kurze Wege ausgesprochen beschwerlich waren. Der kleine Zug wurde je nach Bedarf von Pferden oder einer kleinen Dampflokomotive gezogen und brachte die Reisenden bequem an ihr Ziel, auch wenn es nur einige hundert Meter entfernt lag.

Unterwegs staunten wir über das Bild, das uns dieses Städtchen mitten in der Wüste bot: Es gab für diese noch junge Kolonie erstaunlich viele massive Steinhäuser, darunter mehrere Hotels, Banken, Handwerksbetriebe, Gasthäuser und natürlich Regierungsgebäude. Links und rechts der breiten Straßen gab es hölzerne Fußwege und sogar eine Straßenbeleuchtung. Die Häuser waren in freundlichen Farben gestrichen, und viele von Ihnen hatten hübsche Gärten. Blumen und Gemüse wuchsen dort im eklatanten Kontrast zu den sandigen Straßen. Zur Bewässerung drehten sich überall Windräder, die aus kleinen Brunnenlöchern das kostbare Wasser förderten.

Auf Empfehlung machten wir uns auf zum ‚Hamburger Hof'. Passender hätte der Name nicht ausfallen können. Das Hotel war ein einstöckiges, weiß getünchtes Gebäude in unmittelbarer Nachbarschaft zum großen Wasserturm. Es wirkte sehr einladend. Gespannt betraten wir die Eingangshalle. An der Seite befand sich ein hölzerner Tresen, der als Rezeption diente.

„Moin", wurden wir norddeutsch-passend zum Hotelnamen von einem jungen Mädchen hinter dem Tresen begrüßt.

„Herzlich willkommen in Swakopmund. Wir hoffen, Sie hatten eine angenehme Überfahrt?" Fröhlich und offen blickte sie uns an. Ihre Frage war offensichtlich ernst gemeint und keine Floskel.

„Ja, vielen Dank. Wir sind auf der Suche nach einem Zimmer. Gerne auch für mehrere Wochen, da wir unsere medizinischen Tätigkeiten als Vertretungen im Krankenhaus antreten werden. Haben Sie etwas für uns?"

„Ach, Sie sind das Ärztehepaar, das unser Krankenhaus hier am Laufen halten wird, wenn Dr. Ebner im wohlverdienten Urlaub ist? Das ist ja schön, dann sind wir ja weiterhin gut versorgt."

Unauffällig musterte sie uns, offenbar wusste man ziemlich genau, wer hier wann und woher eintreffen würde.

„Wie Sie ja sicher schon am Hafen gehört haben, ist der Kaiserhof kürzlich abgebrannt. Hotelbetten sind seitdem in der Stadt mehr als knapp. Gerne würde ich Ihnen etwas anderes anbieten, aber leider haben wir nur noch eine kleine Kammer zur Verfügung. Normalerweise wird sie gar nicht vermietet, aber wie heißt es so schön: In der Not schmeckt die Wurst auch ohne Brot."

Angetan von ihrem eigenen Witz kicherte die junge Frau hinter dem Tresen mädchenhaft. Ganz offensichtlich war sie im Reinen mit sich und ihrer Umwelt. Erfrischend zu sehen für uns als Neuankömmlinge. Henning, immer offen für lockere Sprüche, fiel in ihr Kichern ein. Seine Anspannung während der Überfahrt hatte sich aufgelöst und machte wieder Platz für die unkomplizierte Aufgeschlossenheit, für die ich meinen Mann auch so liebte.

„Wir würden auch in der Putzmittelkammer übernachten, wenn wir denn sollten", entgegnete er locker, worauf das Mädchen erneut kicherte.

Sie führte uns in einen recht dunklen, engen Raum, der eher einem Verschlag als einem Zimmer glich. Links und rechts an der Wand befanden sich zwei einfache Metallbetten, dazwischen ein grob gezimmertes Nachtschränkchen mit einer Waschschüssel. Das war die komplette Einrichtung, mehr hätte aber beim besten Willen nicht in den Kabuff gepasst. Alles war mit einer feinen Schicht Sand überzogen, und auf dem Fußboden knirschte es bei jedem Schritt. Der Wüstensand ließ sich eben auch in einem Hotel nicht aussperren. Nur mit sehr viel gutem Willen passte unser Gepäck zwischen die Betten, und wir mussten wahre Turnübungen unternehmen, um uns in dem Räumchen zu bewegen. Einerlei, wir hatten ein Dach über dem Kopf, das war die Hauptsache.

Zur Feier unserer Ankunft begaben wir uns in die Gaststube. Dort sah es aus wie in einem deutschen Kaffeehaus: Möbel aus edlen Tropenhölzern, an den Wänden große Ölgemälde mit heimatlichen Hügellandschaften und röhrenden Hirschen, die Tische liebevoll eingedeckt mit gestärkten Tischdecken und Meißner Porzellan. Überall fand das Auge Altbekanntes und Vertrautes. Verdutzt blieben wir zunächst an der Tür stehen. Waren wir wirklich in Afrika?

Wir suchten uns einen kleinen Tisch und ließen uns auf die bequemen, mit teuren Brokatstoffen bezogenen Stühle nieder. Die Speisekarte las sich wie in einem renommierten Haus auf dem Berliner Kudamm. Edle Speisen und Getränke zu allerdings auch edlen Preisen.

Eine kleine, tiefschwarze Frau in einer gestärkten Dienstbotenschürze und kleinem weißen Häubchen auf den kurzgeschorenen Locken näherte sich unserem Tisch.

„Sie wünschen, bitte?", sprach sie uns in akzentfreiem Deutsch an. Erstaunt blickten wir sie an. Wir wissen nicht, was wir erwartet hatten, aber ganz sicher keine Afrikanerin, die so perfekt Deutsch sprach und gekleidet war wie eine Kellnerin in einer deutschen Lokalität. Hier stießen schon optisch zwei Welten aufeinander, an die wir uns erst würden gewöhnen müssen. Wir bestellten einen gedeckten Apfel- und einen Käsekuchen sowie zwei Tassen Kaffee, genau wie wir es auch in jedem Café in Deutschland getan hätten. Der Kuchen war vorzüglich, offenbar war es auch hier kein Problem, an die richtigen Zutaten zu kommen. Nur der Kaffee, der war anders und ziemlich gewöhnungsbedürftig. Er schmeckte irgendwie brackig-salzig.

„Das liegt am Wasser", wurde uns kurzangebunden von der Bedienung mitgeteilt, als wir uns etwas Zucker zum Nachsüßen bestellten. Aber auch nachgesüßt war er nur sehr bedingt genießbar. Schon bereute ich meine Entscheidung gegen eine erfrischende Waldmeisterlimonade aus der Flasche. Wir guckten uns zweifelnd an, wollten aber nicht unangenehm auffallen und sahen es als erste ungewohnte Erfahrung in diesem neuen Land an.

Inzwischen war es früher Abend geworden und rasch zog der angekündigte, mysteriöse Nebel auf. Es wurde fast auf einen Schlag so feucht und ungemütlich, dass wir uns entschlossen, den Tag zu beenden und uns auf unser Zimmerchen zurückzuziehen. Die nähere Umgebung würden wir auch morgen noch erkunden können.

Die Aufregung der Anlandung hatte sich gelegt, unser Adrenalinspiegel war gesunken und hatte einer großen Müdigkeit Platz gemacht. Wir freuten uns auf eine hoffentlich ruhige Nacht. Noch immer hatten wir das Gefühl, dass sich der Boden unter unseren Füßen bewegte und suchten, seit mehreren Wochen an permanenten Seegang gewöhnt, unbewusst Halt an den Möbelstücken und Wänden auf dem Weg nach oben. Fast hätte man meinen können, wir hätten unsere Ankunft mit einem ordentlichen ‚Gedeck‘ aus Bier und Schnaps im Café begossen und nicht nur mit Kaffee und Kuchen. Erschöpft sanken wir auf unsere Betten und verzichteten sogar auf Umkleiden und Zähneputzen.

An ruhigen Schlaf war in dieser Nacht allerdings nicht zu denken: Bei Beginn der Dämmerung schienen alle Moskitos der Stadt gleichzeitig zum Angriff eingeflogen zu sein. Es gab keine Moskitonetze, und innerhalb kürzester Zeit waren wir völlig zerstochen. Das unverkennbar hohe ‚Bsssssss‘ kam aus jeder Ecke und hörte erst auf, als scheinbar alle in der Dunkelheit einen geeigneten Platz irgendwo auf unseren Körpern gefunden und sich ordentlich vollgesaugt hatten. Es war zum Verrücktwerden. Sogar auf dem Augenlid hatte ich einen Stich, der so schnell anschwoll, dass ich mich fühlte wie ein Preisboxer nach seinem schwersten Kampf.

Aber es sollte aber noch schlimmer kommen: Nach wenigen Stunden hatte ich das Gefühl, dass mein Verdauungstrakt sich komplett umkehren wollte. Lautstark knurrend verschafften sich Magen und Darm Gehör und gaben mir zu verstehen, dass ich ihnen offenbar etwas gänzlich Unzumutbares zugeführt hatte.

„Ist alles in Ordnung, Schatz?" kam eine besorgte Stimme von der anderen Seite der Kofferwand angesichts des Blubberns, mit dem ich meinen Mann zusätzlich zu den Moskitos vom Einschlafen abhielt.

„Ich fürchte nicht, Henning, mir wird gerade ziemlich schlecht und mein Bauch schwillt an wie ein Ballon. Oooh…", jammerte ich, als ich einen ersten Krampf im Bauchraum verspürte.

„Soll ich runter gehen und dir einen Tee holen?"

„Nein, nein, lass mal, vielen Dank. Der würde sicher nicht da ankommen, wo er helfen soll."

„Dann vielleicht alternativ einen Eimer?"

Henning war alarmiert, denn normalerweise war ich nicht besonders wehleidig. Erst, wenn es mit richtig schlecht ging, äußerte ich meine Beschwerden.

„Oder soll ich versuchen, ein paar Verdauungstropfen zu organisieren?"

„Geht schon", erwiderte ich gepresst, denn die Geräusche waren nur die Vorwarnung für einen langen, harten Kampf mit meinen Eingeweiden, den ich in dieser Nacht zu führen hatte. Wie ich später erfuhr, war es das kalkhaltige und harte Trinkwasser, das für Neulinge mit noch empfindlichen Mägen eine so durchschlagende Wirkung hat. Also war es doch der Kaffee. Die häufig auftretende Magenverstimmung hat sogar einen eigenen Namen: Ärzte nennen sie ‚Swakopmundia'. Henning schien nicht betroffen zu sein, und so bemühte ich mich, ihm zwischen meinen fluchtartigen Toilettengängen ans andere Ende des Hotelgebäudes, bei denen sich ein heftiges Türaufreißen nicht vermeiden ließ, mit möglichst gleichmäßigen Atemzügen und wenig Rascheln wenigstens paar Stunden Schlaf zu gönnen. An eigenes Schlafen jedenfalls war nicht zu denken.

Wie gerädert und völlig erschöpft von den Krämpfen wurde ich - wie ich dachte mitten in der Nacht - von Henning mit einem zärtlichen Kuss auf meine verschwitzte und von drei juckenden Moskitostichen bedeckte Stirn aus meinem gefühlten Dämmerzustand geweckt.

„Guten Morgen, mein armes, kleines Mädchen."
Besorgt und mit dem forschenden Blick eines Arztes, der binnen kürzester Zeit den Gesundheitszustand seiner Patientin einzuschätzen hat, musterte er mich.

„Was meinst du, schaffst du heute die Vorstellung im Krankenhaus? Kannst du aufstehen?"
Vorsichtig setzte ich mich auf, um postwendend und mit einem wenig damenhaften Stöhnen auf das flache Kissen zurückzusinken. Oh nein, Bewegung war gar nicht gut, erst recht nicht, wenn dadurch die Gedärme empfindlich komprimiert wurden. Aufstehen war für mich in diesem Moment so weit weg wie unser altes Leben in Hamburg. Noch war ich eindeutig krank. Natürlich wollte ich meinen neuen Arbeitsplatz kennenlernen und mich vorstellen, an dem Morgen aber war nichts zu machen. Henning würde allein gehen müssen.

„Tut mir leid, mein Liebling", gestand ich ihm weinerlich, „ich glaube, das schaffe ich heute einfach nicht."
Eine Träne der Enttäuschung lief mir über die Wange. Persönliche Schwäche zu zeigen war etwas, mit dem ich noch nie gut umgehen konnte. Henning bemerkte meine emotionale Betroffenheit und strich mit seiner großen kühlen Hand behutsam die Träne fort.

„Ist schon gut, meine Kleine. Kein Weltuntergang. Wir haben noch so viel Zeit in Afrika, da kommt es auf einen

Tag nicht an. Jeder ist mal krank und erst recht nach einer so langen Reise. Ruh dich aus, ich werde mal gucken gehen, was ich für deinen Magen kriegen kann und erzähl dir alles, was ich erlebe."

Wie so oft schaffte er es, dass ich mich entspannte. Mit Henning an meiner Seite hatte ich nichts zu befürchten, auch keinen Vorstellungstermin, der über meine Kräfte hinausgehen würde. Dankbar schloss ich die Augen und nickte sofort ein.

Im Hotel war man auf derlei gesundheitliche ‚Notfälle' vorbereitet und ließ mir einen Kräutertee bringen, der mit eigens vom Waterberg herbeigeschafftem Wasser zubereitet worden war. Dort am mächtigen Tafelberg wird das Regenwasser durch mehrere Gesteinsschichten natürlich gefiltert, ehe es an einer Quelle wieder austritt. Sogar heilende Wirkung wird diesem Wasser nachgesagt.

Tatsächlich ging es mir nach einer Kanne Tee etwas besser, trotzdem machte Henning sich allein auf, um sich zunächst im Antonius-Krankenhaus vorzustellen und mir auf dem Rückweg in der, wie er sich erkundigt hatte, gut sortierten Adler-Apotheke in der Kaiser-Wilhelm-Straße beruhigende Tropfen zu besorgen.

Während ich so allein auf dem Bett lag und die Astlöcher in den Deckenbalken betrachtete, dachte ich an meine bevorstehende Zukunft. In Deutschland wurde die Einwanderung neuer Siedler in die Kolonie mehr denn je beworben. Das Land, das das Deutsche Reich für sich in Anspruch nahm, wurde großzügig an zahlungskräftige Interessenten verteilt. Angehörige der Schutztruppe und Reservisten bekamen Sonderbedingungen. Gelockt durch die große Werbetrommel hatten seit ein paar Jahren viele den Sprung nach Afrika gewagt. Ein Sprung, der trotzdem noch einiges an Mut, Organisationstalent und nicht zuletzt an Eigenkapital erforderte -

trotz der staatlichen Förderung. Für eine Farm in Südwest, die ihrem Besitzer ein einigermaßen solides Einkommen sichern sollte, rechnete das Kolonialamt mit Investitionen von 20.000 bis 30.000 Reichsmark. Afrika war also kein ‚Auswandererparadies‘, in dem eine junge Familie mit nur wenig Eigenkapital ein neues Leben beginnen konnte. Trotz unserer guten Ausbildung würden wir ziemlich weit unten anfangen müssen.

Dazu kam der für mich persönlich vom ersten Moment an befremdliche Umgang mit den Schwarzen. Sie schienen keine Rechte in ihrem Land zu haben. Noch hatte ich erst einige wenige Bedienstete am Hafen und im Hotel erlebt, aber der Umgang mit ihnen war jeweils auffallend rüde und harsch für mich. Warum ging man derart rüpelhaft mit ihnen um? Was hatten sie getan? Als Krankenschwester empfand ich es als meine Pflicht, anderen Menschen zu helfen. Wenn jemand vor mir stand, war er einfach nur Patient. Dabei machte ich keinen Unterschied zwischen Völkerstammen, politischen Lagern oder Arm und Reich. Ich begegne meinen Mitmenschen auf Augenhöhe und machte meine Arbeit, wie sie pflegerisch erforderlich war. Hier war es anders. Es gab Weiß, und es gab Schwarz. Der eine nahm, der andere musste scheinbar geben, ob er wollte oder nicht. Selbst für die kleinsten Handgriffe und Aufgaben gab es Eingeborene, und sie schienen keinerlei Rechte zu haben. Ich war mir ganz und gar nicht sicher, ob ich mit dieser Tatsache klarkommen würde.

Henning riss mich aus meiner Nachdenklichkeit, indem er stimmungsvoll die Tür aufstieß und grinsend hereinpolterte. Gut sah er aus mit vom Passatwind ordentlich zerzausten Haaren und vor Aufregung geröteten Wangen! Trotz meiner Unpässlichkeit meldeten sich sofort wieder Schmetterlinge in meinem Bauch. Wie sehr ich diesen Mann liebte!

„Schatz!" rief er eine Spur zu laut aus, noch während er in der Tür stand. „Ich muss dir sofort alles erzählen. Es ist unglaublich, was ich in dieser kurzen Zeit alles erlebt habe! Ich habe so viele Leute getroffen und so viel über die Gegend gehört! Hier kennt jeder jeden und alle sind an uns interessiert. Unser Eindruck an der Rezeption war genau richtig. Man wusste, dass ein neuer Arzt auf dem Weg in die Kolonie war. Jeder wollte hören, wo wir herkommen und was wir geplant haben für unsere Zukunft. Ehrlich, fast hätte ich darüber deine Tropfen vergessen!"

„Oh", entgegnete ich matt, denn nach dem kleinen Luftsprung, den mein Herz bei seinem Anblick gemacht hatte, beanspruchte nun mein Magen wieder meine komplette Aufmerksamkeit.

„Die Apotheke in der Kaiser-Wilhelm-Straße ist sowas wie ein Treffpunkt zum Nachrichtenaustausch. Jeder kommt da vorbei, auch wenn er nichts kaufen möchte. Den Apotheker scheint das auch nicht zu stören, im Gegenteil. Wirklich, ich kam aus dem Erzählen überhaupt nicht mehr raus!"

„Und sonst, wie war dein Eindruck vom Krankenhaus?", versuchte ich meinen Mann auf die elementaren Dinge zu lenken, denn offenbar hatte ihn der zentrale Treffpunkt in der Apotheke weit mehr beeindruckt als die Vorstellung bei seinem Arbeitgeber.

„Och, weißt du", wurde er sofort sachlicher, „das Haus ist offenbar eher eine Durchgangsstation für Tropen- und Militärdienstuntaugliche und ein Erholungsheim für Soldaten als ein Akutkrankenhaus. So richtig schwere Fälle scheinen die da nicht zu haben. Die meisten sind zur Rehabilitation da, bevor sie den Weg zurück nach Deutschland antreten. Es gibt eine Wöchnerinnenstation und etwa 50 Betten für Schutztruppler und Zivilisten. Die meisten leiden an Tropenkrankheiten oder Herz-Kreislauf-Problemen. Gerade die Angestellten der Tsumeb-Minen im Norden soll es ordentlich erwischen mit Herzschwäche. Ein Eingeborenenlazarett ist dem Krankenhaus auch angegliedert, aber da war ich bisher noch nicht. Ich habe den leitenden Stabsarzt getroffen und mich länger mit ihm unterhalten. Er ist ehrlich erleichtert, endlich Unterstützung aus Deutschland zu bekommen, denn sein Assistenzarzt ist schon seit einigen Wochen im Urlaub und zwei seiner Sanitätsoffiziere sind mit Typhus ausgefallen. Ich soll gleich morgen früh kommen und anfangen. Langweilen werden wir uns aber wohl nicht, das meinte er gleich!"

„Na gut, wir werden sehen", erwiderte ich zurückhaltend. Noch konnte ich mir keine rechte Vorstellung davon machen, wie mein Arbeitstag in einem militärischen Krankenhaus aussehen würde. Bis jetzt war ich nur in zivilen Häusern gewesen.

„Und mit dem Oberst warst du dann zur Feier unserer Ankunft gleich einen trinken?"
Hennings ausgeprägte Fahne war mehr als deutlich zu bemerken. Ich versuchte, nicht direkt in der Richtung seines Atemstroms zu sein, indem ich im Bett etwas zur Seite rutschte. Alkoholgeruch war überhaupt nichts in meinem desolaten Zustand!

„Nein, nein, so weit ging die Freude dann doch nicht. Ich bin danach zur Apotheke gegangen und habe deine Tropfen geholt." Triumphierend streckte er mir eine kleine braune Papiertüte entgegen.

„Zufällig war aber auch der Herausgeber der Swakopmunder Zeitung anwesend. Netter Kerl. Er wollte alles aus Europa hören und hat mich gefragt, ob wir auf ein Bier ins Brauhaus gehen."

„Ist ja auch sein Job", fügte er nach einer kurzen Pause grinsend hinzu.
Bei einem Bier war es dann offenbar nicht geblieben. Meinen werten Ehemann umgab eine beinahe sichtbare Wolke aus

Bierdunst und Zigarrenrauch. Swakopmund ist bekannt und berüchtigt für sein gutes Bier, gekonnt gebraut nach dem deutschen Reinheitsgebot von vor damals fast vierhundert Jahren. Erstaunlich, dass es auch diese Vorschrift bis nach Afrika geschafft hatte.

Ich gönnte Henning seinen Schwips. Er konnte ja nichts dafür, dass ich gleich nach der Ankunft die Segel hatte streichen müssen. So hatte wenigstens er einen ersten kleinen Ausflug in das gesellschaftliche Leben genossen. Leicht verwaschen erläuterte er mir noch, dass Hopfen ja bekanntlich Bakterien tötete und in diesem Spezialfall daher sowieso viel gesünder sei als Wasser und dass er wirklich nicht anders gekonnt hatte, als dem Verleger ins Brauhaus zu folgen. Dann ließ er sich schwer auf sein Bett fallen, nicht aber ohne mir noch Instruktionen zur Einnahme der undefinierbaren Kräutertinktur zu geben, die er mitgebracht hatte.

„Diese Tropfen hat der Apotheker für ‚Swakopmundia'-Patienten immer vorrätig. Dreimal zehn Tropfen am Tag, und du bist bald wieder auf dem Damm", prophezeite er mir und zog sich umständlich seine sandigen Schuhe aus. Für heute hatte er sein Tagwerk erledigt und streckte sich wohlig aus auf der für ihn eigentlich zu kurzen Matratze. Innerhalb kürzester Zeit war er eingeschlafen. Versorgt mit Medizin und einigen trockenen Keksen fand auch ich endlich den Schlaf, den ich für meine schnelle Genesung brauchte.

VIER

Am nächsten Tag war ich wieder kräftig genug, um den Weg zum Krankenhaus zu bewältigen. Die Kräutertinktur hatte Wunder bewirkt. Früh machten wir uns auf den Weg. Es war neblig und empfindlich kalt.

„Ich kann immer noch nicht so recht fassen, dass wir nicht mehr in Hamburg sind. Guck dir doch mal den Nebel an! In Afrika soll es doch immer heiß und trocken sein! Und frisch ist es, meine Güte!" Fröstelnd zog ich die Schultern hoch, wickelte meine Strickjacke fester um meine Taille und hakte mich bei Henning unter. Auch er fror, wie ich an seinen hochgezogenen Schultern unschwer erkannte.

Das Krankenhaus war nicht weit entfernt von unserem Hotel, wir konnten auf den Holzstegen bequem zu Fuß gehen. Sie waren feucht vom Nebel, und ich musste sehr aufpassen, dass ich nicht ausrutschte. Konzentriert starrte ich auf die Bohlen vor mir. Henning kannte den Weg ja bereits, ich verließ mich völlig auf ihn, und nach einigen Minuten standen wir vor unserer ersten Arbeitsstelle. Das Antonius-Haus war ein schmuckes, breitgezogenes, zweigeschossiges Steinhaus. Große weiß gestrichene Sprossenfester und ein großer Torbogen am Eingang machten das Gebäude hell und freundlich. Beherzt betraten wir die kleine Eingangshalle und wurden sofort fröhlich begrüßt. Natürlich hatte sich auch hier herumgesprochen, dass mit der ‚Kigoma' fachliche Unterstützung aus Deutschland angekommen war. Die Belegschaft bestand überwiegend aus deutschen Soldaten im Sanitätsdienst und einigen wenigen Krankenschwestern, und alle waren scheinbar froh um die neuen Gesichter. Herzlich schüttelten wir viele Hände und wurden dann zum leitenden Stabsarzt gebracht, der ein Büro im hinteren Teil des Gebäudes hatte.

„Einen wunderschönen guten Morgen", begrüßte uns Oberst Wenningmeier mit einer sonoren Wärme in der Stimme, die ihn mir sofort sympathisch machte.

„Wie schön, dass ich auch Sie heute endlich begrüßen darf!", wandte der sich an mich. „Ich hoffe, Sie nehmen der Stadt ihre raue Begrüßung nicht allzu übel! Die ‚Swakopmundia' bekommen viele Neuankömmlinge als Erstes zu spüren!" Er lachte ein tiefes Lachen, das in seinem wohlgenährten Bauch einen hervorragenden Resonanzkörper fand.

„Ja, danke, es geht schon wieder", entgegnete ich höflich, denn es war mir unangenehm, das Gespräch mit meinem persönlichen Wohlbefinden zu beginnen.

„Wie ich gehört habe, sollen Darmkatarrhe hier gar nicht so selten sein?", versuchte ich es auf eine sachliche Ebene zu heben.

„Oh ja, das kann man unbedingt so stehen lassen. Wer das Wasser hier nicht gewohnt ist, wird erstmal davon umgehauen. Es trifft aber nicht nur Neulinge, auch Besucher aus dem Inland leiden darunter, und nicht selten landen sie dann hier im Krankenhaus. Überhaupt haben wir viel mit Erkrankungen des Magen-Darm-Traktes zu tun: Ruhr, Typhus und dergleichen. Dazu kommen Herz-Kreislauf-Geschichten. Viele Schutztruppler und besonders die Angestellten der Kupferminen im Norden bei Tsumeb vertragen das Klima und die dünne Höhenluft nicht besonders gut und reagieren mit Herzschwäche. Wir päppeln sie hier auf, bis sie wieder arbeitsfähig sind oder aber mit dem nächsten Schiff nach Europa zurückkehren. Eigentlich sind wir mehr ein Erholungsheim als ein echtes Krankenhaus", fügte er augenzwinkernd hinzu.

„Verstehe", entgegnete ich mehr höflich als tatsächlich überrascht. Henning hatte ja bereits berichtet, dass in diesem Hause offenbar mehr Rekonvaleszenten als tatsächliche Akutfälle anzutreffen waren.

„Ach ja, und Impfungen und Musterungen für Freiwilligenmeldungen zur Schutztruppe machen wir auch, wenn es gerade mal ruhiger ist. Wissen Sie, die deutsche Tropenmedizin nimmt weltweit inzwischen eine führende Stellung ein. Impfungen sind schon seit Jahren Standard und gehören zum Arbeitsalltag. Das Hamburger Tropeninstitut, das Sie sicherlich auch kennen, leistet da hervorragende Arbeit. Und wie wir feststellen konnten, lohnt sich der Aufwand. Wenn unsere Leute beispielsweise trotz Impfung an Typhus erkranken, dann in den meisten Fällen weitaus weniger dramatisch als Menschen ohne Impfschutz. Das haben wir schon während der Herero-Aufstände so festgestellt. Also wird hier jeder kostenlos geimpft, auch die Schwarzen, soweit sie für uns erreichbar sind. Ich stelle mir vor, dass Sie beide in den nächsten Wochen schwerpunktmäßig die Impfgespräche und ihre Durchführung übernehmen werden. Sie sind beide frisch ausgebildet, da setze ich das fachliche Wissen voraus."

Zufrieden mit seiner Zusammenfassung lehnte sich Oberst Wenningmann zurück und wartete auf unsere Reaktion. Ich riskierte einen Blick zu Henning, der rechts von mir saß. Er war sichtlich bemüht, professionelles Interesse zu zeigen, aber ich kannte ihn gut genug, um zu erkennen, dass er innerlich gerade tief durchatmete. Auf der einen Seite waren Schutzimpfungen ein Segen für alle, auf der anderen Seite waren sie aber ganz sicher nicht das Aufgabenfeld, für das er den großen Sprung nach Afrika gewagt hatte. Henning war eher ein ‚Handwerker', er suchte und fand seine Herausforderungen in Chirurgie und Notfallmedizin. Dennoch nickte er bedächtig und tauschte mit Oberst Wenningmann einige Fachinformationen bezüglich der verwendeten Seren aus.

„Und wie kann ich neben den Impfungen unterstützen?", mischte ich mich in einer Gesprächspause wieder ein.

„Ich habe gehört, dass ich in der Zivilabteilung tätig werden soll?"

„Genau, genau. Im Erdgeschoss unseres Hauses liegen die Mitglieder unserer Schutztruppe, im ersten Stock die Zivilisten, und im Anbau ist die Station für die Schwarzen. Dort arbeitet Schwester Melanie, die Sie quasi ans Händchen nehmen wird. Sie zeigt Ihnen alles, was wichtig ist. Und außerdem...", verschwörerisch beugte der Oberst sich vor und zwinkerte ein weiteres Mal, „...sind wir sehr daran interessiert, dass Sie in Ruhe ihre Arbeit erledigen können und nicht ständig durch deutlich auf dem Wege der Besserung befindliche Soldaten davon abgehalten werden. Sie glauben gar nicht, wie gesund unsere Patienten plötzlich werden, wenn eine frisch aus Europa eingetroffene, junge Dame den Raum betritt."

Ein Sanitäter brachte mich im Anschluss zur Zivilabteilung, während Henning sich fachlich weiter einweisen ließ. Die Station hatte etwa fünfundzwanzig Betten und unterschied sich nicht wesentlich von dem, was ich bisher kennengelernt hatte. Mobiliar, medizinische Gerätschaften und Bettwäsche, alles sah aus wie in Hamburg. Ich bemerkte dadurch wieder diese eigenartige Vertrautheit, die ich seit unserer Ankunft schon einige Male empfunden hatte und fühlte mich sicher. Wenn auch meine Arbeitsbedingungen etwa denen in Deutschland entsprachen, würde ich hier keine Probleme bekommen. In der Pflege wusste ich, was zu tun war.

Während ich mich weiter umschaute, wurde ich mit fröhlicher Stimme von der Seite angesprochen:

„Sie sind doch sicher die Aushilfsschwester aus Hamburg. Wie schön, dass Sie da sind! Endlich zusätzliche weibliche Unterstützung in diesem Hause!".

Ich drehte mich um und blickte in ein schmales, freundliches Gesicht mit großen blau-grünen Augen. Aus den zum Zopf gebundenen blonden Haaren hatten sich einige Strähnchen gelöst und umrahmten das mädchenhafte Gesicht sehr vorteilhaft.

„Ich bin Schwester Melanie, herzlich willkommen!". Mit erstaunlich festem Griff für ihre schmale Gestalt schüttelte sie meine Hand.

„Danke, und entschuldigen Sie bitte, dass ich so unaufmerksam war und sie nicht gleich bemerkt habe. Ich bin immer überrascht, dass hier alles so aussieht wie in Deutschland. Ich heiße Isabelle".

Melanie grinste breit und zeigte dabei zwei Reihen schöner, weißer Zähne. „Da haben Sie recht! Hier im Krankenhaus merkt man tatsächlich häufiger mal nicht, dass man eigentlich im Süden Afrikas lebt. Für mich war es auch eine enorme Überraschung, als ich vor knapp zwei Jahren hierhergekommen bin. Wir können vom Glück reden, dass die Verbindung nach Deutschland so gut ist. Dadurch werden wir gut versorgt, und es erleichtert uns die Arbeit ganz erheblich. Allerdings ist das natürlich nicht überall in der Kolonie so. Im Landesinneren muss schon ordentlich improvisiert werden, sofern überhaupt ein Lazarett vorhanden ist. Insofern leben wir zweifellos auf einer kleinen Insel der Glückseligkeit. Und auch wenn man sich als Frau so manches Mal ziemlich durchsetzen muss in der Männerwelt der Truppler, Minenarbeiter und Farmer: Ich habe meinen Entschluss auf ein neues Leben hier nicht bereut. Und jetzt kommen Sie, es ist Zeit zum Betten machen."

Gespannt auf die Patienten und die Arbeit folgte ich ihr. Später würde sicher noch mehr Zeit zum Kennenlernen und Reden sein.

Tatsächlich waren nur wenige Patienten in einem kritischen Zustand. Wie der Oberstabsarzt es beschrieben hatte, litten die meisten an den Folgen von Tropenkrankheiten wie Typhus, Malaria oder Ruhr, die jedoch dank professioneller medizinischer Hilfe und guter Pflegebedingungen bereits weitgehend unter Kontrolle waren.

Meine Arbeit in den kommenden Wochen unterschied sich neben den Impfungen daher nicht wesentlich von dem, was ich bisher auf verschiedenen Stationen in Deutschland getan hatte: Körperpflege und Verbandswechsel, Fieberkurven erstellen, Betten machen, die Mahlzeiten reichen und helfen, wo Patienten es eben (noch) nicht allein können. Wie erhofft war ich vom ersten Moment an sicher in dem, was ich tat, und wuchs mit Melanie schnell zu einem effektiven Team zusammen. Und auch privat verstanden wir uns blendend, bald schon wurde sie eine echte Freundin.

Henning dagegen war tatsächlich mit Aufgaben betraut, die nicht unbedingt seinen bisherigen Tätigkeitsbereichen und seinem Wunschdenken entsprachen. Er hielt ambulante, allgemeinmedizinische Sprechstunden für die Swakopmunder Bürger ab, impfte gegen Typhus und andere Krankheiten und füllte Tauglichkeitsbescheinigungen für die kaiserliche Schutztruppe aus. Ein geregelter, unaufgeregter Arbeitsalltag mit Krankheitsbildern wie Erkältungen und anderen kleineren und größeren Unpässlichkeiten. Häufiger hatte er den Eindruck, die Patienten hätten sich eher zum Zeitvertreib oder zur Ansprache eingefunden, als dass sie ernsthaft ärztliche Hilfe brauchten. Mein Mann aber trug es mit Fassung und Humor. Wir wussten ja, dass die Tätigkeit absehbar war und uns einen einfachen Einstieg in unser neues Leben bot.

Während unserer Zeit in Swakopmund blieben wir wie geplant im Hotel ‚Hamburger Hof‘ wohnen, konnten allerdings das Zimmer wechseln und fühlten uns bald recht wohl. In unserer knapp bemessenen Freizeit gab es viel Neues zu erleben.

Das Städtchen selbst war räumlich recht überschaubar, innerhalb kürzester Zeit hatte man es bei einem Spaziergang umrundet. Melanie stellte uns aber ihren Freunden vor, und schnell fanden wir gesellschaftlichen Anschluss. Das gesellschaftliche Leben wurde sehr großgeschrieben, man traf sich auf der Straße und in den zahlreichen Gasthäusern. Dort wurden regelmäßig Veranstaltungen aller Art abgehalten. Mal gab es einen Liederabend, mal ein Skatturnier und häufig Feste anlässlich eines Geburtstages oder eines Jubiläums. Die Swakopmunder verstanden es, das Leben zu genießen und sich zu amüsieren, wie Henning ja schon am ersten Tag im Brauhaus feststellen durfte.

Die Versorgungslage in der Kolonie war beeindruckend. Es fehlte an nichts, besonders nicht an Genussmitteln. Bier, Wein, Spirituosen, Zigarren und Zigaretten, alles gab es in schier nicht enden wollenden Mengen. Bier und Schnaps wurden bereits im Land produziert, es gab zwei Brauereien und eine Dampfdestillerie. Viele Männer in der Stadt lebten als gäbe es kein Morgen und waren nahezu täglich in den Wirtschaften zu finden. So manch einen trafen wir am nächsten Tag in unserem Krankenhaus wieder, teils mit Abschürfungen nach Stürzen, teils aber auch mit ernstzunehmenden Alkoholvergiftungen oder Blessuren durch die ein oder andere Schlägerei. Und beides hielt die Saufköppe, wie wir sie in Norddeutschland nennen, oft nicht davon ab, das Gasthaus nach ihrer Entlassung auf direktem Wege erneut anzusteuern. Alkohol war tatsächlich ein ernstzunehmendes Problem in Swakopmund.

Aus dem Mutterland wurde auch sonst enorm viel importiert: Wichtiges und weniger Wichtiges, echte Hilfsmittel und reine Luxusartikel. Es gab Zeitschriften und Modemagazine, extra für die Kolonien gedruckte Bücher, Kosmetika, Pflegeprodukte und Medikamente, edle Möbel und Stoffe und sehr viel Nippes, der an zuhause erinnern sollte. Wir hatten

Gemüse- und Fleischkonserven, eingelegte Früchte und importierte Getränke. Wer Geld hatte, bestellte sich seine Waren in Deutschland und ließ sie sich schicken. So manches Mal empfanden wir die Lebensweise einiger Südwester als erschreckend dekadent, wollten uns aber noch kein abschließendes Urteil dazu bilden.

Neben ihren Freunden lernten wir durch Melanie auch viel über die ursprünglichen Völker Südwests, diejenigen, die schon vor den Europäern dort waren. Auch sie sah Menschen hinter den fremden Kulturen und verschiedenen Hautfarben und nicht ,Wilde', ,Hottentotten', ,Bambusen' oder einfach nur billige Arbeitskräfte. Durch sie begriff ich erst, dass es mitnichten nur ,den' Afrikaner gab, wie ich naiverweise in Hamburg noch geglaubt hatte. Die Kolonie war schon lange, lange vor den Europäern von vielen Menschen unterschiedlicher Herkunft besiedelt worden. Da waren die San, von vielen abwertend Buschmänner genannt, die Damara und die Nama als die ältesten Völker des Landes. Weiter gab es die Ovambos, die sich mit Ackerbau und Viehzucht zunächst im Norden niedergelassen hatten, die Herero, die Orlaam-Nama, die sich in ihrer Lebensweise von den übrigen Nama-Stämmen unterschieden, und mehrere kleine Volksgruppen.

In den Zeiten vor der Kolonialisierung hatte es häufig kriegerische Auseinandersetzungen, insbesondere zwischen den Orlaam und den Herero gegeben. Innerhalb eines Volkes aber beeindruckte mich der Zusammenhalt in den Familien. Wurde eines ihrer Mitglieder, und vor allem ihrer Kinder, stationär aufgenommen, fand sich bald ein ganzer Tross Verwandter ein. Besonders gut erinnere ich mich an einen Unglücksfall, bei dem ein kleiner Junge, er mag vielleicht acht Jahre alt gewesen sein, zu nah an einem Ochsengespann gestanden hatte und vom Kutscher versehentlich mit der langen

Peitsche getroffen worden war. Eine tiefe Fleischwunde zog sich über seinen Hinterkopf und Teile seiner Schulter. Glücklicherweise war er gleich ins Krankenhaus gebracht worden, die Wundränder waren noch frisch und nicht infektiös. In einer kurzen Operation konnte Henning seine chirurgischen Fähigkeiten unter Beweis stellen. Er nähte die Wunden, und bald schon saß der Kleine, mit Verbandsmaterial eingewickelt wie eine Mumie, in seinem Bett. Liegen konnte er aufgrund seines Verletzungsmusters nur sehr schlecht, und so wechselten sich Mama, Papa, Oma, Opa und diverse andere Familienmitglieder Tag und Nacht ab, den Jungen auf dem Schoß zu halten und ihn zu trösten. Oftmals hatten wir große Schwierigkeiten, der Familie verständlich zu machen, dass zu viele Menschen und zu viel Trubel am Krankenbett nicht immer nur positiv für den Patienten sind und mussten die Erwachsenen regelrecht verscheuchen, um überhaupt ein Durchkommen im brechend vollen Krankensaal zu ermöglichen.

FÜNF

Unsere Vertretungszeit in Swakopmund neigte sich nach etwa sechs Wochen dem Ende entgegen. Melanie und ich sterilisierten gerade eine größere Anzahl gläserner Spritzen, die für Impfungen benutzt worden waren.

„Was habt ihr eigentlich vor, wenn Dr. Ebner wieder zurück ist?" Er war der Arzt, den Henning während seines Urlaubs vertreten hatte.

„Och, das wissen wir noch nicht so recht, wir werden sehen, wohin uns unser Weg verschlägt."

"Bleibt ihr denn nicht in Swakop?" Offenbar schien sie fest davon auszugehen, dass wir in der Stadt bleiben würden. Erstaunt hielt sie kurz inne und betrachtete mich aufmerksam.

„Erstmal nicht, erstmal gehen wir nach Goanikontes. Dort lebt ein alter Jugendfreund von Henning seit einigen Jahren. Er kümmert sich um die Strauße, die dort gezüchtet werden. Die Farm ist so etwa 40 Kilometer von hier entfernt. Kennst du das Tal?"

„Nicht direkt. Ich weiß nur, dass von dort viel Obst und Gemüse kommt, das bei uns auf dem Markt verkauft wird. Es gibt ausreichend Wasser dort."

„Ja, das habe ich auch schon gehört. Uwe hat Henning viele Briefe nach Hamburg geschickt, und Wassermangel war eigentlich nie ein Thema. Wir Beiden konnten uns gar nicht vorstellen, dass die Siedlung mitten in der Wüste liegt.

„Goanikontes hat eine lange Geschichte," wusste Melanie wie so oft. Sie hatte ein enormes Wissen rund um Land und Leute in Südwest. „Die Gegend am Swakop-Revier…",

„Revier?", unterbrach ich sie, denn das Wort kannte ich bisher nur in anderem Zusammenhang.

„So sagt man hier in Afrika für Fluss. Jedenfalls ist die Gegend am Swakop-Revier schon immer eine wichtige Wasserquelle in der Namib, die von Trecks regelmäßig aufgesucht wird. Die Quelle gibt so viel Wasser, dass neben Obst und Gemüse auch Gras, Mais und Luzerne mit künstlicher Bewässerung hervorragend gedeihen. Wertvolles Tierfutter, so dass dort auch recht viel Vieh gehalten werden kann. Regelmäßig bekommen wir unser Rindfleisch von dort geliefert."

Vor meinem geistigen Auge tat sich eine Oase wie bei 1001 Nacht auf. Ich sah Palmen, rundgemauerte Brunnen und Häuser und stolze Kamele, die von in Tüchern umhüllten Nomaden geführt wurden. Nur passte mein Bild irgendwie nicht nach Afrika. Zumindest nicht in das, was ich bisher kennengelernt hatte.

„Als Kind hatte ich mal ein illustriertes Buch über Aladin im Wunderland und andere Geschichten aus dem Morgenland, das ich geliebt habe. Ist es da so?"
Melanie lachte herzlich. „Keine Ahnung. Würde mich auch interessieren. Weiter als bis zur übernächsten Bahnstation nach Richthofen bin ich noch nie gekommen. Und da gibt's unterwegs nichts als Steine und tödliche Hitze."
„Ja, dann wird es ja höchste Zeit, dass wir dem Mythos nachgehen. Es klingt wie ein kleines Paradies. Uwe hat uns vor seiner Abreise vor ein paar Jahren nämlich erzählt, dass es auch das Projekt Straußenfarm schon länger gibt im Swakoptal, nämlich seitdem bekannt geworden ist, dass die Tiere gern Luzerne fressen. Carl Hagenbeck, der mit dem Tierpark, kennst du den? Er hat sich in den Kopf gesetzt, in Goanikontes eine Straußenfarm zu errichten, und hat Uwe als seinen besten Tierpfleger persönlich damit beauftragt, seine Tiere aus Hamburg dorthin zu importieren und sie zu züchten.".

„Strauße importieren? Nach Afrika? Hier laufen doch an jeder Ecke welche rum, sogar wenn man keine anderen Tiere entdeckt. Was soll das denn?"

Skeptisch blickte sie mich an und schien zu überlegen, ob ich ihr vielleicht einen Bären aufbinden wollte. Strauße nach Afrika zu bringen war wie die sprichwörtlichen Eulen nach Athen zu tragen. Einen kurzen Moment kostete ich mein besonderes Wissen noch aus, schließlich war ja sonst immer sie diejenige, die uns alles zeigte und erklärte. Dann aber spannte ich sie nicht mehr länger auf die Folter:

„Uwe meinte, dass in Südwest eine Vogelgrippe grassiert, die vielen freilebenden Straußen Probleme bereitet. Man hat wohl rausgefunden, dass die Tiere von Hagenbeck komischerweise resistent sind gegen die Erreger, deshalb die umständliche Verschiffung, bei der nur wenige lebend angekommen sind. Inzwischen hat man aus Kostengründen aber schon Tiere aus Südafrika importiert, schrieb er im letzten Brief. Die Nachfrage nach den Federn als Hutschmuck oder Boas in Europa ist immer noch so immens, dass sich das Ganze wohl lohnt."

„Wer's braucht…", murmelte Melanie, während sie die Spritzen wieder sortierte.

Wir waren uns sehr ähnlich darin, gut auf modische Extravaganzen verzichten zu können. Beide waren wir viel zu pragmatisch für die Haute Couture der feinen europäischen Gesellschaft.

„Trotzdem eine interessante Geschichte. Ich komme euch auf jeden Fall dort besuchen. Wann brecht ihr auf?"

„Am kommenden Montag. Am Freitag kommen Dr. Wegener und die beiden Stabsoffiziere mit dem Woermann-Dampfer an, am Samstag macht Henning die Übergabe und dann sind unsere Verträge ausgelaufen. Sonntag haben wir frei und für Montag hat Uwe organisiert, dass wir mit dem

Mulikarren auf dem Rückweg vom Markt mitfahren. Der ist ja meist leer und hat genug Platz für unser Gepäck."

„Was, am Montag schon? So bald? Das ist aber sehr schade!"

„Ja, finde ich eigentlich auch. Ich habe mich gerade an dieses Leben hier gewöhnt!"

„Und ihr seid ganz sicher, dass ihr nicht versuchen wollt, in Swakop unterzukommen? Es ist doch ein ständiges Kommen und Gehen im Krankenhaus, wir könnten gut etwas mehr Stabilität in der Mannschaft gebrauchen. Und außerdem ist es mit euch so lustig wie noch nie bisher", fügte sie mit einem freundschaftlich-liebevollen Seitenblick hinzu.

„Danke, Melanie, Du bist eine echte Freundin geworden, aber Henning hat bestimmte Vorstellungen von seinem zukünftigen Berufsleben, und ich fürchte, das ist mehr als Impfungen zu verabreichen. Er muss seinem Herzen folgen, sonst wird er unglücklich, das weiß ich."

„Okay, das verstehe ich, entgegnete Melanie empathisch wie immer.

Nachdenklich blickte ich meine Freundin an. Sie war immer noch allein, trotz ihres blendenden Aussehens und ihrer hilfsbereiten, liebenswürdigen Art. Ich konnte es einfach nicht verstehen. Angebote hatte sie zuhauf, beinahe jeder Patient versuchte mit ihr anzubändeln, aber Melanie blieb hart. Offenbar war ihr der Richtige noch nicht über den Weg gelaufen und offenbar war sie auch bereit zu warten.

„Dann machen wir Sonntag aber nochmal einen richtig schönen Ausflug zum Abschied. Alle zusammen. Ich hab da auch schon eine Idee. Lasst euch einfach überraschen!"

Bis zum Samstag tat Melanie sehr geheimnisvoll. Wir wussten nur, dass wir uns um 06:00 Uhr am Bahnhof einfinden sollten. Was für eine unchristliche Zeit am Wochenende!

Der Sonntagmorgen war wie gewohnt kalt und neblig. Wenn es nicht meine Freundin gewesen wäre, die uns zum Treffpunkt gebeten hätte, hätte ich den letzten Tag in Swakopmund lieber mit einem ausgiebigen Frühstück begonnen als mit einer hektischen Tasse Kaffee noch in der Dunkelheit.

Am Bahnhof dann tatsächlich die Überraschung: Beinahe alle Leute, die wir in den wenigen Wochen näher kennengelernt hatten, waren bereits im hübschen Bahnhofsgebäude zusammengekommen. Als Gruppe von etwa 10 Leuten sollten wir den Zug Richtung Windhuk besteigen, der eine halbe Stunde später abfahrbereit war. Unsere Reise ging zwei Stationen weiter nach Richthofen. Wir waren sehr gespannt, denn es war das erste Mal, dass wir die Stadt verließen. Was wir wohl nach dem Nebel sehen würden?

Der reguläre Zug der Staatsbahn mit seinen beiden Klassen und mehreren Güterwaggons, gezogen von einer deutschen Zwillingslok, fuhr pünktlich ab. Melanie hatte uns Tickets in der ersten Klasse gebucht, und so reisten wir feudal in weich gepolsterten Abteilen die etwa 20 Kilometer erstmals ins Landesinnere. Feuchtfröhlich wurden die ersten Bierflaschen geöffnet, kaum, dass sich der Zug in Bewegung gesetzt hatte.

Die anderen kannten die Umgebung ja bereits, wir aber waren sprachlos, wie sehr sich die Landschaft schon einige wenige Kilometer nach dem Ortsausgang veränderte. Der Nebel war beinahe schlagartig verschwunden und gab den Blick frei auf schroffe graue Steinwüste. Nur Felsen und Geröll, soweit das Auge blicken konnte. So stellte ich mir die Mondoberfläche vor – zerklüftet, farblos, unendlich und tot. Nicht vorstellbar, dass hier Leben existieren sollte, egal welches. Links und rechts von den Schienen fielen mir die vielen Glasflaschen auf, die gedankenlos aus den Zugfenstern geworfen worden sein mussten. In der Sonne blitzten sie in den verschiedenen Farbtönen auf, je nachdem, wie die Flaschen vorher befüllt waren. Braun zum Beispiel für Bier, grün für Wein, blau für Gin und klar für Wasser. Ein scharfer Kontrast zum Grau in Grau neben der Strecke.

Unsere Fahrt endete bereits 20 Kilometer weiter an der Station Richthofen. Sie bestand aus einem steinernen, einstöckigen Empfangsgebäude und einem Lokschuppen mitten im Nichts. Wenig einladend, aber wir vertrauten Melanie. Schelmisch blickte sie uns an, als wir uns im ersten Morgenlicht auf der vorgebauten Terrasse des Bahnhofs ratlos umblickten. Neben dem Gebäude waren zwei Ochsenkarren abgestellt.

„Wir fahren zum Gut Richthofen", klärte Melanie uns endlich auf. Ich kenne die Leute gut, sie haben dort ein traumhaftes Anwesen und uns eingeladen, einen entspannten Tag bei ihnen zu verbringen.

„Na, da sind wir ja mal gespannt", entgegnete Henning mit einer Spur Skepsis. Momentan war es noch kühl, auch in der Wüste, aber uns schwante, in welche Höhen die Temperaturen sehr bald klettern würden.

„Das wird schön, oder habt ihr etwa Bedenken? Ihr seid doch sonst offen für alles", lachte sie und führte unsere kleine Reisegruppe zu den Ochsenkarren.

Ruckelnd und holpernd wurden wir von zwei Arbeitern über einen ausgetretenen Pfad (oder Pad, wie der Südwestler zu sagen pflegte) zum Gut Richthofen gebracht.

Das Ensemble war einem deutschen Gutshof nachempfunden, genauso pompös mit langgestreckten Nebengebäuden und einem stattlichen, sattgrünen Garten. Zwischen den Gebäuden war ein imposanter Rundturm mit Ziegeldach errichtet. Das große Flügeltor unter dem durch Säulen abgestützten Vordach war geöffnet. Familie von Richthofen hatte sich dort nebst Dienstboten versammelt und erwartete unsere Ankunft.

„Willkommen auf Gut Richthofen", wurden wir ehrlich herzlich begrüßt. Unsere Gastgeber schienen sich tatsächlich über den Besuch zu freuen.

„Treten Sie ein und genießen Sie diesen wunderbaren Sonntag mit uns!"

Das taten wir tatsächlich. Zunächst im Salon, später im Garten unter schattigen Palmen, aßen, tranken und feierten wir den ganzen Tag über. Es wurde viel gelacht und erstmals stellte sich bei mir eine Art Zugehörigkeitsgefühl zu meiner neuen Heimat ein. Beseelt nicht zuletzt durch den reichlich fließenden Alkohol griff ich immer wieder nach Hennings Hand und genoss jede Minute. Ich fühlte mich angekommen.

Als es dämmerte, wurde es Zeit für die Rückreise. Gegen 20 Uhr sollte der Gegenzug aus Windhuk an der Station eintreffen. Die Ochsenkarren brachten ihre johlende Fracht zurück an den Bahnhof, und der Zug war erneut preußischpünktlich.

Es war ein durch und durch gelungener Ausflug!

Am nächsten Tag waren unsere wenigen Sachen trotz eines deutlich bemerkbaren Katers schnell gepackt. Wir verabschiedeten uns herzlich von der Hotelbelegschaft und von einigen Bekannten, die extra zum Hotel gekommen waren. Alle fielen uns um den Hals und zeigten echte Enttäuschung, dass wir schon wieder gehen würden. Wie schnell man sich doch vertraut geworden war!

Auch Melanie war extra zum Hotel gekommen. Sie begleitete uns in der kleinen Stadtbahn zur Markthalle in der Nähe des Bahnhofs. Uns beiden fiel der Abschied schwer.

„Aber du schreibst mir doch sofort, wenn du angekommen bist, oder?", versuchte sie die traurige Stille zwischen uns zu überbrücken.

„Ja, natürlich, und im Übrigen komme ich auf jeden Fall bald wieder und besuche dich. Ich muss mich doch davon überzeugen, dass du weiterhin den amourösen Ambitionen auf der Männerstation gewachsen bist!" Zwinkernd drückte ich ihre Hand.

„Es ist wirklich traurig, Isi, dass ihr so schnell weiterzieht. Es hat gutgetan, dich an meiner Seite gehabt zu haben. Die Arbeit war plötzlich so kurzweilig und einfach, oftmals habe ich gar nicht gemerkt, wie schnell die Zeit verflogen ist. Schade, wirklich schade, dass du wieder gehst!"

Deutlich war ihr die Niedergeschlagenheit ins Gesicht geschrieben, und ich drückte ihre Hand noch fester.

„Ich verspreche dir, dass wir uns bald wiedersehen", versuchte ich sie zu trösten, jetzt mit Ernsthaftigkeit in der Stimme. Ich wusste, was für eine Umstellung es sein würde, in vielen Bereichen nun wieder auf sich allein gestellt zu sein und sich nur begrenzt austauschen zu können mit den anderen, teils deutlich älteren Schwestern.

„Guck mal, wir sind da! Ich bringe euch noch zum Marktleiter. Der zeigt euch den richtigen Karren und dann mache ich mich ganz schnell von dannen, sonst fange ich noch an zu heulen."

Auch die Markthalle war übersichtlich, und so war der zuständige Leiter bald gefunden. Freundlich wies er uns den richtigen Karren zu und ließ unser Gepäck verladen.

Ein letztes Mal umarmten wir Melanie und bedankten uns für ihre Unterstützung, dann kletterten wir zugegebenermaßen doch etwas aufgeregt auf den Kutschbock. Das Abenteuer begann!

Der hölzerne Karren war grob gezimmert mit großer Ladefläche für die Gemüsekisten und einem einfachen Dach zum Schutz gegen die Sonneneinstrahlung. Vorne befand sich eine schmale Bank, auf der wir kaum zu dritt mit dem Kutscher Platz hatten und die von Fruchtzucker nur so klebte.

Unser Kutscher war ein dünner, kleinwüchsiger Schwarzer, dessen Alter sehr schwer zu schätzen war. Er trug eine löchrige blaue Arbeitshose, ein an mehreren Stellen zerrissenes Hemd und einen schmutzigen Hut. Er hatte kaum noch Zähne und roch intensiv nach Schweiß und saurer Milch. Henning bemerkte den markanten Geruch zur gleichen Zeit wie ich und ließ mir rücksichtsvoll den Außenplatz auf dem Kutschbock.

Sechs struppige, graue Mulis waren vor den Karren gespannt. Man sah ihnen deutlich an, dass sie den Treck nicht zum ersten Mal machten und Strapazen gewohnt waren. Allesamt ließen sie stumpf die Köpfe hängen und zuckten nur dann und wann träge mit den Schwänzen, um allzu aufdringliche Fliegen zu verjagen. Eine Luxusfahrt nach Goanikontes würde es nicht werden, das war sicher.

Die für europäische Verhältnisse recht kurze Entfernung von etwa 40 Kilometern bedeutete hier eine anstrengende Reise, die mehr als einen halben Tag dauerte. Sie wurde zu einem körperlichen Kraftakt für Mensch und Tier. Was für ein Unterschied zur Zugreise am Vortag, aber uns blieb keine andere Wahl. Eine Eisenbahnverbindung nach Goanikontes gab es nicht. Kaum also hatten wir die letzten Häuser passiert, tauchten wir erneut ein in die Namib, diesen langgestreckten Wüstenstreifen zwischen Atlantik und Hochland, der teilweise bis zu 100 Kilometer ins Landesinnere reicht. Die Namib gilt als die älteste Wüste der Welt. Im Süden besteht sie überwiegend aus Geröll und Sanddünen, nach Norden wird sie zunehmend gebirgig.

Die Pad war hart und steinig. Unser Karren quälte sich durch enorme Unebenheiten, und schon vor acht Uhr morgens herrschte eine gewaltige Hitze. Es war einer der ganz wenigen Tage, an denen Swakopmund morgens einmal nicht im Nebel versunken war. Links und rechts erstreckten sich hohe Sanddünen, wie ich sie noch nie zuvor gesehen hatte, auch nicht aus dem Zug heraus. Hügel neben Hügel, ein flimmerndes, beige-gelbes Meer scheinbar ohne Leben.

Nur sehr langsam kamen wir vorwärts. Der Kutscher trieb die müden Zugtiere ununterbrochen mit mäßigem Erfolg an. Die ungewohnte Schaukelei verschärfte die ohnehin schon vorhandene Übelkeit meines Alkoholkaters, und ich musste aufpassen, dass ich bei der Hitze ausreichend trank. Immer wieder zwang ich mich, einen herzhaften Schluck aus dem Wassersack zu nehmen, den Melanie mir quasi aufgedrängt hatte. Was war sie doch für ein Goldstück!

Henning hielt sich wacker in der Mitte des Kutschbocks, zumindest sah es für mich so aus. Wir sprachen wenig. Jeder hing seinen Gedanken nach und versuchte, auf dem blanken Holz eine einigermaßen erträgliche Sitzposition zu finden.

Einige Kilometer südlich der Stadt bogen wir in die Mündung des Swakopflusses ab. Reisen ist in der Wüste oft nur an oder in den Rivieren möglich und das natürlich auch nur, wenn der Fluss kein Wasser führt. Jetzt war Anfang Juli und das Flussbett absolut trocken. Dürre, soweit das Auge reichte. Uns schien es, als hätte sich hier schon seit Jahrzehnten kein Wasser mehr seinen Weg durch den sandigen Boden gebahnt. Allerdings hatte Henning in der Kolonialzeitung mehrfach gelesen, dass der Fluss immer mal wieder ‚abkam‘, was immer das auch bedeuten mochte. Wir nahmen uns vor, die Geschichte bei nächster Gelegenheit zu verifizieren. Für eine Überschwemmung fehlte uns schlicht die Vorstellungskraft bei der Betrachtung des harten, verwitterten Bodens und der unendlichen grau-braunen, feindlichen Wüste. Wir schwitzten, und die gleißende Sonne schmerzte in unseren Augen.

An den Uferstreifen konnten wir inzwischen vereinzelte grüne Büsche und Gräser ausmachen. Zumindest etwas Feuchtigkeit musste es hier also tatsächlich geben, sonst wäre dieses Grün nicht möglich. Und wir sahen unsere ersten afrikanischen Tiere außerhalb von Hagenbecks Tierpark: Oryxantilopen, Springböcke und Strauße suchten sich Nahrung in den flimmernden Weiten. Auch sie brauchten Wasser, aber beim besten Willen konnten wir uns nicht erklären, wo sie es fanden.

Nach Stunden passierten wir ein einsames Farmhaus, bevor sich die Landschaft merklich veränderte und unseren Augen plötzlich Abwechslung zum unendlichen Sand bot: Schroffe Felsen mit unterschiedlichen geologischen Schichten erhoben sich, kantig ausgewaschen durch jahrhundertelange Erosion. In der Namib entsteht Erosion nicht wie sonst so oft durch Auswaschungen, sondern allein durch die Temperaturunterschiede zwischen Tag und Nacht und die Luft. Die Hitze des Tages und die Kälte der Nacht nagen am Stein. Der salzige Wind tut sein Übriges und zerbröselt den Fels. Zurück bleiben skurrile Formationen, jede für sich ein interessantes Naturbild.

In den Felswänden fielen mir besonders immer mal wieder dicke schwarze Gesteinsschichten auf, die aussahen wie von einer Riesenhand aufgemalte Striche. Einige waren fast senkrecht, und zum Zeitvertreib suchte ich versteckte Zeichen in diesen natürlichen Kunstwerken. Versunken in Interpretationen dieser fiktiven Steinmalereien vergaß ich komplett die Zeit und war überrascht, als sich nach einer langen Kurve mein Blick eher zufällig auf die Talsohle vor uns richtete. Wir blickten tatsächlich auf eine echte Oase mitten in der Wüste. So wie Melanie und ich es uns ausgemalt hatten: Hohe Bäume, Plantagen mit Orangen- und Zitronenbäumen, Dattelpalmen, Bananenstauden, dazwischen viel saftiges Grün und jede Menge grasende Rinder. Der Kontrast zur Unwirtlichkeit der Namib hätte nicht größer sein können! Versprengt sah man einige wenige Steinhäuser, Wasserräder und sogar Teiche. Wir waren angekommen in einem kleinen Paradies!

Der Arbeiter brachte uns zum Haupthaus, in der wir bereits erwartet wurden. Wie schon in Richthofen wurden wir ausgesprochen herzlich von einem Paar mittleren Alters begrüßt. Sie fielen uns um den Hals, obwohl wir doch völlig fremd für sie waren.

„Herzlich willkommen auf der Weizenberg-Farm!" Der Mann und die Frau an der verzierten Eingangstür strahlten um die Wette.

„Danke, wir sind froh, endlich hier zu sein. Die Reise war doch anstrengender als gedacht."

„Oh ja, auf einem Ochsenkarren weiß man recht schnell, wo sich jeder einzelne Knochen im Körper befindet. Dagegen ist ein Pferderücken wie ein Sofa!", witzelte der Mann. Er machte auf Anhieb einen sympathischen, bodenständigen Eindruck.

„Entschuldigung, wir haben uns noch gar nicht vorgestellt.", schaltete sich die Frau in das Gespräch ein. Das ist mein Mann Gerd und ich bin Anette."

„Familie von Weizenberg?" fragte ich nach.

„Nein, nein, leider nicht. Aber das wäre was!" Amüsiert kratzte sich Gerd am Kopf. „Wir verwalten die Farm für die Weizenbergs lediglich. Sie sind viel in Europa unterwegs, geschäftlich. In Südwest haben viele Farmer einen Verwalter, wenn sie sich nicht selbst ausreichend um seinen Besitz kümmern können, und wir haben eine gutbezahlte Arbeit. Aber kommt doch erstmal rein, ihr seht aus, als könntet ihr Schatten und ein kühles Getränk gerade sehr gut gebrauchen!"

Die Beiden führten uns in ein solide gebautes Haus, wenn auch nicht so herrschaftlich wie das der von Richthofens. Eine breite Sandsteintreppe führte von einem von

Palmen und Eukalyptus beschatteten Vorplatz mit herrlichem Blick auf die umliegenden Felder und die dahinterliegenden Swakopberge zum höhergelegenen Haupteingang. Das Haus hatte ein Fundament aus Granitsteinen und hell getünchte Mauern aus gebrannten Lehmziegeln, die die Hitze aussperrten. Panoramafenster mit Bogenstürzen wirkten offen und einladend. Drinnen gab es drei Zimmer, eines davon mit Kamin und sogar einen Kellerraum mit Zugang von außen. Der größte Luxus jedoch war das angebaute Bad mit gemauerter Badewanne und einem Austritt auf eine weitere Veranda. Uns fehlten die Worte vor Staunen über so viel architektonische Eleganz.

Die Inneneinrichtung war erlesen mit importierten Jugendstilmöbeln aus Eiche und geschmackvollen Dekorationen. Vorhänge aus schwerem Brokatstoff schützten den Raum vor der brütenden Hitze. An der Wand hingen Lithografien deutscher Städte und auf den Ablagen fanden sich Porzellan- und Bronzefiguren unterschiedlicher Kunstrichtungen. Im Schrank erkannte ich Meißner Porzellan mit Goldrand, und die Sitzmöbel quollen über von aufwändig bestickten Kissen. Ein modernes deutsches Wohnzimmer mitten in der afrikanischen Wüste.

„Uwe hat uns schon viel von euch erzählt", nahm Anette den Gesprächsfaden im Salon bei einer eisgekühlten Limonade wieder auf. Eigentlich müssen wir euch gar nicht mehr kennenlernen", lachte sie. „Er war in den letzten Wochen so aufgeregt, dass ihr auf der Überfahrt seid, dass er beinahe jeden Abend von euch gesprochen hat. Schön, dass wir uns nun endlich auch persönlich unterhalten können!"

„Wo ist er denn eigentlich?" Henning blickte sich suchend um.

„Uwe ist gerade noch bei den Straußen, aber wir haben nach ihm schicken lassen. Ich denke, er wird bald kommen. Kennt ihr euch schon lange?"

„Ja schon ewig. Wir waren schon im Sandkasten ein Kopp und ein Arsch, wie man bei uns so schön sagt." Schräg grinste er. Hennings Lebensgeister waren wieder zurückgekehrt und er fühlte sich von Anfang an so wohl, dass er bereits Abstand von einer höflicheren Wortwahl nahm.

„Ist schon ein feiner Kerl, wir kommen sehr gut klar mit ihm", stimmte Gerd zu.

„Er macht die Sache mit den Straußen auch wirklich gut. Also, ich hätte keine Lust, mich tagtäglich mit den Viechern rumzuärgern. Wisst ihr, Strauße haben das Gehirn einer Erbse. Die sind so blöd, dass sie nicht mal ein offenes Tor erkennen. Für die gibt's nur picken und fressen, und da nehmen sie auch schon mal deinen Finger, wenn du nicht auf ihn aufpasst. Und ordentlich zutreten können die Biester, das könnt ihr glauben! Man geht in das Gehege, die Tiere fühlen sich gestört, und zack, fällst du um, wenn dich so einer mit seinem kräftigen Lauf erwischt. Nee, nee, da bleib ich doch lieber bei meinen Rindern."

Lautstark ging die Eingangstür auf und Uwe stand verschwitzt im Raum. Offenbar war er für die Hitze völlig unangebracht schnell zum Haus gestürmt.

„Möönsch, mien best Fründ is do! Moin! Wat häv ick luert", grüßte Uwe in alter Tradition auf Plattdeutsch und strahlte dabei über das ganze gebräunte Gesicht.

„Gewartet", übersetzte Henning noch schnell, bevor er und Uwe sich umarmten und auf die Schulter klopften, wie es Männer untereinander eben tun, die eine Freundschaft von Kindesbeinen an verbindet.

„Dass ihr tatsächlich gekommen seid, dass ihr tatsächlich da seid!", rief Uwe immer wieder ungläubig aus. „Mein alter Freund Henning hier bei mir in der Wüste, ich fass' es nicht!"

Man merkte ihm seine fast kindliche Freude darüber deutlich an, wahrscheinlich hatte er tatsächlich immer wieder von uns erzählt, seitdem klar war, dass wir in die Kolonie nachkommen würden. Ich mochte ihn auf Anhieb, wie er dort stand: Ein baumlanger, dürrer Kerl, dessen große, schwielige Hände zeigten, dass sie keine Arbeit scheuten. Uwe hatte nur wenig Bartwuchs, aber das unterstrich sein offenes Gesicht. Die glatten, dunkelblonden Haare hätten dringend mal wieder einen Schnitt gebraucht, sie klebten in langen Strähnen an seinem Kopf, als er den staubigen Hut abnahm. Mit gespreizten Fingern strich er sie sich immer wieder aus der Stirn Richtung Hinterkopf, eine für ihn typische Geste, wie ich auch später immer wieder feststellte.

Uwe war für seinen Beruf geboren. Er hatte ein ruhiges, wenn auch bestimmtes Auftreten, bei dem es im Kontakt mit seinen Tieren keinen Zweifel darüber gab, wer der Chef im Gehege war. Diese entspannte Gradlinigkeit, gepaart mit einer sensiblen Offenheit Menschen gegenüber, machte ihn im Laufe der Zeit auch für mich zu einem echten Freund.

„Bevor wir aber richtig mit schnacken anfangen, wollt ihr euch doch bestimmt etwas frisch machen. Ein Ochsenkarren ist ja nicht so ganz das Gleiche wie ein modernes Automobil in Hamburg. Hier gibt's übrigens noch so gut wie keine. Aber nu' kommt, ich zeige euch mal euer Reich. Ihr könnt mit mir im Nebenhaus wohnen, solange die von Weizenbergs nicht da sind. Uwe und Anette bewohnen momentan sowieso das Haupthaus. Der Chef kommt erst in ein paar Wochen wieder, da ist genug Platz für alle."

Das Nebenhaus lag etwa 200 Meter entfernt auf der gleichen Anhöhe und war ähnlich konzipiert wie das Haupthaus, nur kleiner. Hier gab es sogar ein separates Gästezimmer, das nun für uns vorgesehen war. Die Einrichtung war nicht so prunkvoll, dafür aber praktisch, gepflegt und gemütlich.

Nachdem wir unser Gepäck verstaut und unsere staubige Reisekleidung gegen Luftigeres getauscht hatten, feierten wir das Wiedersehen nach norddeutscher Art mit viel Bier. Es wurde ein herzlicher Abend mit Geschichten aus alten und neuen Zeiten. Wir lernten Gerd und Anette näher kennen, und Uwe erzählte mit Eifer von seiner Aufgabe, etwa vierzig von Natur aus eher einfältige Strauße zu betreuen und mit mehr oder weniger Erfolg zur Fortpflanzung zu bewegen. Er ließ keinen Zweifel an der Sinnhaftigkeit seiner Aufgabe.

„Wisst ihr", sinnierte er, „Hähne mit ihrem besonders prachtvollen schwarzen Gefieder werden mit mehreren tausend Mark pro Stück gehandelt, da muss meine Oma lange für stricken. Der Markt ist riesig, sage ich euch, Federboas wollen die feinen Damen in Deutschland alle. Und wenn nicht mehr um den Hals, dann fällt ihnen irgendetwas Neues ein, wo sie die Federn dranhängen können! Karakule und Strauße, damit werden die Farmer hier reich!", prophezeite er und nahm wie zur eigenen Bestätigung einen kräftigen Schluck aus seiner Bierflasche.

„Das einzig Störende für uns Farmer ist nur, dass der Swakop immer so unvorbereitet abkommt. Ein großer Regen in den Bergen, und zack, ist hier Land unter", ergänzte Gerd.

„Wie meinst du das mit ‚Land unter'?", hakte ich direkt nach. „Hier herrschen doch Wüste und Dürre und der Fluss ist total ausgetrocknet. Bis der vollgelaufen ist, muss ja ein See hierher gespült werden."

„Ooooh, dat glöv man, mien Deern," verfiel nun auch Gerd unversehens ins Plattdeutsche, denn auch er hatte norddeutsche Wurzeln.

„Dat ist wie ne Springflut bi us tohus. Neee, mal im Ernst: Wenn der Swakop abkommt, bleibt kein Stein mehr auf dem anderen. Das ganze Gebiet hier wird überspült, große Teile der Felder werden mitgerissen und alles ist kaputt. Die komplette Ernte und alles, was zum Farmen dazugehört.

Alles platt. Sogar fest gebaute Häuser und Bäume. Kannst immer wieder anfangen mit Aufbauen. Das einzig Gute ist, dass so viel Schlamm mitkommt, dass man hinterher ertragreicher anpflanzen kann. Aber bis du den Boden wieder so weit hast, dauert's ewig…"

Nun war Gerd als diesbezüglich leidgeprüfter Farmverwalter in seinem Element. Er erzählte blumig, welche Schäden die Farm in den vergangenen Jahren wegstecken musste und dass einige Siedler im Tal nach so einem Abkommen mehr als einmal darüber nachgedacht hatten, ihre Farmen aufzugeben.

„Im Norden, da oben bei Grootfontain, wisst ihr, da kann man auch ganz gut leben. Da sieht's richtig grün aus im Gegensatz zu hier. Viele haben drüber nachgedacht, einfach nochmal neu zu beginnen, und es gibt auch noch freies Land für Farmer. Man bräuchte nur das nötige Kleingeld, aber das hat hier natürlich keiner, dem gerade mal wieder alles Hab und Gut weggeschwemmt worden ist. Und außerdem", meinte er resümierend, „schmeißt man die Früchte seiner jahrelangen Arbeit nicht mal eben so weg. Also rennen wir alle weiter im Hamsterrad bis zur nächsten großen Regenzeit."

Betreten sahen Henning und ich uns an. Wie wenig wir doch noch über das Land wussten, das unsere neue Heimat werden sollte. Wir würden noch viel lernen müssen und erkannten, dass auch ein vermeintliches Paradies, eine Oase mitten in der Wüste, ganz offensichtlich Fehler hatte…

SECHS

In Südwest war es schwer, die Bevölkerung ausreichend mit frischem Gemüse zu versorgen, denn das überstand natürlich nur sehr schlecht den weiten Weg aus Europa. Die Ernährung war dementsprechend fleischlastig, wie wir selbst auch schon nach kürzester Zeit feststellen mussten. Ein regionaler Gemüseanbau war daher elementar wichtig für die Kolonie, und Goanikontes versorgte dank einer ausgeklügelten künstlichen Bewässerung fast ganz Swakopmund mit frischen Produkten. Kürbisse und Melonen wuchsen besonders gut, und seit drei Jahren wurden sogar Weintrauben von dort an die Küste geliefert.

Mit Gerd und Anette als Verwalterehepaar auf Weizenberg hatte der Farmbesitzer das große Los gezogen. Sie lebten mit Haut und Haaren für ihre Aufgabe. Anette und ich verstanden uns von Anfang an. Sie war eine naturverbundene Frau, die sich selbst nicht zu wichtig nahm. Vor vielen Jahren schon waren sie und Gerd in die Kolonie gekommen, hatten also schon einiges gesehen und erlebt. Als weiße Frau auf einer Farm musste sie sich mit vielen Problemen und unvorhergesehenen Schwierigkeiten auseinandersetzen, die auch sie häufiger an ihre persönlichen Grenzen brachten. Dennoch strahlte sie eine zufriedene Souveränität aus, die immer wieder beeindruckend war. Für alles schien sie eine Lösung parat zu haben, und wenn nicht gleich, dann dachte sie einen Augenblick nach und pflegte zu sagen: „Das kriegen wir schon irgendwie hin."

Und das tat sie auch, insbesondere wenn Gerd bei Kontrollritten auf der sogar für hiesige Verhältnisse riesigen Farm unterwegs und sie in den Entscheidungen auf sich allein gestellt war. Sei es, dass eine Bewässerungspumpe defekt war, weil der zuständige Arbeiter Öl statt Petroleum in den Tank gefüllt hatte, oder dass ein Windrad ausfiel und kein Wasser für das Vieh gefördert werden konnte, irgendetwas fiel ihr immer als Lösung ein, und war es auch noch so ungewöhnlich. Ich bewunderte sie für ihre unkonventionelle Denkweise und ihre erstaunliche Beobachtungsgabe. Ihre gute Laune verlor sie dabei selten. Meist lächelte sie auch noch am Ende eines langen Tages, und ihr brauner Pferdeschwanz wippte zur Bekräftigung, wenn sie redete. Wir unterhielten uns oft und gerne, und nicht selten schaffte sie es, mich allein durch eine für sie typische leicht überzogene Darstellung des tatsächlich Geschehenen zum Lachen zu bringen.

Gerd dagegen war eher ein ruhiger Typ, ein echtes ,Gewohnheitstier', aber genau das machte die Beziehung der beiden aus. Sie ergänzten sich perfekt, denn mit seiner offenzurückhaltenden Art bot er Anette so viel Platz für ihre Ideen, dass beide in ihren Aufgaben und im täglichen Zusammenleben zufrieden und erfüllt waren. Leider hatten sie keine Kinder, sie wären fantastische Eltern gewesen.

In ruhigen Momenten beschäftigte Anette sich gern mit ihren Tieren. Sie investierte viel Zeit in die Zucht und Ausbildung guter Hirtenhunde.

„Weißt Du, Isa, wenn die Hunde ihre Sache gut machen, bleibt eine Herde zuverlässiger zusammen als unter den Augen einer kompletten Ovambo-Hirtenfamilie", pflegte sie zu sagen.

Südwester Hirtenhunde sind mittelgroße, noch sehr wolfsähnliche Tiere mit einem besonders ausgeprägten Geruchssinn. Sie sind gut angepasst an die extremen Bedingungen, allerdings nicht so gelehrig und folgsam wie zum Beispiel die in Europa oft eingesetzten Boardercollies. Anette versuchte daher, die Hüteeigenschaften der afrikanischen Hunde durch gezielte Kreuzungen mit eingeführten Tieren zu verbessern. Dabei hatte sie schon ansehnliche Erfolge. Ihre gut ausgebildeten Hunde waren über das Swakoptal hinaus bekannt und berühmt.

Neben Rindern, Schafen, Schweinen und Hunden gab es auf der Farm noch die obligatorischen Hühner, einige zahme Perlhühner und die Katzen Elsbeth und Lilly, die allerdings wesentlich lieber im kühlen Haupthaus dösten, als auf Mäusejagd zu gehen.

Auf dem weitläufigen Gelände lebten für Südwester-Verhältnisse erstaunlich viele Menschen. Der Betrieb brauchte viele, viele Arbeitskräfte. Etwas abgesetzt von den Steinhäusern am Fuß der Swakopberge lag ein Kral, in dem mehrere Ovambo-Familien in ihren Pontoks wohnten, diesen so typischen bienenkorbförmigen Hütten mit einem Gerüst aus gebogenen Zweigen.

Die Ovambos waren schon seit Jahrhunderten mit Ackerbau und Viehzucht vertraut. Für alle gab es mehr als genug zu tun. Erstaunlicherweise aber war die harte Feldarbeit traditionell reine Frauensache, und so sah und hörte man auf den Äckern regelmäßig Gruppen rundlicher, barbusiger Frauen mit ihren aus Riemen geflochtenen Lendenschürzen. Sie waren nach Stammestradition geschmückt: Die Haare waren mit schmalen Lederstreifen und rund geschliffenen kleinen Straußeneiersschalen in kleinen Zöpfen so lang durchgeflochten, dass sie ihnen bis zu den Hüften herabhingen. An den Oberarmen trugen sie Schmuckbänder mit Elfenbeinperlen, an den Füßen solche mit Kupferringen. Meist waren Körper und Haare mit einer ockerfarbenen und sehr fetten Creme eingeölt, so dass die Haut sogar aus der Entfernung in der Sonne glänzte. Mit einfachen Hacken bearbeiteten die Frauen stundenlang den knochentrockenen Boden. Die Arbeiterinnen verrichteten echte Sisyphus-Schwerstarbeit, während die Männer sich körperlich weniger anstrengend um das Hüten des Viehs oder das Melken der Kühe kümmerten.

Mit den Hirten gab es häufig Schwierigkeiten. Sie sollten dafür sorgen, dass sich die Herden nicht zu weit in die Swakopberge entfernten und nachts sicher in die Dornenkrals zurückgetrieben wurden, kamen dieser Aufgabe aber nicht zuverlässig nach. Nicht selten kamen Raubkatzen auf der Suche nach leichter Beute und rissen Vieh, das nicht oder nicht rechtzeitig eingepfercht worden war. Und auch Viehdiebstahl war immer wieder ein Thema, obwohl sich hinterher meist kaum feststellen ließ, was tatsächlich mit den vermissten Tieren geschehen war.

Die meisten Probleme bereitete das künstliche Bewässerungssystem. Von der Pumpenstation am Fluss führten oberirdische offene Wasserleitungen zu den Feldern. Die waren überwiegend aus Holz und wurden regelmäßig durch Termitenfraß leck. Termiten sind eine dauerhafte Bedrohung für Holzbauten in Afrika, innerhalb einer Nacht können sie die dicksten Stämme und Bretter einfach aushöhlen. Ganze Häuser sind so schon innerhalb kürzester Zeit in sich zusammengebrochen. Bei hölzernen Leitungen war ein Termitenfraß ebenfalls fatal, eine fehlende Bewässerung gefährdete sofort die komplette Ernte. Der Druck, den Fehler zu finden, war für Gerd regelmäßig sehr hoch, zumal die Umrüstung des Bewässerungssystems auf Eisenrohre sich wegen Lieferschwierigkeiten der Exportfirma immer wieder verzögerte.

Bei der vielen Arbeit um uns herum konnten Henning und ich uns nur sehr selten nützlich machen. Zu fremd waren uns noch die Abläufe und zu wenig Erfahrung hatten wir in landwirtschaftlichen oder hauswirtschaftlichen Dingen, die so ganz anders waren als in Deutschland. Anfangs boten wir Gerd, Anette oder Uwe unsere Hilfe aktiv an, merkten aber schnell, dass wir sie eher behinderten als sie in ihren

Aufgaben zu unterstützen. „Eure Zeit wird noch kommen", hörten wir immer wieder, „eines Tages steckt ihr auch bis zum Hals in Arbeit, also genießt doch einfach mal das Nichtstun."

„Was haltet ihr davon, mal ein paar nette Ausflüge zu machen?", schlug Uwe eines frühen Morgens vor. „Könnt Ihr eigentlich reiten?"
Henning räusperte sich ausweichend, denn er hatte in seinem bisherigen Leben noch niemals auf dem Rücken eines Reittiers gesessen, nicht mal auf einem Karussellpferd.

„Tut mir leid, Kumpel, das ist mir bei meiner Vorbereitung auf unsere Auswanderung irgendwie untergegangen. Hmmm, ich auf einem Gaul?" Skeptisch blickte er an seiner langen, schlanken Gestalt herunter. Ich fing einen amüsierten Blick von Uwe auf.

„Na, dann ward dat ja man Tid, alter Jung, denn hier in Südwest kommst du sonst nicht weit. Hier gibt's nur Fortbewegungsmittel mit Beinen. Ich habe mal gelesen, dass wir in der Kolonie genau fünf Autos haben. Da kannste dann lange auf ein Taxi warten. Im Stall stehen zwei alte Gäule, mit denen man nur noch stundenweise arbeiten kann und die keinen Ritt nach Swakopmund mehr schaffen. Das ist genau das Richtige für euch! Ich werde sie satteln lassen und dann gucken wir mal, dass wir anständige Cowboys aus euch machen!"

Oh, oh, das war Henning überhaupt nicht geheuer. Er mochte zwar Tiere, Pferde und Rinder waren ihm aber nicht ganz geheuer. So selbstsicher mein Mann im Umgang mit seinen Patienten war, so verloren fühlte er sich in der Nähe großer Vierbeiner. Unsicher blickte er mich an.

„Klar, machen wir!", übernahm ich das Ruder.

„Mehr als runterfallen können wir ja nicht, und der Boden ist weich. Ich saß früher eine Zeitlang auf Pferden, wie es fast alle kleinen Mädchen tun. Von Reiten konnte damals keine Rede sein, aber wenigstens weiß ich schon, wie man die Zügel hält."

„Na, dann…", murmelte Henning und ergab sich seinem Schicksal.

Im trockenen Flussbett und unter Uwes Anweisungen schlugen wir uns ganz wacker, was angesichts der ausgezehrten Mähren, auf denen wir saßen, aber auch keine Kunst war. Henning saß auf einem etwas größeren Pony, seine langen Beine berührten fast den Boden. Das Tier hatte seinen struppigen Kopf gesenkt und trottete ergeben an Uwes Longe. Henning schwankte auf seinem Rücken wie ein Rodeoreiter, sogar im Schritttempo. Er sah zum Schreien komisch aus, wie er sich in Rückenlage an seinen Zügeln festhielt. Meine Stute lief dem Pony stets hinterher, und so gaben wir sicherlich ein skurriles Bild ab, immer im Kreis laufend und bemüht, eine möglichst professionelle Haltung einzunehmen. Hoffentlich würde Uwe nicht auf die Idee kommen, die Gangart des Pferdes ändern zu wollen, schon allein um seinen Freund ein wenig zu ärgern.

Er tat es zumindest dieses Mal nicht, und nachdem Henning sich nach und nach den rhythmischen Bewegungen angepasst und sich seine verkrampften Gesichtszüge deutlich entspannt hatten, ließ Uwe den alten Gaul von der Longe.

Nun waren wir auf uns selbst gestellt und ritten stolz einige hundert Meter das Revier hinauf und hinunter. Was für ein wunderbares Gefühl! Ich fühlte mich frei und glücklich. Auch reiten würden wir lernen, hier in unserem neuen Leben, ein weiterer kleiner Vorwärtsschritt in unserem großen Abenteuer.

Postwendend allerdings wurde ich deutlich daran erinnert, wie sehr ein Hintern schmerzen kann, wenn er über längere Zeit dumpf in einen Sattel knallt. Henning erging es ähnlich. Er schlich nach den ersten Reiterfahrungen seines Lebens breitbeinig über das Farmgelände und erbat sich gänzlich unmännlich ein Kissen für die Mahlzeiten.

Natürlich ließen wir uns nicht beirren, und von Tag zu Tag wurden wir besser. Zumindest Schritt reiten konnten bald wir ohne größere Probleme und trauten uns auf einen ersten frühmorgendlichen Ausflug in die Wüste.

„Nehmt mal Ben mit, den alten Buschmann. Er soll auf euch aufpassen", schlug Anette tatsächlich besorgt vor.

„Warum?", hakte ich nach. „Denkst du, dass wir den Weg nicht finden? Wir wollten eigentlich nur ein wenig um die nächsten Felsen herumreiten, es wird ja auch zu heiß."

„Das weiß ich, Isabelle, aber da draußen kommst du in eine andere Welt, ihr werdet sehen! Da ist es besser, wenn ihr jemanden dabeihabt, der euch sicher führt. Denkt dran, ihr seid in einer der lebensfeindlichsten Regionen der Erde. Allein lasse ich euch äußerst ungern los. Vertraut mir und nehmt Ben um meinetwillen mit."

Und ob wir es sahen! Schon wenige hundert Metern vom Farmhaus entfernt waren wir tatsächlich in einer anderen Welt. Zuerst ritten wir durch die uns noch von unserer Anreise bekannten schroffen Felsen der Swakopberge. Es war nicht mehr ganz früh am Morgen, die Sonne stand schon recht hoch und zeigte bereits ihre brennende Kraft. Schwitzend bemühten sich unsere Pferde um einen sicheren Tritt auf dem steinigen Boden, und auch wir mussten uns anstrengen, fest im Sattel zu bleiben. Einen Weg gab es nicht. Der kleine und spindeldürre San lief flink in einer Art Dauerlauf voran. Es schien ihm körperlich nichts auszumachen, fast nackt und barfuß über Geröll und spitze Steine zu rennen.

„Sie gehören einfach in dieses Land", murmelte Henning.

„Was meinst du?" Ich war nicht sicher, ob ich seine Worte richtig verstanden hatte.

„Na, die Buschleute. Sie waren schon vor zehn- bis zwanzigtausend Jahren hier. In einer Anthropologie-Vorlesung an der Uni habe ich mal gehört, dass die San Reste einer frühen Abspaltung von unseren Vorfahren sind, bevor sich der moderne Mensch von Afrika aus in die ganze Welt verbreitet hat. Jahrtausende waren sie Jäger und Sammler und zogen als Nomaden bis nach Äthiopien und Somalia. Sie kommen perfekt klar mit den Bedingungen hier, mit der Hitze, mit Hunger und mit Durst. Guck mal, wie leichtfüßig Ben hier trotz seines Alters unterwegs ist. Er schwitzt ja nicht mal."

„Ja, das ist mir auch schon aufgefallen. Er führt uns so schnell und sicher durch das Gelände, allerdings nicht ganz freiwillig, wie mir scheint. Warum arbeitet er eigentlich auf Goanikontes und ist nicht bei seiner Familie? Weißt du das?"

„Ja, das ist das Kapitel, über das bei der Kolonialgesellschaft nicht gern gesprochen wird. Hast du dich noch nie gefragt, was mit den Leuten passiert ist, die vor uns das Land besiedelt haben?"

„Nein, hätte ich?"

„Kam es dir nicht komisch vor, dass den Siedlern so günstig so viel Land zugesagt werden konnte?"

„Nein, ehrlich gesagt dachte ich, das wäre alles noch freies Land gewesen." Wieder einmal dämmerte mir, wie wenig ich mich im Vorfeld mit unserer Auswanderung befasst hatte.

„Und auf diesem Land lebten die Menschen. Sesshaft oder als Nomaden, je nach ihrer Tradition. Und es waren viele!"

„Und wo sind sie jetzt alle, wenn es so viele waren?"

„Tja, Isa, darüber redet erst recht niemand hier: Man hat sie in langen und sehr blutigen Kämpfen getötet oder vertrieben. Keiner spricht drüber, aber es waren Zehntausende, die ihr Leben durch unsere Soldaten brutal verloren haben

Die Deutschen haben sich da wahrlich nicht mit Ruhm bekleckert." Betrübt blickte Henning auf seine Zügel.

„Sie haben was??" Ich war geschockt. Auf die Antwort war ich nicht vorbereitet.

„Am schlimmsten waren die Kämpfe mit den Hereros und den Namas. Das ist so etwa 10 Jahre her…"

„Nicht dein Ernst!" Ich konnte immer noch nicht glauben, was ich da hörte.

„Doch, leider. Als immer mehr Siedler ins Land kamen, wurden die Stämme gezwungen, ihr Land zu räumen. Das bedrohte natürlich ihre Lebensgrundlage, denn sie verloren das lebenswichtige Weideland für ihre riesigen Rinderherden. Insbesondere die Hereros haben sich geweigert, ihr Land an die Weißen abzutreten und haben sich gewehrt. Sie haben angefangen, Militärstationen zu besetzen, Bahnlinien zu blockieren und Handelsniederlassungen zu überfallen. Das hat sich die Kolonialverwaltung natürlich nicht gefallen lassen und Soldaten geschickt. Viele Soldaten. Das Kommando ging an einen neuen Generalleutnant, und der war so brutal, dass er Tausende vorher eingekesselter Hereros, auch Frauen und Kinder, in die Wüste treiben ließ. Dort sind sie verdurstet oder verhungert. Versuchten sie umzudrehen, wurden sie erschossen. Das war gnadenlos. Reine Vernichtung."

Entsetzt sah ich Henning an. Die Kehle schnürte sich mir zu. Trotz der Hitze wurde mir plötzlich eiskalt.

„Und den Namas und den San und den anderen Volksstämmen ging es später nicht anders", fügte er leise hinzu.

„Und du wusstest das und wolltest trotzdem herkommen? Warum?" Fassungslos blickte ich zu Henning hinüber, der mit lockerem Zügel neben mir ritt. Ein Abgrund hatte sich gerade vor mir aufgetan. Warum hatte ich das bisher nicht gewusst? Warum hatte er vorher noch niemals darüber geredet?

„Lass uns das nochmal in Ruhe besprechen, Schatz", wich er meinen Fragen aus. Offenbar wollte auch mein Mann sich nicht weiter mit dieser Thematik beschäftigen. Er trat seinem Gaul mehr als nötig in die Seiten und ritt voraus.

Für mich allerdings war die Sache alles andere als erledigt. Ich schämte mich vor mir selbst, bisher die Augen verschlossen zu haben gegenüber all den deutlichen Anzeichen menschenverachtenden Verhaltens. Ständig erlebte ich hier, wie die Schwarzen als Menschen zweiter Klasse behandelt wurden, als Leibeigene ohne Rechte und hatte es bisher nicht hinterfragt. Jetzt und hier würde ich keine Antworten auf meine Fragen bekommen, auch von Henning nicht. So viel war klar, aber ich würde das Thema nicht auf sich beruhen lassen.

Ben führte uns schnell und sicher noch eine Zeitlang durch das Felsenmeer. Dann plötzlich, wie von Zauberhand und fast ohne Übergang, eröffnete sich vor uns eine einzige große, weite Fläche. Die Ebene war durch den Wüstenwind wie glatt geschliffen, nur vereinzelt unterbrochen von kleinen Löchern oder Kratern. Der Boden mit seinen verschiedenen Grau- und Brauntönen sah aus wie auf die Mondoberfläche. Wären da nicht einige wenige verdorrte Pflanzen gewesen, hätte man meinen können, wir wären nicht mehr auf diesem Planeten. Alles wirkte wie tot, und doch gab es immer wieder Leben in der Wüste: Auf Bens Fingerzeig sahen wir unzählige Käfer, Spinnen, Eidechsen, Skorpione und kleine Schlangen. Anette hatte uns eingeschärft, dass viele Wüstenbewohner gefährlich für den Menschen waren, und so waren wir nachhaltig froh um die sachkundige Begleitung des Alten. Er las jede Spur und wusste, welches Tier sich wo und wie perfekt an seine Umgebung angepasst hatte. Wilde Strauße schritten majestätisch umher und schienen uns demonstrieren zu wollen, wie frei und selbstbestimmt ein Leben außerhalb einer

Straußenfarm sein konnte. Etwas weiter entfernt beobachteten wir einen einsamen Oryx-Bullen und sogar eine Giraffe.

„Was glaubst du, wie schaffen die das hier ohne Wasser?", fragte ich Henning versöhnlich. Die vorangegangene Unterhaltung versuchte ich so gut es ging zu verdrängen. Es machte keinen Sinn, ihm jetzt und hier eine Szene zu machen.

Der freute sich, wieder eine belanglosere Unterhaltung mit mir aufnehmen zu können.

„Oryxe sind echte Spezialisten, so wie alle anderen Tiere hier auch", klärte er mich auf. „Anette sagte, sie besitzen die Fähigkeit, ihre Körpertemperatur über einen längeren Zeitraum den Außentemperaturen anzupassen und damit einem Wasserverlust durch Schwitzen oder einem Hitzschlag entgegenzuwirken. Außerdem können sie bis zu einem Meter tief nach Wasser und wasserhaltigen Knollen graben. Kaum vorstellbar für ein Huftier, was? Aber es sichert eindeutig ihr Überleben. Und die Wüstengiraffen sind wohl genauso gut, sagt sie. Denen reicht es zur Feuchtigkeitsaufnahme, die Baumblätter im Flussbett zu fressen. Dafür haben sie eine extrem lange Zunge. 50 Zentimeter soll sie lang sein", meinte er und zeigte zur Bekräftigung bewundernd den Abstand von etwa einem halben Meter zwischen seinen schlanken Händen. Dazu ließ er kurz die Zügel fallen, woraufhin er gefährlich schaukelte auf seinem alten Pony.

„Hoppla, nur nicht die Haltung verlieren!" rief ich ihm neckisch zu und konzentrierte mich gleichzeitig auf meine eigene Sitzposition. Ich hing inzwischen auf meinem Gaul wie ein nasser Sack, das merkte ich selbst. So langsam schmerzten mein Kreuz und meine Beine von der ungewohnten Belastung. Ich zwang mich, wieder gerade im Sattel zu sitzen, denn eines wollten wir unbedingt noch an diesem Tag sehen: Die urtümliche Welwitschia Mirabilis.

Anette hatte uns vorher schon kurz von diesem Naturwunder berichtet: Sie gilt als ‚lebendes Fossil' und kann tausend bis zweitausend Jahre alt werden. Die Pflanze hat sich über die Jahrmillionen perfekt an ihren Lebensraum angepasst: Sie verfügt über ein sehr tiefes und verzweigtes Wurzelwerk, wodurch sie die wenige Bodenfeuchtigkeit auf einer sehr großen Fläche aufnehmen kann. In der Mitte hat sie eine Art Scheibe, die aussieht wie ein offener Rachen. Damit fängt sie zusätzlich Tau und Nebelfeuchtigkeit auf. Verschiedene zapfenartige Blütenstände in der Mitte zeigen männliche und weibliche Pflanzen. Die Befruchtung erfolgt über eine bestimmte Saugwanzenart, die ihren Rüssel in die Pflanzen bohrt und dabei den Blütenstaub mitnimmt. Die Samen werden vom Wüstenwind verteilt. Sie sind, geschützt von einer chemischen Substanz, über Jahre hinweg keimfähig und warten auf den nächsten Regen, der das keimhemmende Mittel herauswäscht und ein neues Pflänzchen gedeihen lässt.

Das alles klang so beeindruckend für uns, das wollten wir sehen!

Zielsicher führte uns der San zu einer Stelle nördlich des Swakops. Dort angekommen, erwartete uns ein sehr ungewöhnliches Bild. Alle paar Meter quollen ohne erkennbare Struktur jeweils zwei lange, schlaffe, blaugraue Blätter aus dem Boden, teilweise über zwei Meter lang. Am Blattende waren sie abgestorben, verwittert und durch Sandstürme zerfasert, so dass es aussah, als habe jemand Gartenabfälle aufgetürmt, teilweise fast hüfthoch. Und das waren tatsächlich lebende Pflanzen, manchmal mehrere hundert Jahre alt?

Auch im Nachhinein sind Welwitschias für mich die seltsamsten Pflanzen, die ich je gesehen habe. Die Natur hat hier wieder ein Meisterstück der Evolution geschaffen, und es ist unglaublich, bei welchen weltgeschichtlichen Ereignissen die Exemplare, die wir da vor uns hatten, schon gewachsen waren: In Europa zum Beispiel herrschte noch tiefstes Mittelalter mit seinen Burgen, Rittern und Kreuzzügen!

Unsere frühmorgendlichen Ausritte waren jedes Mal wie ein kurzes Eintauchen in eine räumlich so nahe und doch so fremde Welt. Immer sahen und lernten wir etwas Neues, bis uns die zunehmende Hitze daran erinnerte, dass es Zeit für den Rückweg war. Wir genossen diese unbeschwerten Tage intensiv.

An einem Sonntag fanden Anette und Gerd Zeit, uns zu begleiten. Ganz früh am Morgen, die Sonne war noch nicht aufgegangen, starteten wir den Swakop hinauf. Wir suchten uns eine schattige Felsformation am Revier mit einem vorgelagerten Plateau. Anette breitete auf einer Decke Dosen mit Sandwiches, Käse und frischen Früchten aus. Dazu gab es eine erfrischende Zitronenlimonade und kühles Bier. Ein Luxus-Picknick, das wir alle sehr genossen. Die Pferde ließen wir im Flussbett grasen. Nach dem Essen legten wir uns auf unsere Mäntel unter, ruhten uns aus und genossen den leichten Wind. Mit Blick in die Felsen erzählte Gerd eine unglaubliche Wüstengeschichte nach der anderen.

„Kennt ihr schon die Wegwespe? Das ist vielleicht ein Mordstier! Die legt ihre Eier in lebende Spinnen!"

„Wie bitte?", fragte ich nach. „Du erzählst uns einen. Wie soll das denn gehen? Die Spinne wird sich ja wohl kaum hinstellen und sagen: ‚hier, bitte, ich wollte schon immer mal ein Wespenbaby aufziehen'. Das glaube ich nicht!"

„Doch, ehrlich, wenn ich es dir doch sage! Die Wespe greift die Spinne an, lähmt sie für einen kurzen Moment und legt dann ein einziges Ei in deren Körper. Die Larve braucht Feuchtigkeit, und wo sonst findet sie die zuverlässiger als in einem lebenden Spender? Sie entwickelt sich so lange, bis sie stark genug ist, die Spinne zu töten. Dann später verpuppt sie sich wie unsere Wespen auch."

Zweifelnd schaute ich ihn an, fand die Erklärung dann aber doch plausibel angesichts der extremen Lebensbedingungen hier.

„Und kennst du die Radspinne?", fuhr er unbeirrt fort. „Anstatt zu laufen, lässt sie sich einfach die Dünen runter rollen. Das sieht vielleicht komisch aus, so als wenn sie sich im Flickflack fortbewegen würde. Aber Hut ab, flott ist sie dabei, sie kann bis zu fünf Stundenkilometer drauf bekommen. Respektabel! Wenn wir genau gucken, bekommen wir vielleicht so eine zu Gesicht. Die Viecher sind nachts und im Morgengrauen unterwegs, tagsüber ist es auch denen zu heiß."

Und tatsächlich: Nach einiger Zeit intensiven Absuchens der Sandhügel am Wegesrand sahen wir einen kleinen braunen Spinnenkörper, der sich, genau wie Gerd es beschrieben hatte, herunterkullern ließ. Wieder einmal war ich beeindruckt von dem unfassbaren Einfallsreichtum der Natur.

Es wurde ein spannender und glücklicher Tag, und nicht zum ersten Mal war ich froh, dass uns unser Weg mit so lieben Menschen zusammengebracht hatte. Wie Melanie auch waren sie schon nach kurzer Zeit zu Freunden geworden.

Auf der Farm verbrachte ich viel Zeit mit Anette. Tagsüber ließ ich mich von ihr in die Geheimnisse der afrikanischen Haushaltsführung einweihen. So vieles war hier anders als in Deutschland, und ständig musste man improvisieren. Aus Deutschland importiert gab es zwar gute Haushaltsgeräte wie Butterfass oder Fleischwolf, vieles aber ließ sich nicht auf die uns bekannte Art herstellen, dafür stimmten die Bedingungen einfach nicht. Anette hatte sich im Laufe der Jahre viele Tricks angeeignet, die ich begierig aufsog. Quark zum Beispiel stellte sie her, indem sie einen Eimer Milch drei Tage an einen warmen Platz stellte. Die so gewonnene Buttermilch wurde in einen Leinensack umgefüllt und so lange in einen Baum gehängt, bis sie nicht mehr tropfte. Fertig war ein Quark, der sehr erfrischend war, insbesondere zusammen mit Anettes ‚Apfelmus' auf Kürbisbasis.

Obst wuchs in Südwest auch trotz künstlicher Bewässerung nicht sonderlich gut, die meisten Sorten wurden schon damals teuer aus Südafrika importiert. Kürbis dagegen gab es in Massen, so dass er teilweise sogar an das Vieh verfüttert werden konnte. Für ‚Apfelmus' wurde der Kürbis gekocht, püriert und mit Zucker und etwas Essig abgeschmeckt. Die leichte Säure machte den Brei einem echten Apfelmus erstaunlich ähnlich. Säfte ließ sie aus allen verfügbaren Obstsorten, Tomaten und sogar aus Apfelsinenschalen pressen bzw. kochen und selbstverständlich wurde regelmäßig geschlachtet und ‚gewurstet'.

Die Selbstversorgung war wie so vieles absolutes Neuland für mich, und schnell merkte ich, wieviel Arbeit doch in der Herstellung von Lebensmitteln steckt, die ich in Deutschland bis dahin so selbstverständlich in Konserven und Gläsern im Laden um die Ecke gekauft hatte.

Unbedingt notwendig war der sorgfältige Schutz aller Nahrungsmittel vor den Insekten. Mit Rindern, Schweinen und anderem Nutzvieh und in der Nähe von Wasserstellen gab es Unmengen von Fliegen, Ameisen und Moskitos. Besonders nach der Regenzeit fanden sie exzellente Lebensbedingungen vor, um sich zu Millionen zu vermehren. Man brauchte schon Tricks, um die nervigen Plagegeister wenigstens von den Vorräten fernzuhalten. Zwar gab es chemische Keulen wie Arsenik als Lösung oder Pulver, das Fliegen und Ameisen den sofortigen Tod brachte, Anette traute dem Zeug jedoch nicht und wollte es nicht im Haus haben. Sie half sich lieber mit verstreutem Backpulver und unzähligen Gazebeuteln und Dosen. Alles wurde akribisch verpackt und verstaut, benutzte Töpfe und Geschirr sofort abgewaschen. Wurde mal ein Gefäß vergessen, bildeten sich innerhalb kürzester Zeit breite Ameisenstraßen und Wolken von Fliegen. Trockene

Vorräte wurden in Beuteln an die Decke gehängt, so dass überall in der luftigen Küche kleine Säckchen im leichten Wind schaukelten.

Das Leben auf der Farm war bestimmt von Hell und Dunkel. Uhrzeiten waren zweitrangig. Kurz vor Tagesanbruch stand man auf. Ein Wecker war nicht nötig, die Natur erwachte nach der Stille der Nacht schon vor Sonnenaufgang zum Leben. Vögel zwitscherten in den Bäumen, die Hühner krähten und gackerten, Kühe, Ziegen und Schafe riefen lautstark nach Futter oder zum Melken. Von überall her kamen Geräusche, die den neuen Tag begrüßten. Nach einem kurzen Frühstück mit Kaffee und Keksen ging es raus zum Vieh. Das Aufscheuchen und Melken mussten beaufsichtigt werden. Jeder Liter war wertvoll. Kühe gaben damals nicht so viel Milch wie heute, weil man ihnen die Kälber ließ, die naturgemäß den größten Anteil säugten. Etwa drei bis vier Liter gab eine gute Milchkuh täglich. Solange es noch halbwegs kühl war, mussten alle Tiere gemolken werden und die Milch zur Weiterverarbeitung in die Kühlkisten kommen. Die noch angenehmen Temperaturen bei meist bedecktem Himmel wurden außerdem genutzt, neue Anpflanzungen vorzubereiten oder dringend nötige Ausbesserungen vorzunehmen.

Wie in Swakopmund war es auch hier morgens oft neblig, wenn auch nicht so lange und bei weitem nicht so dicht. Anders als in Europa empfindet man Nebel in Afrika als erfrischend und nicht als trist, wahrscheinlich allein schon deshalb, weil man sicher sein kann, dass er sich im Laufe des Vormittags regelmäßig auflöst und dem strahlenden Blau des Wüstenhimmels Platz macht.

Mittags kam Gerd zu einer längeren Pause ins Farmhaus. Dann gab es zuerst ein kräftiges Mittagessen mit Fleisch und Gemüse, gefolgt von einem Nickerchen im Haus. Die lange Pause war ein Muss bei den klimatischen Bedingungen, niemand konnte dauerhaft in Sonne und Hitze arbeiten, auch nicht die Arbeiter.

Besonders liebte ich die Abende in Goanikontes. Durch seine Lage im Tal gab es keinen klassischen Postkarten-Sonnenuntergang mit einem roten Feuerball, vielmehr färbte sich der Himmel nach und nach in verschiedene Orange-, Rot- und Lilatöne, und noch vor der Dunkelheit erschien der Abendstern am Horizont. Es roch nach Strand, Lagefeuern und gebratenem Fleisch. Ein frischer Wind von der Küste brachte angenehme Kühle.

Mit Einbruch der Nacht gab es neue Geräusche. Wenn nicht gerade laute Gesänge von den Pontoks herüberschallten, senkte sich zunächst eine beruhigende Stille über das Tal, die nur vom regelmäßigen Quietschen der Windräder unterbrochen wurde. Bald gesellten sich etliche Grillen dazu und zirpten ihre Melodien in unterschiedlichen Tonlagen. Lämmer und Kälber riefen in den Krals nach ihren Müttern. Fledermäuse rauschten flugsicher zwischen den Bäumen hindurch und über die Veranden. Stachelschweine, Schuppentiere und Springhasen verließen ihre Bauten und begaben sich auf Futtersuche. Manchmal hörten wir Hyänen, Schakale und sogar Löwen in der Umgebung.

Oft saßen wir zu dritt oder zu fünft auf der Veranda und betrachteten den Sternenhimmel. Das ‚Kreuz des Südens‘, der ‚Gürtel des Orions‘ und sogar die Milchstraße ließen sich mit bloßem Auge erkennen. Meistens philosophierten wir über die Entwicklung des Landes und die Verhältnisse in Deutschland. Gab es Neuigkeiten aus Swakopmund, wurden diese natürlich mit Vorliebe intensiv bewertet und ausdiskutiert. Regelmäßig fiel mir dann auf, wie Anette, Gerd und Uwe alle Anspannung ihres körperlich anstrengenden Tages von sich abfallen ließen. Sie lehnten sich in ihren Stühlen zurück, tranken ein oder zwei Biere und genossen die Augenblicke der Ruhe in dem sicheren Bewusstsein, am richtigen Platz im Leben angekommen zu sein. Ich beneidete sie um diese Gefühlslage und wünschte mir, dass ich eines Tages genauso selbstverständlich auf meiner eigenen Veranda sitzen würde, zufrieden mit dem Verlauf des vergangenen Tages und ohne Angst vor den Herausforderungen des kommenden.

Noch immer erinnere ich mich gerne an diese Zeit des Friedens und der Harmonie.

SIEBEN

Trotz der herzlichen Aufnahme wollten wir die Gast-freundschaft auf der Farm nicht überstrapazieren. Anette und Gerd würden früher oder später in das Nebengebäude um-ziehen müssen, die Ankunft der Farmbesitzer aus Europa war bereits angekündigt.

Im Erholungsheim Elisabeth-Hof im gleichen Tal war inzwischen ein Zimmer frei geworden. Für 10 Mark am Tag konnten wir dort Unterkunft und Verpflegung finden. Die Pension war nur wenige hundert Meter von Farm Weizenberg entfernt, so dass wir unseren Umzug schnell und einfach mit Bens Hilfe und der Gemüsekarre durchführen konnten.

Die Pension war ausgesprochen einladend. Im Schatten hoher rotblühender Flamboja- und Eukalyptusbäume, umgeben von einer begrünten Veranda und mit einer großen Terrasse for-derte sie geradezu dazu auf, sich niederzulassen und alle Viere von sich zu strecken. Die Tische auf der Terrasse waren mit frischen Blumen dekoriert und überall fanden sich Erinne-rungsstücke an Deutschland. Die Wirtin hatte außen wie in-nen einen wunderbaren Mittelweg zwischen Kolonialstolz und sentimentaler Erinnerung an die Heimat gefunden. Pfau-en mit schillernden Federn schritten durch einen gepflegten Garten mit Geranien und Sukkulenten und ließen sich auch durch die beiden frechen Foxterrier nicht aus der Ruhe brin-gen, die immer wieder Anlauf in ihre Richtung nahmen. Die Rüden Otto und Einstein fühlten sich stets wie die eigentli-chen Herren auf dem Gelände und kontrollierten es regelmä-ßig, sofern sie nicht erschöpft von ihren Ausflügen tief und fest auf der Veranda schliefen oder zur Zahnpflege genüsslich auf einem getrockneten Antilopenohr herumkauten.

Die Beiden wuchsen uns mit ihrem stets freundlichen Wesen schnell ans Herz, und bald begleiteten sie uns auf vielen unserer Wege.

Und auch unser Zimmer war wunderbar luftig, sauber und liebevoll eingerichtet. Die Möbel waren importiert und entsprachen dem Zeitgeschmack. Aus dem Fenster blickten wir auf einen sattgrünen Zitrushain. Die Orangen, Mandarinen und Zitronen standen kurz vor der Ernte, und so leuchteten uns orangerote und sattgelbe Früchte entgegen.

Lange mussten wir uns nicht fragen, wie wir die Tage verbringen würden. Schon während unserer Zeit auf Farm Weizenberg hatte sich Hennings Qualifikation als Arzt herumgesprochen, und bald stellten sich die ersten Leute aus der Umgebung ein, die seinen medizinischen Rat suchten. Der erste Patient war ein Farmer, der sich die Schulter verletzt hatte. Blass und schweißgebadet kam er von einem Vorarbeiter begleitet zur Pension. Die Südwester sind in der Regel hart im Nehmen, aber dem Gesicht dieses Mannes war anzusehen, dass er enorme Schmerzen hatte.

„Guten Tag, Manfred Jakobs mein Name. Von Goanikontes-Ost", presste er zwischen vor Schmerz zusammengekniffenen Zähnen hervor.

„Gut, dass Sie da sind, Doc, können Sie sich meine Schulter mal angucken? Mir ist da ein Missgeschick beim Rindertreiben passiert. Mein Pferd ist in Panik geraten und hat mich abgeworfen. Der Gaul hat wohl ne Schlange gesehen."

„Henning Richard, angenehm", stellte Henning sich höflich vor, obwohl ganz sicher jeder im Tal unsere Namen bereits kannte.

„Steigen Sie mal ab, ich gucke mir die Sache an."
Schwerfällig ließ sich Manfred Jakobs von seinem robusten Wallach herunter. Prüfend betrachtete Henning den Arm

seines Gegenübers, der in einem unnatürlichen Winkel zum Oberkörper abstand.

„Das sieht mir sehr nach einer ausgekugelten Schulter aus. Die müssen wir einrenken. Aber ich muss Sie vorwarnen, Herr Jakobs, das wird nicht ohne Schmerzen gehen. Einen Moment werden Sie denken, ich drehe ihnen den Arm komplett heraus, dann aber wird es Ihnen sofort deutlich besser gehen. Sind Sie bereit?"

„Tun Sie, was getan werden muss, ich brauche meinen Arm", stimmte der Farmer zu und setzte sich wie geheißen auf einen bereitgestellten Stuhl. Henning betrachtete sich das ausgekugelte Gelenk eine Weile, hob den betroffenen Arm vorsichtig an, konzentrierte sich einen Augenblick und schob ihn mit einer kräftigen Bewegung in eine bestimmte Richtung.

„Hmmpff", entfuhr es dem Farmer, dann aber weiteten sich seine Augen mit einer Mischung aus Verwunderung und Erleichterung. Er bewegte die betroffene Schulter vorsichtig vor und zurück, dann lächelte er Henning breit an.

„Sehr gut Doc, Sie scheinen Ihr Handwerk zu verstehen. Kein Vergleich zu vorher, herzlichen Dank!"

„Keine Ursache. Sie sollten die Schulter noch einige Tage ruhig halten, dann aber dürfte die Sache erledigt sein", entgegnete Henning, nicht ohne eine Spur Stolz über sein Werk.

„Hier in der Gegend gibt's ja weit und breit keinen Arzt, wir müssen jedes Mal nach Swakopmund, wenn wir uns etwas eingefangen haben. Wäre sicher nicht spaßig gewesen, so ein Ritt bis ins Krankenhaus."

Mit Unbehagen dachte ich daran, wie beschwerlich die Reise für uns gewesen war, auch ohne körperliche Beschwerden. Ich schüttelte mich bei dem Gedanken, mich mit einer ausgekugelten Schulter mehr als nur einige Meter bewegen zu müssen.

„Werden Sie länger in der Gegend bleiben?", hakte Manfred Jakobs nach.

„Das wissen wir noch nicht genau. Unser Ziel ist es schon, uns mit einer Landarztpraxis niederzulassen, aber wir stehen noch am Anfang unserer Pläne. Sicher ist nur, dass wir aufs Land wollen, aber dann brauchen wir wohl noch zusätzliches Farmland zum Leben."

„Kommen Sie doch am Sonntag zu uns nach Goanikontes-Ost", lud Manfred uns ein. „Die anderen Siedler des Tals kommen auch. Wir veranstalten ein Braai, also ein Grillfest. Eine gute Gelegenheit für uns, ihnen Land und Leute näher zu bringen und sie vielleicht sogar für diese Gegend zu begeistern. Ein Arzt in der Nähe könnte nicht schaden!", zwinkerte er.

„Sehr gerne, herzlichen Dank, wir freuen uns!", antwortete Henning ehrlich erfreut.

In Goanikontes gab es vier Farmen, und die Einladung war eine gute Gelegenheit, die anderen Bewohner kennen zu lernen. Tatsächlich waren wir sogar ein wenig aufgeregt.

Sonntagnachmittag, als die Sonne nicht mehr allzu hoch stand, ritten wir mit Uwe, Anette und Gerd etwa fünf Kilometer flussaufwärts zur benachbarten Farm. Wir waren dankbar, dass wir uns inzwischen recht wacker auf den Pferden halten konnten, denn die anderen legten erwartungsvoll einen flotten Trapp vor. Henning hüpfte auf dem Pferderücken in der kompletten Gegenbewegung zu seinem Pony, ließ sich aber nichts anmerken.

Goanikontes-Ost lag ebenso idyllisch zu Füßen der Swakopberge wie auch die Farm Weizenberg. Mächtige Palmen beschatteten einen größeren Platz, auf dem ein massiver Holztisch und schwere Stühle aus edlem Tropenholz aufgestellt waren. Die Tafel war einladend gedeckt mit gestärkter Tischdecke und Porzellan. Gerda, Manfreds Frau, hatte ein gutes Händchen für eine Dekoration, die das Ambiente vornehm und dennoch ungezwungen wirken ließ.

Das Herzstück des Platzes bildete ein kreisrund gemauerter Grill mit einem riesigen gusseisernen Rost. Hausdiener kletterten gebückt auf dem Steinrand herum, um das schon rotglühende Holzfeuer aus getrockneten Ästen in Schach zu halten. Auf dem Grill würde sicher eine halbe Antilope Platz finden und tatsächlich staunten wir nicht schlecht, als ähnliche Mengen Fleisch von den Küchenmädchen herangeschleppt wurden. Bei den Südwestern, und ganz besonders bei den Farmern, stand Fleisch ganz oben auf der Speisekarte, und hier bekamen wir es eindrucksvoll demonstriert.

Außer uns waren die Farmnachbarn Helga und Heinrich Brockmann sowie Ernst und Gerlinde Klein eingeladen. Es wurde ein ausgesprochen vergnüglicher Nachmittag. Eine gewisse Bodenständigkeit und Direktheit der Leute in dem Tal kamen unserem norddeutschen Naturell sehr entgegen. Wie immer reichlich vorhandenes Bier und ein selbstgebrannter Schnaps erledigten den Rest für eine ausgelassene Stimmung. Zum ersten Mal aßen wir Oryxantilope, die in der Gegend häufig geschossen wurde. Ein echtes Geschmackserlebnis, das ich mir noch heute heraufbeschwören kann. Das Fleisch ist fest und geschmackvoll, man braucht höchstens etwas Salz und Pfeffer. Den Rest hatte die Natur bereits vorher mit ihren würzigen Kräutern und Gräsern bei der Nahrungsaufnahme der Antilope erledigt. Dazu gab es Knoblauch-Kartoffeln, mit Glut in einer Sandgrube gegart, und verschiedene Gemüsebeilagen direkt vom Feld. Wunderbar, die Südwester wussten zu genießen!

Nach dem Essen wurde ein Preisschießen abgehalten, dessen Gewinner eine gute Flasche Rum aus Übersee bekam. Natürlich wurde die postwendend geöffnet und großzügig verteilt, so dass manch einer bei Anbruch der Dunkelheit Probleme hatte, die angestimmten Lieder am Lagerfeuer noch textsicher zu begleiten. Uwe tat sich zum Spaß aller besonders hervor, indem er ein Seemannslied nach dem nächsten anstimmte und bei jedem Refrain begeistert die Arme reckte und den Takt klatschte.

Mit dem letzten Rest Tageslicht kehrten wir schaukelnd auf unseren Pferderücken zur Farm zurück.

Am nächsten Tag bekamen wir erstmals Besuch am Elisabethhof. Wie schon im Krankenhaus in Swakopmund kam eine ganze Sippe. Es war die Familie des Vorarbeiters von Goanikontes-Ost und bestand aus sicher zehn Personen. Sie kamen mit einem hochfiebernden Kind. Der baumlange, drahtige Herero, der das Familienoberhaupt zu sein schien, fragte gezielt nach Henning. Ich erinnerte mich, ihn schon bei Manfreds Schulterbehandlung ein paar Tage zuvor gesehen zu haben.

Die Mutter des kleinen Patienten trug ein langes, ausladendes Kleid mit mehreren Röcken übereinander und auf dem Kopf eine eigenartige bunte, dreieckige Haube, die aussah wie aufgesetzte Hörner.

„Kein anderes Tier genießt bei den Hereros eine so hohe Wertschätzung wie das Rind", erklärte Henning mir dazu knapp. „Sie waren seit jeher ein Hirtenvolk, deren größter Stolz ihre Herden waren".

„Ist das jetzt nicht mehr so?"

„Doch ja, nein, also…", druckste er und wich meinem Blick aus. Scheinbar angestrengt kramte er in seiner Arzttasche. Da war es wieder, dieses Ausweichen. Genau das hatte ich schon auf unserem Ausritt in die Wüste erlebt. Henning wusste weit mehr über dieses Volk und seine Geschichte, als er mir erzählen wollte. Ich spürte sein Unbehagen. Jetzt allerdings war leider wieder nicht der richtige Zeitpunkt, nachzuhaken.

Das Kind litt wie so viele an einem Malariaschub. Moskitos als Krankheitsüberträger waren im ganzen Land, besonders aber im Norden, ein ernstzunehmendes Problem, gerade kurz nach der Regenzeit. Immer wieder gab es schwere Fälle und nicht selten Tote. Henning verordnete wie üblich Chinintabletten zur Therapie. Gerade wollte er ansetzen, der Mutter die Dosierung zu erklären, als er stutzte: „Ich glaub', sie versteht mich gar nicht, wenn ich ihr sage, wann sie wieviele Tabletten zu geben hat."

„Ja, das kann gut sein", stimmte ich ihm zu, denn tatsächlich starrte die komplette Familie nur gebannt auf die Tabletten auf dem Tisch mit einer Mischung aus Unsicherheit und Skepsis.

„Ich denke auch nicht, dass sie uns verstehen. Und nun? Am Ende gibt die Mutter alle Pillen auf einmal nach dem Prinzip ‚viel hilft viel', und dann geht es dem Kleinen alles andere als besser. Ich glaube, das müssen wir anders angehen…"

„Ich hab's", rief Henning nach einem kurzen Moment des Überlegens. Durch seinen Ausruf richteten sich alle Augenpaare gespannt auf ihn.
Er griff nach einem Stück Papier und Bleistift und malte mit schnellen Strichen einen Mond und eine Sonne untereinander. Daneben jeweils einen Kreis.

„So musst du das dem Kleinen geben!", deutete er auf die Tabletten. „Morgens eine Tablette und abends eine, hast du verstanden?"
Die Frau blickte ihn mit großen, tiefbraunen Augen an, nickte dann ergeben und steckte Zettel und Röhrchen in ihre löchrige Schürze. Ich war einmal mehr stolz auf den Pragmatismus meines Mannes. Er selbst war noch nicht zufrieden, denn inzwischen hatte er Zweifel bekommen, ob die Afrikanerin ihrem Kind überhaupt die ‚Medizin des Weißen' in Tablettenform geben würde. Ihre Berührungsängste waren nicht zu

übersehen. Andererseits wollte er nichts unversucht lassen, denn das Kind war bereits sehr geschwächt. Sicher war dies nicht der erste Malariaanfall.

„Gib ihr doch bitte noch einige Leinenstreifen für kalte Umschläge mit", bat er mich.

Ich nahm ein sauberes Leinentuch, schnitt den Rand in Fadenlaufrichtung ein und riss es mit lautem ‚Ratsch' in mehrere schmale Streifen. Henning nahm einen, tauchte ihn in eine Schüssel mit Wasser und wickelte den nassen Streifen zur Demonstration um den Unterschenkel des Kleinkindes.

„Guck mal, so musst du das machen", signalisierte er der Herero, indem er mit gespreiztem Zeige- und Mittelfinger zuerst auf seine Augen und dann auf den Wickel deutete. Die Frau nickte erneut ergeben, aber auch hier waren wir nicht sicher, ob unsere Wadenwickel nicht eher in eine kunstvolle Frisur eingeflochten werden würden.

Als der Tross weg war, sahen wir uns nachdenklich an.

„Schatz, ich glaube, wir müssen hier ganz schön umdenken und noch eine Menge lernen. In Deutschland habe ich jemandem mit einer Grippe ein paar Tabletten in die Hand gedrückt und Bettruhe verordnet. Und hier? Hier haben viele nicht mal ein Bett und Tabletten kennen sie schon überhaupt nicht. Wie weit weg wir hier von unserer europäischen Schulmedizin sind!"

Henning fing an, sich an seinem Daumennagel zu kauen, so wie er es immer tat, wenn er über ein ungelöstes Problem nachdachte. Ich strich ihm sachte über den Arm. Tatsächlich waren wir es gewöhnt, für viele Leiden einfach die passenden Medikamente zu haben. Und hier? Die nächste Apotheke war weit weg, da ließen sich Wirkstoffkombinationen und Salben nicht mal eben so verschreiben. Hier musste improvisiert werden, und zwar immer wieder neu und mit einfachen Mitteln. Nur wie?

Abends besprachen wir uns mit unseren Freunden. Henning redete sich seine Zweifel ungewohnt offen von der Seele, für mich ein weiteres Zeichen, wie wohl er sich im Kreise dieser Menschen fühlte.

„Wisst ihr, Medizin zu studieren ist das eine, ein echter Arzt zu sein aber doch was völlig anderes. Schon in Deutschland muss man sich durchbeißen, wenn man neu ist und auf Station nicht weiß, welcher Notfall als nächstes reinkommt. Dort aber wusste ich wenigstens theoretisch, was ich zu tun hatte oder aber ich habe einen erfahrenen Kollegen gerufen. Hier ist alles anders. Hier sind Isabell und ich allein und müssen entscheiden. Was machen wir denn mit Patienten, deren Krankheitsbild wir nicht erkennen, die uns nicht verstehen oder die unserer Medizin nicht vertrauen?"

Henning war ratlos, eine Stimmung, die mir ebenfalls neu war bei meinem Mann. Bisher hatte ich ihn immer souverän in seinem Beruf erlebt, auch in schwierigen Situationen. Hier war es kein konkreter Fall, der ihn überforderte, sondern die Erkenntnis, dass sein gelerntes Wissen offenbar nicht ausreiche, um den Menschen in einem Maß zu helfen, das seinen eigenen hohen Ansprüchen gerecht wurde.

„Mach dir keine zu großen Gedanken", versuchte Anette ihn zu beruhigen. Wieder einmal trat ihre positive Lebenseinstellung hervor. „Die Schwarzen sind froh, wenn sich überhaupt jemand um sie kümmert. Wenn sie kommen, sind sie bereit, unsere Medizin anzunehmen, ansonsten gehen sie zu ihren eigenen Heilern im Stamm. Du hast also nichts zu verlieren. Den größten Druck machst du dir gerade selbst."

Mit diesen Worten erhob sie sich unvermittelt und ging ins Haus.

„Stimmt", unterstützte Gerd seine Frau. „Klar, hier sind die Verletzungen gravierender und die Krankheiten bedrohlicher als in Europa, aber wir haben auch hier Mittel und Wege, wieder gesund zu werden. Das wissen inzwischen auch die Schwarzen und vertrauen uns. Also mach, was deine ärztliche Intuition dir sagt, und die Erfahrungen werden dir Recht geben." Freundschaftlich beugte er sich vor, klopfte Henning auf die Schulter und schob ihm ein neues Bier hin.

„Hier Kumpel, entspann dich, das wird schon mit dir als Buschdoktor!"

In diesem Moment klappte die Moskitonetztür und Anette stand wieder vor uns. In der Hand hielt sie ein abgegriffenes kleines Notizbuch.

„Guck mal Henning, das ist mein ganz besonderes Schätzchen. Hier habe ich in den letzten Jahren alle Mittelchen aufgeschrieben, die mir für Alltagsbeschwerden zu Ohren gekommen sind. Weißt du, solange kein Arzt in der Nähe ist, bleibt uns Weißen keine andere Wahl, als uns aus der Vielzahl der traditionellen afrikanischen Heilmittel diejenigen herauszusuchen, die unserem medizinischen Wissen am nächsten kommen. Es gibt schon sehr eigenartige Naturmedizin, aber das meiste, was hier drinsteht, funktioniert tatsächlich, es ist ganz erstaunlich!" Schwungvoll übergab sie Henning die Kladde und setzte sich zufrieden lächelnd zurück an ihren Platz.

In den folgenden Tagen las Henning das Büchlein mehrfach und wie einen spannenden Krimi, begierig darauf alles aufzunehmen, was ihm für seine zukünftige Arbeit nützlich sein könnte. Dann und wann stieß er einen kleinen Laut der Überraschung aus und musste mir sofort berichten, was er gerade gelernt hatte. Schnell besaß er ein passables Grundwissen über die bakteriziden und fungiziden Wirkungsweisen von Kräutern und Naturprodukten, die sich auch hier ganz in der Nähe fanden. Er las von Honig gegen kleine Brandwunden, Essig gegen Ohrenschmerzen und Oregano-Öl gegen Fuß- und Nagelpilz. Alles keine Wunderheilmittel, aber bisher hatte er sich einfach noch keine Gedanken um Alternativen zur gewohnten Schulmedizin gemacht.

Ein Kranker nach dem anderen kam zur Pension, und bald wurde klar, dass wir die Behandlungen nicht weiter provisorisch auf einer Bank im Garten vornehmen konnten. Als ich das erste Mal eine Wunde sah, die nach alter Eingeborenentradition mit frischem Kuhmist bedeckt und mit einem schmutzigen Tuch umwickelt war, wurde sogar mir als versierter Krankenschwester übel. Die ganze Hand war entzündet, sie stank erbärmlich und Kolonnen von Maden krabbelten über und unter den verdreckten Stofffetzen. Dies war kein Fall mehr für eine Erste-Hilfe-Maßnahme im Freien. Wir brauchten unbedingt einen Raum, an dem wir sauber arbeiten konnten, Wunden vernünftig reinigen und die wenigen medizinischen Ausrüstungsgegenstände, die wir aus Deutschland mitgebracht hatten, sauber ausbreiten konnten, ohne dass sie direkt ‚Beine bekamen'.

Uns fiel ein kleines, quadratisch gebautes Wachhäuschen der Schutztruppe in direkter Nähe zur Pension auf, das anscheinend nicht mehr genutzt wurde. Aus Stein mit einem soliden Dach war es ein schattiger und verhältnismäßig sauberer Ort, wenn auch ein wenig klein.

„Dieser Posten der Schutztruppe hat schon lange keine Bedeutung mehr", klärte uns die Wirtin auf. „Seit Eröffnung der Eisenbahnstrecken nach Windhuk und in den Norden gibt es immer weniger Trecks den Swakop entlang. Kein Wunder, wer quält sich schon durch das Revier, wenn er bequem auf Schienen gefahren werden kann? Die Militärstation hier ist schon lange nicht mehr besetzt."

„Ach, und was passierte mit dem kleinen Gebäude dort?", hakte Henning interessiert nach und zeigte auf das Häuschen keine einhundert Meter entfernt. Ich bemerkte das kleine Funkeln in seinen Augen, das er immer hatte, wenn er sich für etwas begeisterte.

„Mit dem da?", fragte die Wirtin mit einer Kopfbewegung in die entsprechende Richtung. „Ach, das ist jetzt nur noch ein Schuppen."

„Und wer hat den Schlüssel?"

„Na, ich natürlich", entgegnete sie, immer noch nichtsahnend über den Vorschlag, den Henning ihr gleich unterbreiten würde.

„Wie wäre es denn, wenn wir unsere ärztliche Hilfe zukünftig nicht mehr in Ihrem Garten, sondern dort in dem Häuschen durchführen würden? Wir könnten sauber arbeiten und Sie haben keine Patienten mehr vor ihren Fenstern. Wäre damit nicht beiden Seiten geholfen?"

Das Gesicht der Frau erhellte sich. Offenbar war es tatsächlich eine Belastung für sie gewesen, ihren Garten zweckentfremdet zu sehen, und offenbar hatte sie die Behandlungen aus reinem Anstand und Menschlichkeit geduldet. Ihr Mund verzog sich zu einem erleichterten Lächeln.

„Oh, das wäre eine gute Sache. Wissen Sie, die Leute, die hierher kommen, tun mir ja leid, aber ein Pensionsgarten ist nun wirklich kein Freiluftkrankenhaus. Ich muss auch an mein Geschäft denken, und wer isst sein Stück Kuchen schon gern neben wartenden Kranken?"

Recht hatte sie, eindeutig, und so übergab sie uns den Schlüssel für das Häuschen, wenn auch augenzwinkernd mit dem Hinweis, dass die Benutzung nur für ‚Notfälle' gelte, es sei ja schließlich ein Schutztruppengebäude.

Wir dankten ihr herzlich und versicherten, dass das Wachhäuschen nur ein kleiner Zwischenschritt auf unserem Weg zu einer richtigen Arztpraxis sein würde. Uns fehlte nur noch der passende Ort dafür.

„Ist schon in Ordnung. Ich bin ja selbst froh, medizinische Hilfe direkt in der Nähe zu wissen. Und wer weiß, vielleicht entscheiden Sie sich ja, ganz in der Nähe zu bleiben. Dann hätte sich die Sache schon gelohnt! Ich schicke gleich meine Bambusen zum Häuschen, die sollen da mal ordentlich schrubben und alles vorbereiten."

Vorzubereiten gab es allerdings nicht viel. Das Häuschen war mit einer Pritsche, einem kleinen Tischchen und einem Hocker sofort vollgestellt. In Verbindung mit einem vorgespannten Sonnensegel aber hatten wir einen ausreichend großen, geschützten Behandlungsraum, in dem Henning sogar kleine Operationen durchführen konnte. Am nächsten Tag brachten wir unsere wenigen medizinischen Bestecke und Medikamente hinüber. Die Wirtin brachte uns einige Tücher und Laken, und los ging es mit den Behandlungen. Mal ein entzündeter Nagel, den Henning ziehen musste, mal ein tiefsitzender Splitter oder eine eitrige Wunde. Die Zahl der Hilfesuchenden wurde größer, je mehr sich herumsprach, dass ein Arzt vor Ort war. Wir waren erstaunt, wie viele Menschen tatsächlich in dieser eigentlich dünn besiedelten Gegend lebten. Offenbar ließen sie sich auch nicht von einer weiten Anreise durch die Wüste abschrecken. Auffallend waren die vielen Brandwunden, die sich Schwarz wie Weiß am Feuer zuzogen. Verbrennungen der Küchenfrauen und Köchinnen am Herd oder Backofen waren nicht das Problem, eher die größeren Verletzungen, die entstanden, wenn man bei einer Nacht im Freien zu nah am Feuer schlief und die Decke plötzlich Feuer fing. Henning hatte viel damit zu tun, teils großflächige Verbrennungen von eingebrannten Stoffresten zu befreien und den Betroffenen mit Händen und Füßen auszureden, die Behandlung etwa mit traditionellen Kräuterumschlägen fortzuführen. Inzwischen war er schon deutlich routinierter im Umgang mit seinen Patienten, auch wenn sie ihn nicht verstanden.

Vielleicht hatte Anettes Kladde ihm etwas Selbstsicherheit gegeben, vielleicht aber auch nur das Bewusstsein, dass alles, was wir taten, besser war als gar keine Hilfe. Er improvisierte am laufenden Band, griff regelmäßig auf Naturheilmittel zurück, erklärte möglichst einfach und oft mit Gesten. Bald hatte ich wieder den Henning vor mir, der in Hamburg mein Herz erobert hatte. Er hatte seine Souveränität zurück. Stolz beobachtete ich ihn von der Seite, wie er konzentriert sein Polarimeter für eine Urinuntersuchung bediente und konnte nicht glücklicher sein.

Schon nach kurzer Zeit war unser Verbandsmaterial aufgebraucht, und auch die üblichen Arzneien wie Chinin, Kolomel und Marienbader Pillen gingen zur Neige. Eine Grundsatzentscheidung war jetzt nötig: Machen wir hier weiter, richten uns mehr als nur provisorisch ein, beziehen neues Material und lassen uns die Behandlungen zukünftig wie auch immer entlohnen? Oder brechen wir unsere Zelte ab und begeben uns zu den dichter besiedelten Orte wie Grootfontain oder sogar Windhuk, um dort die Möglichkeiten einer Niederlassung auszuloten?

Die Antwort auf diese Frage gaben wir uns unabhängig voneinander und im völligen Einvernehmen: Wir würden bleiben. Hier wurden wir gebraucht und hier gefiel es uns. Die Zukunft erschien uns klar und deutlich, auch wenn wir Pionierarbeit leisten mussten. Bisher gab es so gut wie keine Zivilärzte in der Kolonie. Das dünn besiedelte Land hatte einfach zu wenig zahlungskräftige Patienten, und die großen Entfernungen taten ihr Übriges. Eine Arztpraxis allein war völlig unrentabel. Wir waren uns dessen bewusst und dachten als zweites Standbein schon über eine Karakulschaffarm nach. Für Farmer waren Karakulschafe eine sichere Einnahmequelle, wie wir ja seit unserer Schiffsbekanntschaft mit dem ‚Fellbaron' wussten. In der Haltung sind sie sehr anspruchslos, langlebig und widerstandsfähig, wie geschaffen für die extremen Wetterverhältnisse im Land. Sie lieben einen trockenen Lebensraum. Wir würden keine riesigen Ländereien brauchen und trotzdem ein Auskommen haben. In der Nähe der Bahnstrecke und der Khan-Minen würde Henning ambulante Sprechstunden abhalten. Bei schwierigeren Eingriffen würde ich ihm zur Seite stehen und mich sonst um unseren Haushalt kümmern. Im Geiste sah ich mich schon in meinem Gemüsegarten arbeiten und fröhliche Abende mit unseren Nachbarn verbringen. Alles war nur eine Frage der Zeit und unserer Schaffenskraft. Und hatten wir uns unser Leben nicht genauso vorgestellt, als wir uns im kalten Europa unsere Zukunft ausgemalt hatten?

ACHT

Unser Traum von der eigenen Praxis zerplatzte so unerwartet schnell wie er sich ergeben hatte. In Europa bereitete man sich auf Krieg vor. Ende Juni waren der österreichisch-ungarische Thronfolger Erzherzog Franz Ferdinand und seine Frau Sophie in der bosnischen Hauptstadt Sarajevo erschossen worden. Mit dem Attentat wollten serbische Separatisten ihrer Forderung nach einem von Österreich-Ungarn unabhängigen Staat Ausdruck verleihen. Seit Wochen herrschte ein diplomatisches Hin und Her der europäischen Großmächte Österreich-Ungarn, Deutschland, Frankreich, Großbritannien und Russland. Österreich-Ungarn wollte durch einen schnellen Vergeltungsschlag gegen Serbien seine Souveränität über das Land zeigen und Russland von einem Eingreifen abhalten. Russland wiederum hatte bereits seit 1892 ein Bündnis mit Frankreich, dem sich vor einigen Jahren auch England unter König Eduard VII angeschlossen hatte. Deutschland als Bündnispartner Österreich-Ungarns würde sich dieser Allianz entgegenstellen müssen. Die Hilfe Italiens wurde zunehmend unsicherer, die Lage von Tag zu Tag bedrohlicher. Es war nur eine Frage der Zeit, wann es Krieg geben würde.

Wir waren durch den regelmäßig aus Swakopmund gelieferten ‚Südwester', eine der beiden Zeitungen, informiert, wie dramatisch die Entwicklungen zuhause waren.

Am eigenen Leib spürten wir die Unruhe, als wir einige Tage später nach Swakopmund treckten, um uns mit neuem Material zu versorgen. Überall waren die Menschen auf den Straßen, und insbesondere die Buchhandlung in der

Kaiser-Wilhelm-Straße war dicht belagert. Dort wurden die Nachrichten zuerst veröffentlicht, dort traf man Menschen, die gleichermaßen aufgeregt waren über das, was sie zu hören bekamen. Dabei war die Stimmung erstaunlicherweise nicht niedergedrückt, vielmehr herrschte eine Mischung aus Zorn und gleichzeitiger Zuversicht, die bevorstehende Krise zu meistern. Alle wollten dabei sein und nichts verpassen, auch wenn sie selbst aus der Ferne nicht eingreifen konnten. Demonstrativ war überall in den Reichsfarben geflaggt.

Der Apotheker erwies sich wieder einmal als sprudelnde Informationsquelle. Er schilderte uns mit hochrotem Kopf die neuesten Ereignisse und vergaß dabei beinahe die korrekte Rezeptur unserer benötigten Medikamente.

„Ich kann es nicht glauben, ich kann es nicht glauben!", schüttelte er den Kopf. „Österreich-Ungarn will Serbien den Krieg erklären!"
Der arme Mann zitterte dermaßen, dass mehr als nur eine Spatelspitze kostbarer Arznei den Weg neben und nicht in den Erlenmeyerkolben fand.

„Wenn es wirklich so weit kommt, können sich die anderen Großmächte in ihren Allianzen nicht heraushalten aus der Angelegenheit und dann wird es böse, ganz böse, auch für uns. Dann gibt es Krieg, und zwar richtig. Da werden alle mitmischen. Und sicher wird auch kein Halt gemacht vor den Toren der Kolonien, auch wenn das vor vielen Jahren mal so festgelegt wurde von hohen Herren der internationalen Politik. Dann müssen wir uns alle sehr warm anziehen!"
Ungeduldig pustete er verschüttetes Pulver von der Waagschale, dabei lauthals schimpfend über ein Ultimatum, das Österreich-Ungarn gerade provokativ an das Königreich Serbien übermittelt hatte. Es beinhaltete zehn Forderungen, die selbst unser patriotischer Apotheker für unannehmbar hielt. Und wieder ging ein Löffelchen daneben, als er mit der linken

Hand eine Bewegung machte, die seiner Empörung Ausdruck geben sollte. Irgendwann sah Herr Kawitt ein, dass ein konzentriertes Arbeiten bei seiner aktuellen Gemütsverfassung nicht mehr möglich war und überließ das Feld seiner Frau, die mit sicherer und ruhiger Hand die gewünschten Salben und Tinkturen mischte.

Der Apotheker sollte Recht behalten. Als Serbien sich der Unterstützung Russlands sicher war und zwei der ultimativen Sühneforderungen ablehnte, erklärte Österreich-Ungarn am 28. Juli 1914 Serbien den Krieg. Russland wollte seinen Einfluss auf dem Balkan nicht verlieren und begann postwendend mit einer Mobilisierung der Streitkräfte. Zuerst gegen Österreich-Ungarn, einige Tage später dann gegen die gesamte Westfront, also auch gegen Deutschland als österreichungarischem Bündnispartner. Das Reich reagierte prompt mit einer Generalmobilmachung und erklärte Russland den Krieg. Kurz vorher hatte auch Frankreich die Überführung der Streitkräfte in den Kriegszustand angeordnet. Am 03. August 1914 wurde Paris der Krieg erklärt und am gleichen Tag auch Brüssel, nachdem Belgien den von Deutschland geforderten Durchmarsch der Truppen verweigert hatte. Innerhalb weniger Tage waren große Teile Europas im Kriegszustand. Das deutsche Heer und die deutsche Flotte wurden in Marsch gesetzt, zunächst gegen Frankreich.

Wir begannen uns um Freunde und Familie in Hamburg zu sorgen. Die Nachrichtenübermittlung funktionierte in dieser Zeit noch recht gut, und immer wieder schickten wir Boten zum Postamt in Swakopmund, um nach Sendungen aus der Heimat zu fragen. Man kann sich sicher vorstellen, wie unendlich erleichtert ich war, als endlich ein Brief meiner Mutter eintraf. Mit vor Aufregung feuchten Händen riss ich den dünnen Umschlag noch im Stehen auf und überflog hastig die eng beschriebenen Zeilen, um möglichst schnell den Tenor der Nachricht erfassen zu können. Alles war in Ordnung, unseren Eltern ging es gut. Das war die Hauptsache! Erst danach setzte ich mich und nahm mir Zeit für ein gründlicheres Lesen:

Hamburg, den 08. August 1914
Mein liebes Kind!
Du kannst Dir gar nicht vorstellen, wie sehr sich alles bereits verändert hat seit Eurer Abreise. Nichts ist mehr so wie früher! Sicher hast Du auch im fernen Afrika gehört, dass inzwischen Krieg herrscht. Es ging alles so furchtbar schnell. Erst vor einigen Tagen verkündete ein hoher Offizier bei uns den ‚Zustand drohender Kriegsgefahr'. In Begleitung eines Fanfarenzugs zog die Delegation durch die Straßen und verlas eine Erklärung des Kaisers, dass die politischen Entwicklungen keine andere Möglichkeit als den baldigen Krieg zulassen würden. Deutschland müsse seinen Bündnisverpflichtungen nachzukommen, hieß es, und das Verhalten Russlands im Konflikt zwischen Österreich-Ungarn und Serbien sei nicht akzeptabel. Während er sprach, platzte der Offizier fast vor Enthusiasmus und Überzeugung. Mit stolzgeschwellter Brust und voller Patriotismus stand er in tadelloser Uniform mit glänzender Pickelhaube auf unserem Marktplatz zwischen der Menge, die sich bald anstecken ließ. Überall um uns herum jubelten die Menschen. Erkannten sie nicht den Ernst der Lage? Wussten sie wirklich nicht, was es bedeuten würde, wenn tatsächlich Krieg käme? Papa und mir machte diese Volksfeststimmung, die sich um uns herum ausbreitete, große Angst. Und tatsächlich: Schon am nächsten Tag, es war der 01. August 1914, erging der Befehl zur Mobilmachung des Feldheeres. Ein Truppentransport folgte auf den nächsten. Die Regimenter zogen durch die beflaggten und geschmückten Straßen zu den Bahnhöfen und wurden von dort an die westlichen Landesgrenzen gebracht. Wie ich gelesen habe, sollen über drei Millionen Soldaten an unsere Grenzen befördert werden. Ein Zug nach dem anderen ver-

lässt die Bahnhöfe. Kannst du dir diese ungeheure Zahl an Menschen vorstellen? Ich nicht und will es auch nicht, denn es sind alles unsere Männer, Söhne und Brüder, die da gehen müssen.

Ich verstehe es einfach nicht: Die Hinterbliebenen jubeln und verabschieden die Soldaten aufs Herzlichste, und der Auszug erfolgt mit Gesang und Märschen. Wissen sie denn nicht, was ihre Lieben im Krieg erwartet?

Papa und mich hält nichts mehr in dieser Stadt. Hamburg gleicht einem Tollhaus, in dem keine Ruhe mehr zu finden ist! Erst recht nicht, wenn der Feind vor unserer Tür steht. Wir werden daher zu Tante Christine nach Schleswig ziehen. Dort auf dem Land sind wir hoffentlich sicher vor den grausigen Entwicklungen, die wir sehr fürchten. Zum Schutz Schleswig-Holsteins und des Nord-Ostsee-Kanals ist bereits ein verstärktes Korps an der Küste aufgestellt. Sorge dich also nicht um uns, es geht uns gut. Wir gehen aus freien Stücken und rechtzeitig vor dem ersten Aufeinandertreffen der Kriegsgegner.

Tante Christine hat genug Platz. Wir werden uns auf ihrem Hof nützlich machen, auch wenn es sehr lange her ist, dass ich das letzte Mal eine Kuh gemolken habe. Und wenn alles vorbei ist, so bete ich zu Gott, dass wir uns bald wiedersehen!

Mein Kind, du kannst Dir gar nicht vorstellen, wie froh ich inzwischen bin, dass Ihr ausgewandert seid. Es beruhigt mich unendlich, Henning und Dich so weit weg von diesem Wahnsinn zu wissen. Bis nach Afrika kommen die Kämpfe ganz sicher nicht, und das lässt mich wenigstens etwas besser schlafen in diesen unruhigen Zeiten.

In Liebe,
Deine Mama

Ich las den Brief mehrere Male und sog jedes Wort daraus auf. Meine Eltern waren in Sicherheit, das war das Wichtigste. Und ich würde sie weiterhin erreichen können. Gleich am nächsten Tag würde ich einen Brief an sie schreiben.

Inzwischen war jedoch klar, dass meine Mutter in einer Sache falsch lag: Der Krieg kam durchaus auch bis nach Afrika. Anfang August 1914 war auch in Südwest mit der Aufrüstung der Schutztruppe begonnen worden. Vom Reichskolonialamt in Berlin war zwar kurz vorher noch gemeldet worden, dass die Kolonien außer Kriegsgefahr waren, trotzdem wollte man nicht untätig herumsitzen. Schon wurde beobachtet, dass in der Südafrikanischen Union, die ein Teil des britischen Imperiums war, eine Mobilmachung voranschritt. Nach Großbritanniens Kriegserklärung an Deutschland hatte Südafrikas Ministerpräsident der britischen Regierung seine Unterstützung angeboten, die diese sofort annahm.

Die Mobilisierung unserer Streitkräfte setzte eine enorme Maschinerie in Bewegung. Unsere kaiserliche Schutztruppe wurde verstärkt, indem Reservisten eingezogen und Freiwillige eingestellt wurden. Aus allen Bezirken wurden Lastentiere, Pferde und Material in Windhuk zusammengezogen. Gerd und Anette erhielten die Instruktion, der Regierung alle verfügbaren Mulis, Ochsen und Pferde zu melden und zur Verfügung zu stellen. Autos gab es ja so gut wie nicht in Südwest, und die wenigen vorhandenen waren alles andere als ‚afrikatauglich'. Die Kühler waren für die Hitze nicht leistungsstark genug, und es fehlten Seilwinden, mit denen man das Fahrzeug ohne fremde Hilfe aus Sand und Schlamm hätte ziehen können. Die Truppenbewegungen würden also mit unserer weitverzweigten Eisenbahn oder wie in alten Zeiten mit Ochs und Ross erfolgen müssen. Als Farmer durfte man keine Waren mehr an Privatleute abgeben. Ab sofort wurde die Verteilung der Lebensmittel durch die Schutztruppe kontrolliert und rationiert, weil die Versorgung aus Deutschland bereits stockte. Auch wurde verboten, auf Kredit auszuliefern.

Die wirtschaftliche Lage war zu unberechenbar. Das ausschweifende Leben in der Kolonie war schlagartig zu Ende.

Von der Aufrüstung unserer Schutztruppe bekamen wir in Goanikontes zunächst nicht viel mit, das Zentrum der Aktivitäten lag in Windhuk. Dennoch trafen wir uns in dieser Zeit fast täglich auf Farm Weizenberg und diskutierten hitzig die Lage. Die fröhlichen und ruhigen Abende, die noch vor einigen Wochen so selbstverständlich waren, schienen uns plötzlich unendlich weit weg. Die Männer im Swakoptal wurden unruhig. Sie fühlten sich so in der Verantwortung für ihr Land, dass sie sich am liebsten sofort freiwillig gemeldet hätten. Dementgegen standen die Aufgaben, die jeden Tag auf die Farmer und Arbeiter wartete. Truppler und Zivilbevölkerung brauchten eine geregelte Versorgung, die Felder mussten unbedingt weiter bestellt werden. Fleisch gab es hier ja genug, aber bei Gemüse und Kraftfutter für die Tiere waren wir dringend auf Importe angewiesen, die schon jetzt nicht mehr kamen. Die eigene landwirtschaftliche Produktion, gerade in den wenigen halbwegs fruchtbaren Gegenden, musste dringend angekurbelt werden. Eigentlich waren die Farmer unabkömmlich. Die Frauen konnten die Aufgaben sicher kurzfristig übernehmen, nicht jedoch alle und nicht für einen längeren Zeitraum. Bald gab es die kontrovers diskutierten Lager ‚Bleiben' gegen ‚Gehen'.

Uwe war der emotionalste Verfechter für die Freiwilligenmeldung. Er brannte vor Tatendrang und wollte um jeden Preis seinen Teil zur aktiven Landesverteidigung beitragen.

„Wisst ihr, wir sitzen hier einfach nur rum und schwingen Reden. Jetzt müssen wir endlich mal was tun! Es geht um unser Land! Auf der Veranda hocken und nur zugucken, das kann ich nicht! Südwest braucht uns jetzt, und wer außer uns kann denn das Land ordentlich verteidigen? Bis Kräfte aus Deutschland kommen, ist es zu spät, bis dahin wurden wir überrannt. Die haben doch mehr als genug um die Ohren in Deutschland. Nein, nein, entweder wir tun was und stellen uns dem Feind entgegen, oder wir gehen sang- und klanglos unter!" Erwartungsvoll, vielleicht noch einen Mitstreiter zu finden, blickte Uwe in die Runde, sah aber nur in betretene Gesichter. Den inneren Kampf durchlebte jeder Mann, aber kaum einer war in seiner Entscheidungsfindung so weit wie Uwe. Vielleicht lag es daran, dass der allein und ohne Besitz in der Kolonie lebte, Uwe jedenfalls blieb unter den Männern des Swakoptals in der Entscheidung, sich freiwillig zu melden, allein.

Schneller als uns lieb war, nahte Uwes Aufbruch. Es würde schwer werden, auf ihn zu verzichten. Wir vermissten ihn schon, bevor er überhaupt weg war.

Für die Freiwilligen der Schutztruppe gab es keine Uniformen. Sie waren nur für die Berufssoldaten vorgesehen. Also zog Uwe seine bequemste Khakihose und seinen dicksten Mantel an, denn die Nächte werden im afrikanischen Winter empfindlich kalt, manchmal gehen sie sogar gegen den Gefrierpunkt.

Ein großer Teil der verfügbaren Ochsen und Maultiere wurde in einem separaten Dornenkral zusammengetrieben. Uwe sollte sie mitnehmen bis Swakopmund und dann mit der Bahn weiter bis Windhuk. Auf eigene Verantwortung gab Gerd ihm eines der stärksten Pferde. Der Farmbesitzer war nicht erreichbar, er steckte irgendwo in den Wirren des drohenden Krieges fest. Gerd aber war sich sicher, dass Herr von Weizenberg es als Selbstverständlichkeit betrachten würde, die eigenen Leute so gut wie möglich auszurüsten.

Packtaschen wurden zusammengestellt mit allem, was man für ein Leben unter freiem Himmel in der Wüste brauchte: Lebensmittel in Beuteln und Büchsen, etwas Wechselkleidung, Essbesteck, Teller und Tasse, Näh- und Putzzeug, eine Decke, ein paar persönliche Erinnerungsstücke. Nicht viel für eine Reise auf unbestimmte Zeit und mit mehr als ungewissem Ausgang. Am Sattel waren zwei Wassersäcke und einer mit etwas Hafer befestigt.

Bei Sonnenaufgang des nächsten Morgens brach Uwe auf. Eine kurze Umarmung der Frauen, ein wortloses Schulterklopfen der Männer, dann schwang er sich beherzt in den Sattel und verschwand mit seiner kleinen Karawane zwischen den noch im Zwielicht liegenden mächtigen Felsen des Swakopgebirges. Ein dicker Kloß saß mir im Hals. Würde ich ihn je wiedersehen? Und wenn, wäre er dann noch derselbe? Dieser unkomplizierte, nie um einen Spruch verlegene norddeutsche Haudegen, der auch mir inzwischen ein guter Freund geworden war?

Ich hatte in den wenigen Jahren im Krankenhaus schon zu viele traumatisierte Menschen gesehen, als dass ich mich der Illusion hingab, es bliebe alles so wie immer. Erlebnisse lassen sich nicht steuern, und die eigenen psychischen oder physischen Reaktionen auf belastende Momente noch viel weniger. Aus tiefstem Herzen wünschte ich Uwe, dass ihm Situationen, die sein Leben seelisch oder körperlich für immer veränderten, erspart bleiben würden, wohl wissend, wie unrealistisch dieser Wunsch in Kriegszeiten war.

Ich war froh, dass wir bald zu unserer Sprechstunde im Wachhäuschen aufbrechen mussten und nahm schutzsuchend Hennings Hand. Ich spürte, wie aufgewühlt er war.

„Wie geht's dir?"

„Wie soll es mir gehen? Mein bester Freund ist gerade das zweite Mal weggegangen und ich weiß nicht, ob ich ihn jemals wiedersehe." Niedergeschlagen kickte Henning ein Steinchen weg.

„Es war doch gerade so schön alles, es fing doch gerade erst an. Wir hatten unseren Traum, unsere Vision. Niemals hätte ich gedacht, dass dieser Krieg, dieser furchtbare

Krieg sogar in die Kolonien schwappt. Keine Ahnung, wie es jetzt mit uns allen weiter geht. Und an die vielen Opfer, die so ein sinnloses Blutvergießen bedeutet, möchte ich erst gar nicht denken. Ich hoffe nur, dass wir das, was uns erwartet, auch irgendwie schaffen.

„Wir sind wenigstens zusammen", versuchte ich ein wenig Trost zu spenden. „Wir haben uns, und gemeinsam haben wir schon so viel geschafft."

Henning allerdings war gedanklich zu weit weg. Er stapfte energisch Richtung Wachhäuschen und schien mich nicht zu hören. Ich konnte die emotionale Mauer, die er gerade um sich herum aufbaute, geradezu sehen.

Nun, da der Krieg unausweichlich erschien, mussten wir natürlich schnellstmöglich den zweckentfremdeten Militärposten räumen. Er würde sehr bald bezogen werden, dafür war Swakopmund in der Nähe ein strategisch viel zu wichtiger Punkt. Wir räumten unsere wenigen medizinischen Gerätschaften zurück in unser Pensionszimmer und bereiteten uns auf das vor, was wir uns niemals hätten vorstellen können: Kriegsopfer behandeln zu müssen. Da wir kaum noch etwas zur Patientenversorgung hatten, treckten wir in nach Swakopmund und tätigten in der Adlerapotheke wahre Hamsterkäufe an Verbandsmaterialien und Medikamenten. Glücklicherweise gab es dort noch verhältnismäßig große Bestände. Wir investierten dafür einen großen Teil unserer Ersparnisse für den Neuanfang. Wie schnell hatte sich alles verändert, wie weit weg waren plötzlich Landarztpraxis und Karakulschaffarm!

Herr Kawitt von der Adlerapotheke war wie immer bestens informiert. Zwischen seinem inzwischen deutlich reduziertem Arzneimittelangebot wusste er zu berichten, dass tatsächlich bald eine Kompanie Schutztruppler aus Karibib im

Norden nach Goanikontes verlegt werden sollte, um dort zum Küstenschutz einen Vorposten zu bilden.

Wir trafen uns mit Melanie im ‚Hamburger Hof', aber das Treffen war nicht unbeschwert. Melanie war mitten im Geschehen. Auch in Swakopmund waren die Kriegsvorbereitungen in vollem Gange.

„Wir merken es an allen Ecken und Enden", begann sie resigniert, nachdem sich die erste Wiedersehensfreude gelegt hatte.

„Die Mobilmachung macht sogar vor dem Krankenhaus nicht halt."

„Fehlt schon Personal?"

„Nein, das nicht, man belässt auch die Angehörigen des Militärs zunächst sicherheitshalber im Krankenhaus. Noch gibt es ja keine Lazarette. Allerdings sind schon viele Swakopmunder zur Schutztruppe eingezogen worden. Dadurch sind mehrere Geschäfte geschlossen. Vieles fehlt inzwischen. Ihr wisst, ja, wie gut man es sich gewöhnlich hier gehen lässt.

„Ja, das wissen wir noch zu gut", nickten wir und dachten an die ausschweifenden Feiern, die wir in unserer Vertretungszeit mehr als einmal erlebt hatten. Schon jetzt waren es Erinnerungen aus einer scheinbar weit entfernten Zeit.

„Das Problem sind aber nicht die Luxusgüter, sondern ganz normale Lebensmittel. Zur Schonung der Bestände hat es schon Lebensmittelrationierungen gegeben, die auch wir im Krankenhaus spüren. Gerade haltbare Schonkost und Grundnahrungsmittel sind kaum noch zu bekommen. Alles ist auf dem Weg nach Windhuk."

„Ja, naja, aber wir wissen ja auch, dass nicht alle Patienten im Haus unbedingt Schonkost benötigen…", bemerkte Henning mit Blick auf die nicht immer schwerwiegenden Diagnosen der Kranken, die bisher oft eher zur Rehabilitation aufgenommen worden waren als zu einer Akutbehandlung.

„Da gebe ich dir recht, was aber gar nicht geht, ist die Art, wie rationiert wird."

„Wie meinst du das?"

„Na, von offizieller Seite ist vor kurzem empfohlen worden, allen staatlich beschäftigten Eingeborenen, und damit auch den Hilfskräften im Krankenhaus, ihre Nahrungsmittel zu kürzen. Die Weißen bekommen noch, was sie brauchen, die Schwarzen müssen sehen, wo sie bleiben. Habt ihr davon noch nichts gehört?"

Tatsächlich hatten wir in Goanikontes diesbezüglich wieder einmal auf einer Insel der Unwissenheit gelebt. Betreten sahen wir uns an. Auf der Farm und im Elisabeth-Hof hatte es bis jetzt alles im Überfluss gegeben. Über Rationierungen war bisher kein Wort verloren worden, auch nicht für die Arbeiter. Es hatte uns an nichts gefehlt.

„Warum nur immer diese selbstverständliche Arroganz, für sich nur das Beste zu beanspruchen und denen, die sowieso die Drecksarbeit verrichten, auch noch nur die Krümel zu lassen? Oh, ich könnte platzen!".

Melanies Augen funkelten vor Wut. Ihre Einstellung, dass alle Menschen gleich sind und gleich behandelt werden sollten, war noch fundamentaler als meine. Ich bewunderte sie dafür, ihre Positionierung derart fest beibehalten zu können, wo doch das System an jeder Ecke darauf ausgerichtet war, der ursprünglichen Bevölkerung der Kolonie alles zu nehmen, auch das Leben, wenn sie den Interessen der Deutschen im Wege standen.

„Dagegen können wir wohl leider nichts tun, zumindest nicht jetzt und hier." Henning war wieder ein Meister des Verdrängens. Ich warf ihm einen strafenden Blick zu.

„Oh, doch, das kann ich wohl. Nicht viel, aber wenigstens eine kleine Hilfe bekomme ich hin. Ich kenne eine ganze Menge Leute in der Stadt, wie ihr wisst. Über das Rote Kreuz organisiere ich Sammlungen für Bedürftige, und erstaunlich Viele geben, was sie noch entbehren können. Man muss eben nur die Richtigen ansprechen!"

Ich war so stolz auf meine Freundin. Kaum, dass sie einen Missstand feststellte, suchte sie nach einer Lösung, praktisch und patent.

„Das ist wieder typisch meine Freundin Melanie, dafür mag ich dich so sehr!" Freundschaftlich strich ich ihr über den Oberarm. „Als hättest du nicht schon im Krankenhaus genug zu tun im Zivilbereich, kümmerst du dich jetzt noch um Leute, die außerhalb hilfebedürftig sind. Bewundernswert!"

„Schon, aber was ich erreiche, ist nur ein Tropfen auf dem heißen Stein. Die Verteilung ist schwierig. Es ist schwer, die Familien zu erreichen und die Sachen dorthin zu verteilen, wo sie wirklich gebraucht werden. Und der Krieg hat uns noch nicht mal erreicht!"

Damit hatte sie Recht. Tränen traten mir in die Augen und auch Henning wischte sich verstohlen mit dem Handrücken über das Gesicht. Das alles war erst der Anfang.

Traurig verabschiedeten wir uns mit der Unsicherheit, ob und wann wir uns wiedersehen würden. Keiner sprach es aus, aber die Erkenntnis lag bei unseren letzten Umarmungen bleiern über uns.

NEUN

Zur gleichen Zeit bemerkte ich, dass ich schwanger war. Die langen Tage und Nächte an Bord der ‚Kigoma' waren nicht ohne Folgen geblieben. Eigentlich hätte ich mich freuen sollen, denn ein Kind würde unsere Liebe erst richtig krönen. Leider gelang es mir nicht so recht, dafür hatte ich viel zu viel Angst vor der Zukunft. Wie würde ich eine Schwangerschaft in diesen Zeiten durchhalten? Im Prinzip machte ich mir keine Sorgen um mich, sondern eher um das kleine Wesen in meinem Bauch. Schwangerschaft ist keine Krankheit, und ich war weit davon entfernt, mich von nun an nur auf ein Sofa zu setzen, versonnen meinen Bauch zu streicheln und Windelhöschen zu häkeln. Das entsprach nicht meinem Naturell und würde bei meiner Konstitution sicher auch nicht nötig sein. Solange das Baby noch in meinem Bauch war, könnte ich es gegen alle Gefahren von außen schützen. Nur was war danach? Schon in Friedenszeiten ist das erste Jahr unter afrikanischer Sonne für Säuglinge nicht einfach. Hitze, Malaria, Schlangen, Typhus – es lauerten viele lebensbedrohliche Gefahren für Babys und Kleinkinder, die es im gemäßigten europäischen Klima und unter den zivilisierten Lebensbedingungen einfach nicht gab. Und jetzt im Krieg? Konnte man denn überhaupt in der Zukunft für irgendetwas sorgen?

Einige Tage lang traute ich mich nicht, es Henning zu sagen. Er war schon so sehr angespannt und sorgte sich mehr als genug um das, was kommen würde. Ich beschloss um seinetwillen, mein Geheimnis noch etwas für mich zu behalten, auch wenn ich mich nicht wohl mit der Entscheidung fühlte. Vertrauen und Ehrlichkeit standen immer an erster

Stelle unserer Beziehung. Meine morgendliche Übelkeit entschuldigte ich mit Aufregung, die ständige Müdigkeit mit mentaler Erschöpfung aufgrund der sich überschlagenden Ereignisse. Es war glaubwürdig, denn tatsächlich waren wir alle abwechselnd aufgekratzt und dann wieder unendlich erschöpft, je nach Tagesform. Himmelhochjauchzend und zu Tode betrübt im wahrsten Sinne der Worte. Kam ein Bote mit einem Extrablatt, waren wir schlagartig nervös und diskutierten sofort über die Neuigkeiten und die Konsequenzen dessen, was wir lesen mussten. Alle standen unter Strom, und das inzwischen schon eine verdammt lange Zeit.

Weiterhin hatten wir mehr als genug Arbeit. Nun, da Uwe fort war und wir das Wachhäuschen räumen mussten, richteten wir eine kleine Krankenstation in seinem Zimmer auf Farm Weizenberg ein. Die fein geschnitzten Schränke wurden zu Lagern, und mit dem durch eine Holzplatte verstärkten Bettgestell gab es sogar einen OP-Tisch, von dem wir hofften, ihn nicht allzu oft benutzen zu müssen. Große Kanister mit frischem Wasser und jede Menge gespendeter Tücher aus den Küchenbeständen der umliegenden Farmen lagen bereit.

Viele Abläufe ergaben sich aus der Praxis für die Praxis, denn die Reihe der Kranken riss nicht ab. Zu lange hatte die Menschen auf ärztliche Hilfe verzichtet und kamen inzwischen auch mit Krankheitsbildern zu uns, die man oft nicht mehr als akut bezeichnen konnte. Henning arbeitete lange und gewissenhaft, und ich assistierte ihm so gut es ging. Bei ansteckenden Krankheiten allerdings hielt ich mich im Kontakt zu den Patienten ungewöhnlich zurück, und das entging natürlich auch meinem Mann irgendwann nicht mehr. Er musterte mich mit einer Mischung aus Verwunderung und Ratlosigkeit.

„Ist was, Schatz? So kenne ich dich ja gar nicht!", fragte er in einer ruhigen Minute, während ich medizinisches Besteck sterilisierte. „Normalerweise lässt du dir keine Aufgabe abnehmen und stehst in erster Reihe deine Frau. Irgendwie erscheinst du mir unsicher, gerade so als hättest du irgendwie Angst vor etwas. Was ist anders geworden seit Kriegsbeginn? Denkst du, du schaffst das alles nicht mehr?"

„Nein, nein, das ist es nicht", erwiderte ich ausweichend und betrachtete verlegen mein winziges Spiegelbild im glänzenden Stahl einer Pinzette.

„Was ist es dann? Ich beobachte dich schon einige Zeit und immer wieder mal fällt mir dein Zögern auf. Soll ich dich raushalten aus den Behandlungen? Wird es dir zu viel?" Ratlos und besorgt blickte er mich an. Schon setzte ich zu einer Entschuldigung an, als sich langsam ein ahnendes Lächeln auf seinem Gesicht ausbreitete. Er erwartete keine Antwort, sondern blickte mich nur selig-versonnen an. Meine Haltung sagte offenbar alles, denn unbewusst stand ich bereits da wie eine Schwangere: Eine Hand im Rücken zur Entlastung und mit zurückgelehntem Oberkörper, so als stünde ich kurz vor der Entbindung. Ich schnaubte kurz, als ich meine allzu deutliche Körpersprache selbst bemerkte und lächelte noch etwas unsicher zurück.

„Ich wollte es dir sagen, ja, aber dann habe ich mich einfach nicht getraut. Weißt du, diese schweren Zeiten, die viele Arbeit und dann noch eine Schwangerschaft. Ich wollte dich nicht zusätzlich belasten…", versuchte ich mich zu rechtfertigen. Henning winkte energisch ab.

„Ach was, meine Kleine, und du dachtest ernsthaft, dass es mir nicht bald aufgefallen wäre? Ich gucke dich so oft an, auch wenn du es nicht merkst und kenne dich so gut, dass ich oft sogar weiß, was du gerade denkst. Okay, ich gebe zu, dass ich eine Spur zu unaufmerksam war in den letzten Wochen, aber das ist den Entwicklungen hier geschuldet.

Dass etwas anders ist, habe ich schon länger gemerkt, ich habe mir nur nicht die Zeit genommen, herauszufinden, was es ist, und darüber ärgere ich mich jetzt. Meine kleine Maus wird Mama, und ich habe schon ein paar Tage unserer Schwangerschaft verpasst. Nicht zu fassen!"

Mit zwei großen Schritten stürmte er auf mich zu, hob mich stürmisch in die Höhe und wirbelte mich herum.

„Ich werde Papa, ein Traum!", jubelte er und ließ mich erst zurück auf den Boden, als ich lautstark protestierte. Dann küsste er mich lang und zärtlich. Nie werde ich diesen innigen Moment vergessen. Alles um uns herum verschwamm in überschwänglichen Gefühlen und Glückstränen. In diesem Moment gab nur noch uns beide. Er drückte mich fest an sich und verströmte dabei so viel Zuversicht und Optimismus, dass ich augenblicklich ruhiger und sicherer wurde. Wir würden ‚das Kind schon schaukeln' auf dem stabilen Gerüst unserer Beziehung.

Aus Windhuk kam in jenen Tagen wie erwartet die Order an alle Farmer, vermehrt Gemüse und eiweißreiches Kraftfutter für die Pferde und Zugtiere zu produzieren. Luzerne gedieh gut in unserem Tal. Die und natürlich Kürbis sollten noch möglichst schnell vor der Regenzeit ausgesät werden. Mit Hilfe der Ovambo-Arbeiterinnen bereitete Gerd in Windeseile neue Anbauflächen vor. Trotz aller Motivation aber hatten wir in dieser Zeit ein enormes Problem: Ausreichend Wasser. Äußerst geringe Niederschlagsmengen waren für die ganze Kolonie charakteristisch. Eingebettet zwischen Namib, Kalahari und Savannenlandschaft im zentralen Hochland beschränkte sich die Regenzeit normalerweise auf die Sommermonate von Oktober bis April. Nun hatten wir Mitte August, und es hatte lange, lange nicht mehr geregnet. Das Revier war außergewöhnlich trocken, bis in die Tiefen. Das wenige Wasser, das Tag und Nacht mit den schweren Pumpen mühsam gefördert wurde, wurde immer salziger. Jeder Hobbygärtner weiß, dass die Wasserqualität entscheidend für die Bodenqualität und das Wachstum der Pflanzen ist. Das Zuviel an Salz war auch für das Vieh fatal, ihr Mineralienhaushalt wurde elementar durcheinandergebracht. Ihre Körper signalisierten ihnen vermehrt Durst, die Tiere brauchten noch mehr Wasser als gewöhnlich. Sie schrien erbärmlich, wenn die Fässer wieder einmal leer waren und standen meist matt im wenigen Schatten. Gerd blieb keine andere Wahl als den Bestand noch einmal drastisch zu reduzieren. Der Großteil der Maultiere und Zugochsen war ja bereits auf dem Weg nach Windhuk, nun mussten Entscheidungen zu den letzten Pferden, Mutterkühen, Ziegen, Schafen, Hunden und zu den Straußen gefällt werden. Insbesondere die großen, arbeitsintensiven Vögel waren kaum noch zu halten. Sie brauchten viel Luzerne, die in den nächsten Monaten nicht mehr für sie zur Verfügung stehen würde, außerdem ließen sie sich selbstredend nicht wie die anderen Nutztiere nach Swakopmund zum Metzger treiben. Eine Hausschlachtung in größerem Umfang aber war logistisch nicht möglich, es fehlten ausreichend Kühlmöglichkeiten.

Fleisch hielt sich bei den extremen Temperaturen nur etwa sechs bis acht Stunden. Selbst die Herstellung von Biltong, diesen typisch afrikanischen Fleischstreifen, die in der Sonne getrocknet und dadurch sehr lange haltbar werden, konnte auch mit allen verfügbaren Arbeitskräften nicht schnell genug abgeschlossen werden. Gerd und Anette versuchten es einmal mit drei Straußenvögeln und erlebten ein wahres Drama. Das Küchenhaus verwandelte sich in kürzester Zeit in einen regelrechten Bienenstock. Das gesamte Personal inklusive aller Kinder und Alten versammelte sich rund um das kleine Backsteingebäude. Zwar wurde viel gesungen, das Arbeitstempo beim Zerlegen der Tiere war jedoch dermaßen langsam, dass, als die Sonne schon senkrecht stand, die eine Hälfte des Fleisches von Millionen von Fliegen bevölkert und die andere auf wundersame Weise in den Mägen der Schlachthelfer verschwunden war. Dabei schien es ihnen offenbar nichts auszumachen, dass die Stücke noch blutig und ungewürzt waren.

Anette, die im Umgang mit den Farmarbeitern einiges gewohnt war, wurde einmal mehr unangenehm gebieterisch, um überhaupt eine respektable Menge Fleisch zu retten. „Finger weg, sofort! Macht, dass ihr verschwindet, ihr verfressenes Gesindel!", fauchte sie Frauen und Männer gleichermaßen an und benutzte sogar eine Reitgerte, um ihren Worten Nachdruck zu verleihen. Ich stand beklommen abseits. Je mehr ich inzwischen erfahren hatte, desto mehr Probleme hatte ich mit dem rüden Umgang der Weißen gegenüber den Schwarzen. Ich mochte Anette, aber in diesem Punkt war sie mir fremd. So offen, patent und einfallsreich sie uns gegenüber auch war, so herrisch und streng war sie mit jedem, der nicht in ihre kolonialistische Weltanschauung passte. Die Schwarzen fürchteten sie und ihre berüchtigte Gerte, das hatte ich schon mehrfach bemerkt. Zwar war es nicht akzeptabel, Fleisch in solchen Mengen zu entwenden oder der Farm auf andere Weise zu schaden, die Art und Weise des Umgangs mit Dienstboten und Arbeitern aber war immer wieder erschreckend. Die Fronten waren verhärtet, ein Miteinander gab es nicht. Drohungen und Strafen waren die Kommunikationsmittel.

Nach dieser ernüchternden Schlachterfahrung blieb Gerd und Anette schließlich keine andere Möglichkeit, als die verbliebenen Strauße in die Weiten der Wüste zu entlassen. Mit ausladenden Schritten und wehenden Flügeln entfernten sich die Vögel in Sekundenschnelle.

Wie schnell hatte sich doch das Blatt gewendet. Vor kurzem noch war Straußenhaltung eine durchaus vielversprechende

Geschäftsidee gewesen. Alle Welt wollte sich mit Federn schmücken. Nun war alles vorbei. Im Krieg brauchte niemand mehr Boas oder Haarschmuck.

Fast alle Rinder und Pferde wurden nach Swakopmund getrieben. Gerd war dafür mehrere Tage unterwegs. Eine schwierige Zeit für Anette, denn weitere Anweisungen aus Windhuk mussten schnellstmöglich auf der Farm umgesetzt werden. Gleichzeitig machten sich zunehmend Arbeitsverweigerungen und Aufbegehren unter den Dienstboten und Arbeitern breit. Anette ging noch rigoroser dagegen an als für sie üblich und griff schließlich zu den gleichen Mitteln wie die Swakopmunder, nämlich zu Lebensmittelrationierungen. Zunächst war es nur der Zucker, den sie strich, denn sie wusste, dass das die Arbeiterfamilien empfindlich traf. Aus Zucker wurde traditionell ein sehr spezielles Zuckerbier gebraut, auf das die Schwarzen nur sehr ungern verzichteten. Die Stimmung auf der Farm heizte sich gefährlich auf. Zur ohnehin schon gedrückten Stimmung kamen nun noch offen ausgetragene Aggressionen verbaler, aber auch körperlicher Art. Die Nerven lagen blank.

Wir begannen in großem Stil, geerntetes Gemüse zu trocknen, anstatt es wie bisher üblich frisch an die Küste zu liefern. Paprika wurde in Streifen geschnitten, Zwiebeln, Möhren und Pastinaken vom Kraut befreit und unter alle verfügbaren Dächer gehängt. In der Sonne wäre es natürlich um einiges schneller getrocknet, das Gemüse verlor jedoch so viel Farbe und Geschmack, dass sich die zusätzliche Mühe des lichtgeschützten Aufhängens lohnte. Unter allen Verandadächern und in den Gebäuden selbst, überall hingen Seile an den Decken, an denen bunte Gemüseketten baumelten. Fast sah es aus wie eine Dekoration für unser eigentlich bevorstehendes Erntedankfest, wären die Umstände nicht so dramatisch gewesen.

Wir arbeiteten von früh bis spät und bis zur völligen Erschöpfung. Das in Goanikontes produzierte Gemüse wurde später ein wesentlicher Teil der Truppenversorgung. Aus Europa kamen allenfalls gepresste Brühwürfel, die den eintönigen Feldmahlzeiten wenigstens ein klein wenig Geschmack geben sollten.

Mehr als einmal ermahnte mich Henning als Arzt und mehr noch als besorgter werdender Vater zur Ruhe, wusste aber insgeheim, dass er ebenso auf einen alten Esel hätte einreden können. Ich konnte mich einfach nicht ausruhen, während sich um mich herum die Arbeit türmte und alle in Unruhe waren.

Nach wie vor litt ich an morgendlicher Übelkeit, die ich mehr schlecht als recht mit Ingwertee zu bekämpfen versuchte. Ich wusste ja, dass sie eine typische Begleiterscheinung der ersten Monate war und wertete es als positives Zeichen einer normalen Schwangerschaft. Gegen Mittag ging es mir meist besser, und dann war ich kaum noch zu halten. Im Nachhinein muss ich selbst den Kopf schütteln über mein Arbeitspensum unter den klimatischen Extrembedingungen. Damals schon vertraute ich meinem Körper hundertprozentig. Er sagte mir deutlich, wann es reichte und ich mir eine Pause gönnen sollte. Beachtete ich diese Grenzen gewissenhaft und achtete auf ausreichend Flüssigkeitszufuhr, war außer einer permanenten Müdigkeit alles in Ordnung. Ich selbst hatte weit weniger Probleme mit meinem Zustand als meine Umgebung und half, wo immer ich konnte.

Weit weg vom eigentlichen Geschehen waren nach wie vor recht gut über die gewaltigen Anstrengungen informiert, die mit den Kriegsvorbereitungen einhergingen. Boten und Extrablätter der Zeitungen berichteten regelmäßig über die beängstigenden Truppenstärken der britischen und südafrikanischen Union, die bereits unaufhaltsam vorwärts marschierten. Stets wurde betont, wie gut sie ausgerüstet waren mit Fahrzeugen und Material. Die Möglichkeiten unserer Schutztruppe dagegen waren sehr beschränkt, auch das blieb nicht verborgen. Es gab weder Autos noch Flugzeuge. Wenigstens waren nach den früheren kämpferischen Auseinandersetzungen noch ausreichend Waffen und Munition vorhanden. Für uns sprach außerdem eines: Wir hatten ein gut funktionierendes Bahnsystem und eine enorme Entschlossenheit. Die Schutztruppe war bereit, sich mit vereinten Kräften der vorrückenden Übermacht entgegenzustellen und unser Land so gut wie nur möglich zu verteidigen.

Eines Tages erreichte uns ein erster Brief von Uwe:

Liebe Freunde!

Seit einiger Zeit nun liegen wir bei Kalkfontain. Die Lage ist ruhig, aber wer weiß wie lange noch?

Nach meiner Ankunft in Windhuk wurde ich mit meiner Einheit in zwei Züge Richtung Süden verladen. Über Rehoboth ging es nach Seeheim und von dort zu Pferd weiter bis Kalkfontain. Hier haben wir ein Lager errichtet und harren der Dinge. Vor einigen Tagen wurden wir in Alarm versetzt. Die Tommys sind im Land und auf dem Weg Richtung Norden!

Gefechte sind noch nicht zu erwarten, dafür befindet sich der Feind zu weit südlich, trotzdem liegen wir alles andere als auf der faulen Haut. Wir üben und üben, und das ist bei den vielen Freiwilligen auch dringend nötig. Ich gebe zu, dass auch mir jegliche militärische Praxis fehlt und will mich deshalb nicht beschweren. Exerzieren und Aufpacken, einmal morgens und einmal abends. Dazwischen treiben wir die Pferde auf weiter entfernt gelegene Wiesen und lassen sie tagsüber grasen. Nachts werden sie aus Sicherheitsgründen im Lager festgebunden. Schon länger haben wir kein Kraftfutter mehr, was mir persönlich Sorgen bereitet. Ich weiß, was ein Pferd für seine

uneingeschränkte Leistungsfähigkeit braucht. Das zusätzliche Gras,
das wir auf Befehl tagsüber für die nächtliche Versorgung unserer
Tiere rupfen müssen, reicht nicht aus, um sie im Futter zu behalten.
Und das schon zu Beginn des Krieges! Also strenge ich mich beson-
ders an, unserem treuen Gaul von Goanikontes eine Extraportion
Gras zu gönnen. Oftmals bin ich dadurch so müde, dass ich mir
abends kaum noch etwas zum Essen kochen kann, aber mein Pferd
dankt es mir, und das ist es wert!
Meine Lieben, ich denke oft an Euch und hoffe, dass auf Goanikontes
alles seinen halbwegs gewohnten Gang geht. Macht Euch um mich
keine Sorgen, noch haben wir genug Wasser unter dem Kiel!

Seid herzlich gegrüßt von
Eurem Uwe."

Wir waren sehr froh über dieses erste Lebenszeichen
von ihm, zeigte es uns doch, dass die Mobilisierung unserer
Truppen bestmöglich organisiert worden war. Und solange
Uwe das Tierwohl noch näher lag als sein eigenes und er zu
einem lockeren Spruch am Ende seines Briefes fähig war, war
die Lage vor Ort ganz offensichtlich noch überschaubar.

ZEHN

Im September 1914 wurde Swakopmund geräumt. Erste feindliche Truppen waren südlich der Oranje-Mündung ins Land vorgedrungen. Sie marschierten den Fluss entlang gen Norden. Zum ersten militärischen Aufeinandertreffen war es auch schon gekommen, als der deutsche Grenzposten und die Polizeistation bei Ramansdrift angegriffen worden waren. Einen Tag später bombardierte der englische Hilfskreuzer ‚Armadale Castle' ohne jede Vorwarnung und mitten am Tag Swakopmund. Ziel war offenbar der Funkturm, der jedoch glücklicherweise verfehlt wurde. Dennoch wurde die Bedrängnis der unverteidigten Stadt deutlich: Die Bevölkerung musste fliehen. Wir dachten an Freunde und Bekannten, die wir in Swakopmund zurückgelassen hatten, und natürlich vor allem an Melanie. Von ihr bekam ich etwas später einen Brief, der mich sehr beunruhigte:

Meine liebe Isi!
Du kannst Dir nicht vorstellen, was hier in Swakop los ist. Vor zehn Tagen sind wir aus heiterem Himmel angegriffen worden! Ich war im Krankenhaus, als ich plötzlich mehrere sehr dumpfe, laute Knallgeräusche hörte. Sofort bin ich ans Fenster gestürmt. Vor der Reede lag ein riesiges schwarzes Schiff. Der Union Jack war am Heck gehisst, es war also ganz klar ein feindliches Boot. Ich sah es blitzen aus dem Bug, und ein Kanonenknall nach dem nächsten war zu hören. Wir wurden tatsächlich beschossen! Ich habe mich zutiefst erschreckt. Wie gelähmt stand ich und guckte einfach nur zu. Zum Glück richteten die Granaten nicht allzu viel Schaden an. Ein Haus neben dem Funkturm, auf den sie es offensichtlich abgesehen hatten, brannte, das Feuer konnte aber gelöscht werden. Siebzehnmal wurde

gefeuert, ich habe genau mitgezählt. Wir können also von Glück sprechen, dass nicht mehr passiert ist. Unsere Leute haben daraufhin den Funkturm umgestürzt, wahrscheinlich um Schlimmeres zu vermeiden. Danach ist der Kreuzer genauso schnell verschwunden, wie er gekommen war. Wir versuchten, uns wieder auf unsere Arbeit zu konzentrieren, aber es ging einfach nicht. Wir werden die Stadt verlassen müssen, ob wir wollen oder nicht. Dieser Beschuss war ganz sicher nur der Anfang, dafür ist der Hafen einfach zu wichtig. Dr. Wennigmeier versucht bereits seit Tagen, die Patienten zu entlassen oder zu evakuieren. Zum Glück sind nur wenige in einer kritischen Lage, die meisten sind so weit genesen, dass wir eine Entlassung vertreten können. Etwa zehn schwere Fälle werden wir nach Grootfontain ins Krankenhaus verlegen. Es ist am weitesten entfernt vom vorrückenden Feind, hoffentlich sind wir dort sicherer! Ich werde die Verlegung begleiten und mit nach Grootfontain gehen. Schon morgen geht der Zug, es ist alles organisiert.

Von ganzem Herzen wünsche ich mir, dass diese grausame Zeit nicht mehr lange andauert und wir bald wieder in Frieden leben können. Das, was ich hier erleben muss, macht mir wahnsinnige Angst!

Sobald ich in Grootfontain angekommen bin, werde ich wieder schreiben. Bis dahin hoffe ich aus tiefstem Herzen, dass sich vielleicht doch noch eine diplomatische Lösung finden wird, die das alles stoppt. Nicht auszudenken, was sonst auf uns zukommt!

Ich denke an Euch und drücke Euch von Herzen,
Melanie"

Wir hatten die Schüsse bis nach Goanikontes gehört. Kurze Zeit später bekam Gerd telegrafisch die Anweisung, den größten verfügbaren Ochsenkarren zur nächstgelegenen Bahnstation Nonidas zu senden. Enge Freunde der Weizenbergs, die weiterhin in Deutschland festsaßen, mussten Swakopmund schnellstmöglich verlassen. Telegraphisch erhielten Gerd und Anette die Order, sie aufnehmen. Alle mussten nun näher zusammenrücken, aber das empfand keiner von uns als Opfer.

Am Abend des folgenden Tages kamen Bankdirektor Bertold Schuster, seine Frau Annelie und ihre drei Kinder mit Unmengen Gepäck an. Sie waren sehr angespannt.

„Es hat inzwischen einen Vergeltungsakt der Deutschen in Walfis Bay gegeben", berichtete Herr Schuster. „Daraufhin ist Swakopmund ein zweites Mal bombardiert worden. Dieses Mal waren die Schäden deutlich gravierender. Der Feind hat die Hafenkräne auf der Landungsmole erwischt. Ihr wisst ja, wie wichtig die für unseren Nachschub sind. Und der Zollschuppen ist in Brand geschossen worden. Er ist komplett runter gebrannt und mit ihm viele Waren, die dort zwischengelagert waren. Wir mussten dringend weg, es ist einfach zu gefährlich geworden. Swakop ist aufgegeben worden, man hat die weiße Flagge an der Signalstation gehisst. Gut, dass wir hier unterkommen konnten. Wir hätten sonst einfach nicht gewusst, wohin."

Besorgt blickte er auf seine Familie. Die drei Mädchen saßen blass und verängstigt dicht bei ihrer Mutter, der immer mal wieder eine Träne über die Wange lief und eine Spur im noch staubigen Gesicht hinterließ. Diese Menschen hatten den Krieg bereits gesehen. Schweigend reichte ich Frau Schuster ein Taschentuch, das sie dankbar annahm. Jedes weitere Wort war in dem Moment unangebracht.

Fast gleichzeitig wurde eine Reservekompanie der Schutztruppe aus Karibib in Goanikontes stationiert. Plötzlich wimmelte es im Swakoptal nur so vor hochmotivierten Männern, die zunächst doch nur zum Abwarten und Nichtstun verurteilt waren. Die südwester Strategie hieß Verteidigung, nicht Angriff, denn dieser wäre einem Selbstmordkommando gleichgekommen. In Lüderitzbucht war die erste feindliche Flotte angelandet. Wie man hörte, wurden ununterbrochen große Truppenverbände, Unmengen von Pferden und Kriegsmaterial ausgeschifft. Deutschen Widerstand gab es nicht, schon Tage zuvor hatten sich die letzten Schutztruppler in Richtung Kolmannskuppe zurückgezogen. Lüderitzbucht war kampflos übergeben worden, und dennoch hatte es erste Deportationen von deutschen Zivilisten nach Südafrika gegeben.

Die Mannschaftsgrade der Reservekompanie in Goanikontes waren in mehreren eilig errichteten Zelten vor dem alten Polizeiposten untergebracht, einem flachen, länglichen Gebäude am Swakoprevier etwas flussaufwärts von Farm Weizenberg. Die Offiziere schliefen aus Platzmangel im nahegelegenen Elisabeth-Hof. Wir mussten dafür unser Zimmer in der Pension räumen und zogen zurück auf Farm Weizenberg. Natürlich war die Wirtin nicht begeistert über die zweckentfremdete Belegung ihres so liebevoll gestalteten Hauses, zeigte aber genug Patriotismus, es die Männer nicht merken zu lassen. Sie wies ihre Kochfrauen an, die Verpflegung genauso zuzubereiten wie für zahlende Gäste und versorgte sogar die Truppe draußen mit Mahlzeiten. Täglich ging ein Karren raus zur Station, beladen mit einem großen Kessel Eintopf. Meist Kürbis, denn davon hatten wir immer noch mehr als genug. Dazu wurden Unmengen Brot gebacken, das Holzfeuer im großen Backofen ging niemals aus. Bald hatten wir keine Trockenhefe mehr, das Brot musste mit eigens angesetztem Sauerteig gebacken werden. Die Küchenfrauen rührten kiloweise Mehl, Zucker, Salz und lauwarmes Wasser zusammen und stellten den Brei in die Sonne. Hatte die Gärung eingesetzt, wurde der Vorteig zusammen mit mehr Mehl und Wasser in großen, eigens gebrannten Tonformen gebacken. Im gleichen Verfahren wurde Zwieback hergestellt, der nach dem Backen in Scheiben geschnitten noch einige Stunden in der Sonne trocknete. Allerdings erforderte es einen enormen Aufwand, den Schwund in Grenzen zu halten. Die großen, glänzenden

Bleche mit den Backwaren waren wie Magnete, die Mensch und Tier gleichermaßen zum Probieren anzogen. Ständig musste eine Wache positioniert werden, um Hunde, Vögel und allzu freche Kinder von den frischen Brotscheiben fernzuhalten. Ich schätze mal, dass nur etwa die Hälfte des Zwiebacks getrocknet in den Leinenbeuteln landete, was die Pensionswirtin in Anbetracht der greifenden Mehlrationierungen immer wieder zu heftigen Wutausbrüchen trieb.

Dann und wann wurde Henning zur Kompanie gerufen, weil es einen kleinen Unfall oder einen Krankheitsfall gab. Er hatte sich dafür bereits eine Notfalltasche zusammengestellt. Zum Glück waren wir vorbereitet mit ausreichend Medikamenten und Verbandsmaterialien. Er war inzwischen ein sicherer Reiter und legte die wenigen Kilometer meist allein zurück, wenn er gerufen wurde. Ich begleitete ihn nur noch, wenn im Vorfeld absehbar war, dass meine medizinische Assistenz erforderlich sein würde.

Besonders ist mir das Schicksal eines jungen Mannes in Erinnerung, der erst einige Wochen vorher aus Hannover gekommen war. Er hatte gerade seinen Wehrdienst in Deutschland beendet und träumte nun davon, Siedler in der Kolonie werden. Ein Stück Land hatte er zu Vorzugskonditionen schon versprochen bekommen und kümmerte sich gerade um die Vertragsunterzeichnung, als er als Reservist eingezogen wurde. Ohne Lebensmittelpunkt saß er nun unglücklich in der Wüste und bangte wie wir alle um seine Zukunft. Eines Nachts hatte er Wache am Feuer und vertrieb sich die Zeit, indem er mit einer Gruppe neugieriger Paviane spielte. Er warf ihnen Stöckchen vor die Beine und fütterte sie mit Brotstücken. Paviane sind unberechenbar, und in seiner Unerfahrenheit wusste er einfach nicht, dass es besser ist, sie zu verjagen als anzulocken. Ehe er reagieren konnte, wurde er von einem gierigen Männchen in den Unterarm gebissen.

Die Wunde entzündete sich binnen weniger Stunden, was leider sehr häufig geschieht. Bakterien im Affen- oder auch im Echsenspeichel bedeuten für das menschliche Immunsystem eine gewaltige Herausforderung, unter der es häufig zusammenbricht. Der junge Hannoveraner behielt seine Verletzung zunächst einige Tage für sich, spülte die Wunde mit Wasser ab und bedeckte den Arm mit Stoffstreifen von einem seiner Hemden. Nach drei Tagen bekam er hohes Fieber, und als Henning endlich gerufen wurde, war er schon ohne Bewusstsein. Ein großer dunkler Rand hatte sich um die Wunde gebildete, und lange rote Striemen zogen sich bis in den Ellbogen. Der arme Kerl hatte eine Blutvergiftung, wie sie im Buche stand. Das Fieber war extrem hoch. Er war in kaltem Schweiß gebadet und offensichtlich schon dehydriert. So schnell und gut es ging, transportierten wir ihn auf einer Karre zur Farm und begannen mit stündlichen Abreibungen, kalten Umschlägen und der löffelweisen Verabreichung der lebensnotwendigen Flüssigkeit.

„Komm schon, komm schon, streng dich an!", beschwor Henning seinen Patienten. „Du wirst dich doch wohl nicht von einem Affen besiegen lassen!"

Wie zur Antwort stöhnte der junge Mann kurz auf. Seine Augenlider flatterten. Das Bewusstsein erlangte er jedoch nicht wieder, auch nicht, als Henning ihn zur Stimulation leicht schüttelte und auf die Wangen klopfte.

Trotz aller Bemühungen verloren wir den Kampf um ihn. Er starb am übernächsten Tag, ohne noch einmal zu sich gekommen zu sein. Zu lange hatte er mit der Meldung seiner Verletzung gewartet, um nicht als Schwächling in der Truppe dazustehen.

Der Junge war der erste Tote, den ich in Südwest erleben musste. Er steht daher für mich immer stellvertretend für die vielen anderen, die ich im Kriegsjahr habe leiden und sterben sehen müssen. Er wurde mit Soldatenehren unter einer schattigen Akazie beerdigt, auch wenn er de facto keinen Tag gegen den Feind gestanden hatte. Es tat mir unendlich leid, dass sich niemand aus seiner Familie von ihm verabschieden konnte. und ich hoffte, dass sie wenigstens sichere Mitteilung über das Schicksal ihres Sohnes oder Bruders erhalten würden.

In den nächsten Wochen kamen noch mehr Soldaten ins Tal. Sie sollten sich von dort den einmarschierenden Südafrikanern entgegenstellen. Die Schutztruppenführung glaubte nach Aufgabe der Küstenstädte Lüderitzbucht und Swakopmund, dass der Gegner durch die natürliche Barriere der Namib so lange aufgehalten werden könnte, bis er an einer geografisch günstigen Stelle zum Kampf gestellt werden könnte.

Zu dieser Zeit erhielten wir einen zweiten Feldpostbrief von Uwe, dieses Mal mitten aus dem Kampfgeschehen:

Meine Lieben!
Über zwei Tage sind wir inzwischen nach Sandfontain marschiert. Bis hierhin ist der Feind schon vorgedrungen. Wir hatten den Befehl, am 26. September früh zum Angriff bereit zu stehen. Die ersten Gefechte waren bereits im Gange. Unter enormen Kraftanstrengungen schlossen wir zu den anderen Einheiten auf. Schon vor den Kämpfen waren wir ausgelaugt von Müdigkeit, Durst und Hunger. Als wir ankamen, wurde beidseitig aus schweren Geschützen geschossen. Ich spürte das Adrenalin in meinen Adern. Es schaltete alles andere aus. Alle Unpässlichkeiten waren wie weggeblasen.
Mit gut gesetzten Schüssen aus unseren Geschützen schafften wir es, den Feind erheblich unter Druck zu setzen. Auch ich landete einige für einen Tierpfleger verdammt gute Treffer. Dann aber kam die Meldung, dass in einem Steinkral mit Ersatzpferden feindliche Scharfschützen ausgemacht worden waren. Sofort erging der Befehl, auf den Kral zu schießen. Kam ich vorher noch damit zurecht, den

Feind zu treffen, musste ich nun mit ansehen, wie etwa zwei Dutzend unschuldige Pferde einfach abgeknallt wurden. In diesem Gefecht behielten wir die Oberhand, die Tommys zogen sich zurück. Dennoch wollte und will sich bei mir kein Glücksgefühl einstellen. Dieser Krieg ist so unsinnig! Warum müssen Pferde in endlosen Märschen gequält und mit Schüssen getötet werden, nur weil sich Menschen untereinander bekriegen? All meinen Enthusiasmus zur Verteidigung unserer Kolonie habe ich verloren, sei es durch den Hunger und den Durst der letzten Wochen oder aber durch den Anblick der zerfetzten Leiber von Mensch und Tier auf dem Schlachtfeld. Ich wünschte, es wäre schon vorbei! Trotzdem lasse ich den Kopf nicht hängen. Ich habe mich freiwillig gemeldet und stehe zu meinem Wort. Wünscht mir Glück, dass das Schicksal es gut mit mir meint und wir uns eines Tages wieder sehen!
Uwe

Tief berührt lasen wir seine Zeilen. Er hatte den Krieg inzwischen hautnah erlebt, im Gegensatz zu den immer noch ausharrenden Soldaten im Swakoptal. Über einhundert Männer waren inzwischen dort stationiert. Für uns bedeutete das eine enorme logistische Herausforderung. Lange schon wurden keine fertigen Mahlzeiten mehr in das Lager geliefert, sondern nur noch Grundnahrungsmittel, die von Feldköchen weiterverarbeitet wurden. Das Wasser war immer noch unser zentrales Problem, es musste gefiltert und aufbereitet werden. Noch immer hatte es nur spärlich geregnet, und auch mit deutlich reduziertem Vieh reichten die geförderten Mengen vorn und hinten nicht aus. Trinkwasser wurde erst in Tankwagen mit der Bahn nach Nonidas und dann mit Ochsen in großen Rollfässern Stück für Stück zum Lager gebracht. Sehr aufwändig und mühsam, aber es ging nicht anders. Goanikontes konnte die vielen, vielen Menschen nicht mehr versorgen.

Es näherte sich das Weihnachtsfest, dem alle mit sehr gemischten Gefühlen entgegensahen. Ein Fest der Harmonie, Nächstenliebe und Besinnlichkeit würde es dieses Mal ganz sicher nicht werden. Trotzdem wollten wir uns die geliebten Traditionen der Vorweihnachtszeit nicht nehmen lassen. All die Bräuche und Rituale gaben uns ein Gefühl der Sicherheit, das wir jetzt so dringend brauchten.

Am Heiligen Abend schlachteten wir die letzten beiden Schweine und ließen sie den ganzen Tag über auf großen Feuern knusprig braten. Kesselweise kochten die Frauen Kartoffeln und Kürbis. Wenigstens diesen einen Abend sollten unsere Soldaten ein Festmahl und eine Abwechslung zum ewigen Wild- oder Perlhuhnfleisch gegönnt sein. Wir hofften, ihnen ein klein wenig über das Heimweh zu ihren Familien hinweghelfen zu können. Es gelang uns sogar, für jeden eine halbe Flasche Bier zu organisieren, die meisten davon gestiftet von der Wirtin des Elisabeth-Hofs. Normalerweise war Alkohol ein striktes Tabu in der Truppe, aber an Heiligabend wurden alle Regeln gelockert.

„Stihille Nacht, heilige Nacht", ertönte es nach dem Essen aus über hundert Männerkehlen, mal trotzig laut gesungen, mal wehmütig leise und mit versunkenem Blick ins Feuer. Jeder hing seinen Gedanken nach, und in vielen Gesichtern konnte man an diesem Abend lesen wie in offenen Büchern. Eines war allen gemeinsam: Die Angst vor dem Ungewissen, mit der jeder unterschiedlich umzugehen versuchte.

Die afrikanische Nacht war wunderbar, die Sterne funkelten, Grillen zirpten, dann und wann hörte man die Rufe von Schakalen, Hyänen und anderen nachtaktiven Tieren in der Umgebung. Alles schien friedlich – und war es in Wirklichkeit so wenig.

Als es kalt wurde, trafen wir uns im Haupthaus. Anette und Gerd, Henning und ich sowie Familie Schuster mit ihren Kindern. Wie alle Kleinen an Weihnachten waren sie sehr aufgeregt, hüpften von einem Bein auf das andere und fragten viertelstündlich nach der Bescherung.

„Wann geht es los, wann kommt das Christkind endlich?", riefen sie und rannten abwechselnd zu den Fenstern.

„Oder kommt es vielleicht gar nicht, weil es Angst vor den Soldaten hat? Es dauert schon so lange!" bemerkte die Jüngste mit einem Anflug von Verzweiflung. Ihre Mutter versuchte sie zu beruhigen.

„Vielleicht solltet ihr draußen eine Kerze anzünden, damit es das Haus auch findet!", schlug sie zur Ablenkung vor.

„Au ja, das machen wir. Kommt schnell, sonst fliegt es vorbei!"

Schubsend drängelten sich die drei Mädchen zur Tür. Sie sahen bezaubernd aus in ihren frisch gestärkten Kleidern. Ihre blonden Haare waren zu festen Zöpfen gebunden, und die Wangen leuchteten vor Aufregung. Anette und Annelie hatten es trotz der schwierigen Bedingungen meisterhaft verstanden, ein harmonisches Fest vorzubereiten. Das Wohnzimmer war feierlich geschmückt, es gab sogar einen mit Strohsternen geschmückten Weihnachtsbaum aus einem Eukalyptusast. Auf dem Boden vor dem Baum stand eine kunstvoll geschnitzte Holzkrippe aus dem Erzgebirge. Das Bild vom Jesuskind, umgeben von Maria und Josef, den heiligen drei Königen und den Tieren des Stalls strahlte Ruhe und Zuversicht aus. Ich betrachtete die Szenerie lange und betete, Gottes Sohn würde auch uns die Rettung bringen.

Gerd zündete die Kerzen am Baum an. Das sachte flackernde, goldene Licht und die damit verbundenen Erinnerungen spendeten mir zusätzlichen Trost. Sogar Geschenke lagen unter dem Baum, Annelie hatte schon vor der Mobilisierung für jedes ihrer Mädchen etwas Passendes gefunden. Lotti bekam ein hübsches neues Kleid für ihre Puppe, Luise einen Holzkreisel und Laura ein geschnitztes Pferdchen. Alle drei strahlten um die Wette.

Ich dachte an unser Baby, das ich mittlerweile schon sehr genau spürte. Es schien zu merken, wie ich mich entspannte, denn nach langen unruhigen Stunden hatte es aufgehört zu strampeln und schlief. In etwa drei Monaten würde es geboren werden. Was für eine Welt würde es erwarten? Hatte sich bis dahin alles zum Guten entwickelt und wir lebten in Sicherheit und Ruhe?

Henning schien wie üblich ähnliche Gedanken zu haben, denn er legte unwillkürlich seine Hand auf meinen Bauch, so als ob er sein Kind dadurch beschützen könnte. Ich fasste seine Hand. Bald würden wir eine Familie sein.

Am Weihnachtstag 1914 landeten die ersten feindlichen Truppen in Walfis Bay. Der Krieg respektierte nicht einmal das höchste christliche Fest. Keine Spur mehr von Besinnlichkeit und Innehalten. Die Invasion hatte begonnen. Mit dreizehn großen Transportschiffen unter britischer Flagge wurden schwer bewaffnete Soldaten und noch mehr Kriegsmaterial in unser Land gebracht. Wie wir aus dem Lager hörten, sollten 1000 Mann in Walfis Bay angelandet sein. Uns wurde berichtet, dass das Entladen kein Ende nahm: Unsere Spähposten hatten schon zwei Infanteriebrigaden, ein Reiterregiment, eine schwere Artillerieabteilung mit sieben Geschützen sowie Unmengen Pferde, Fuhrwerke, Gerätschaften und Verpflegung ausgemacht. David kämpfte gegen Goliath. Wir konnten nur auf eine geschickte Kriegführung auf heimischem Territorium hoffen.

Damals gab es noch keine feste Verbindung zwischen Walfis Bay und Swakopmund, weder eine Straße noch eine

Eisenbahn. Der eine Ort war britisch, der andere deutsch. Dazwischen gab es nur einen Streifen trostloser Wüste. Unsere Schutztruppe wartete weiterhin im Hinterland ab, denn über die Dünen und den tiefen Sand konnte der Feind unmöglich sofort weiter Richtung Swakopmund ziehen. Dennoch warteten wir mit Bangen auf jede Nachricht von der Küste. Wir wussten, dass die Südafrikaner schnellstmöglich einen Verkehrsweg nach Norden bauen würden. Inbrünstig hofften wir, dass uns noch Zeit blieb, bis auch wir alle weichen müssten oder aber bestenfalls, dass wir ganz bleiben konnten. Letzteres hielten wir jedoch für ziemlich unwahrscheinlich, dafür war unser wasserreicher Standort zu wertvoll. Vielleicht würde uns ein Wunder helfen, das den Krieg hier vor unserer Haustür wie auch immer genauso rasch beenden würde wie er begonnen hatte?

Den Jahreswechsel begingen wir entsprechend bedächtig, ganz anders als all die Jahre zuvor. Seitdem wir uns kennengelernt hatten, waren Henning und ich jedes Jahr an Silvester ausgelassen in Hamburg tanzen gegangen und kamen erst bei aufgehender Sonne ziemlich beschwipst und rundherum zufrieden nach Hause. Dieses Jahr war es anders. Wir versammelten uns wie schon zu Weihnachten im Wohnzimmer des Haupthauses. Mit der Ankunft der Weizenbergs aus Deutschland war inzwischen nicht mehr zu rechnen, sie saßen in Berlin fest. Gerd und Anette, die Schusters, Helga Brockmann und Gerda Jakobs von den Nachbarfarmen saßen mit uns im Wohnzimmer. Ihre Männer waren inzwischen bei der Truppe, die beiden Frauen mussten die Farmen schon eine ganze Weile allein führen.

Farm Weizenberg war immer noch festlich geschmückt. Am Fenster war ein Buffet aufgebaut. Jeder hatte mitgebracht, was die fast leeren Speisekammern noch an importierten Köstlichkeiten boten. Als sei es eine Henkersmahlzeit, genossen wir bei gedämpfter Musik und Kerzen gebratenen Schinken, italienische Salami, eingelegtes Gemüse und die letzten Obstkonserven. Der beste Wein wurde gereicht, im Rheingau gekeltert und auf langen Wegen nach Südwest gelangt. Lieber wollten wir jetzt restlos alle Vorräte unter Freunden genießen als sie später den Südafrikanern überlassen zu müssen, so war die stille Übereinkunft.

Wir gaben uns Mühe, heiter und zuversichtlich zu wirken, aber als wir um Mitternacht mit echtem Champagner auf 1915 anstießen, fiel es sichtlich schwer, uns gegenseitig ein ‚frohes' Neues Jahr zu wünschen. Alles, was wir uns vermitteln konnten, war die Hoffnung auf baldigen Frieden und Gesundheit, und das aus tiefstem Herzen. Wir umarmten uns lange und ernsthaft. Jeder versuchte den Anderen Zuversicht zu zeigen, die er selbst gar nicht hatte. Sehr eng verbunden waren wir an diesem Abend, auch mit den Nachbarinnen, die wir vorher nur kurz bei unserem ersten Grillfest kennengelernt hatten.

Das Neue Jahr begann mit herrlichem Sonnenschein. Die Tage zuvor hatten glücklicherweise etwas Regen gebracht. Am Neujahrstag jedoch war der Himmel wieder stahlblau, die Luft vom Staub gereinigt, und ein leichter Wind ließ die Temperaturen angenehm bleiben. Als wollte uns die Natur aufmuntern, zeigte sich Südwest von seiner schönsten Seite.
Wir begaben uns zur Militärstation, um den Soldaten gekühlte Getränke zu bringen. Auch hier herrschte eine spürbare Unruhe. Man munkelte, dass die Südafrikaner bereits mit dem Bau einer Behelfseisenbahn von Walfis Bay nach Swakopmund begonnen hatten. Es waren Bautrupps gesichtet worden, die knapp an der Hochwasserlinie eine Strecke absteckten. Würden sie Swakopmund erst erreichen, könnten sie von dort aus unsere wichtigen Bahnlinien nach Karibib und weiter nach Windhuk und Grootfontain einnehmen. Nicht auszu-

denken, wenn uns der Feind diese Lebensadern kappen würde!

Sorge machte der Truppe auch das plötzliche Auftreten mehrerer Fälle von Masern. Vier Soldaten lagen elend und schwitzend auf ihren Feldbetten, mit kräftigem Husten und Schnupfen. Deutlich sah man die so typischen roten Flecken. Die Diagnose war eindeutig. Sofort wurden die Kranken in ein provisorisches Lazarett etwas abseits der Schlafzelte gebracht. Masern sind hochansteckend, allerdings sind die Viren auch sehr empfindlich gegenüber hohen Temperaturen. Isolation war also die wichtigste Sofortmaßnahme, die wir umsetzen konnten. Danach hieß es Abwarten und Bettruhe für die Kranken. Außer fiebersenkenden Mitteln und solchen gegen Husten konnten wir nicht viel tun. Henning hoffte nur, dass die Krankheit sich nicht weiter ausbreitete. Die Truppe geschwächt schon vor dem ersten Scharmützel.

„Du hältst dich ab jetzt strikt vom Lager fern, hast du gehört? Es war sowieso schon unverantwortlich, dass ich dich überhaupt mitgenommen habe in den letzten Wochen."
Hennings Ton war ungewohnt streng, sicherlich aber begründet durch seine nackte Angst um mich um das Kind.

„Ich weiß, ich weiß. Mit Masern ist nicht zu spaßen, erst recht nicht in der Schwangerschaft."

„Du weißt schon, dass dadurch eine Fehlgeburt ausgelöst werden kann, oder?"

„Ja", gab ich kleinlaut zu.

„Na, dann ist ja gut" Henning wusste, wie schwer es war, mich zu Ruhe und Zurückhaltung zu bewegen, wenn ich eine Aufgabe vor mir sah. Und im Lager gab es inzwischen mehr als genug Aufgaben.

„Komplikationen können wir im Moment wirklich nicht gebrauchen, also tu mir um Gottes Willen wirklich einmal im Leben den Gefallen und verhalte dich deinem Zustand entsprechend ruhig." Eindringlich blickte er mich an.

„Ich verspreche es", gestand ich ihm zu. Meine Schwangerschaft war bis jetzt völlig unauffällig verlaufen. Nach der anfänglichen Übelkeit ging es mir blendend, und das wollte auch ich keinesfalls gefährden. „Okay, okay, ab jetzt bleibe ich auf der Farm. Vielleicht kann Dir ja Frau Schuster helfen, wenn Du Unterstützung brauchst. Sie fragt mich immer wieder, wie sie sich behilflich machen kann. Die Arme kann nicht umgehen mit dem fremdbestimmten Nichtstun. Sie braucht eine Aufgabe. Denk mal drüber nach. Es würde mich beruhigen, wenn ich wüsste, dass du nicht gänzlich auf dich allein gestellt bist im Lager."

„Hmmm," murmelte er, „ich denke darüber nach". Das war Hennings klassische Antwort, wenn er mir eine Bitte nicht abschlagen konnte oder wollte, dennoch half es mir, besser mit meiner nun aufgezwungenen Untätigkeit umzugehen.

Im Lager kippte die Stimmung gefährlich. Die Soldaten, die anfangs vor Kampfeswillen fast geplatzt waren, begannen sich in Anbetracht der strategischen Defensive zu langweilen. Die Kameradschaft litt, der Ton untereinander wurde ruppiger. Weit weg von ihren Familien und eigentlichen Aufgaben, zum Nichtstun verurteilt, vergaßen die Männer immer häufiger ihre militärische Disziplin. Einmal kam es sogar zu einem Handgemenge mit einem Dutzend Beteiligter wegen ein paar Zigaretten. Die Folgen waren Nasenbluten, ein geprelltes Jochbein, eine verstauchte Hand, einige Platzwunden und etliche blaue Flecke. Henning benötigte sogar die Unterstützung von Frau Schuster bei der Versorgung der völlig überflüssigen Verletzungen.

Den Kontrahenten wurden postwendend zusätzliche Nachtwachen aufgebrummt, in Anbetracht der bald nahenden Invasion eine ausgesprochen rücksichtsvolle Strafe. Henning brachte als ‚Medizin' bei seinem nächsten Besuch alle verfügbaren Karten- und Brettspiele mit. Sehr viel entspannter wurde die Stimmung im Lager auch, als wir aus Deutschland die telegrafische Erlaubnis erhielten, die auf der Farm befindlichen Bücher zu verteilen. Mit Lesestoff versorgt beruhigten sich sogar die ruppigsten Gemüter, die in Friedenszeiten sicher einen großen Bogen um geistige Werke gemacht hatten.

Auf den umliegenden Farmen entwickelte sich inzwischen ein neues, ernstzunehmendes Problem. Es wurde gemeutert.

Die Eingeborenen beschwerten sich lautstark über die Tatsache, dass ihnen nur noch Fleisch und Maismehl zugeteilt wurde und verweigerten die Arbeit. Von Zucker sprach schon lange niemand mehr. An Weißmehl gab es, da keine Importe mehr ankamen, schon länger eine besorgniserregende Knappheit, die alle betraf, auch die Weißen. Die Arbeiter fühlten sich dadurch ungerecht behandelt, sie sahen nicht ein, für die Mobilisierung mehr zu arbeiten und dafür schlechter versorgt zu werden. Ich konnte sie verstehen. Gerd und Anette reagierten wie üblich mit harter Hand und teils drastischen Strafen. Sie trieben Männer und Frauen an wie alte Ochsen, stießen aber auf derartigen Widerstand, dass sich die gegenseitigen Feindseligkeiten immer weiter hochschaukelten. Beide waren schon vor Kriegsbeginn nicht zimperlich im Umgang mit den Schwarzen, nun aber begannen regelrechte Züchtigungen, die ich nur sehr schwer ertragen konnte.

Diese Menschen waren vor uns da gewesen, sie lebten hier seit tausenden Jahren. Ihnen hatte das Land gehört, soweit sie es sesshaft überhaupt in Anspruch genommen hatten und nicht als Nomaden umhergezogen waren wie die Himbas oder die Khoi-San-Stämme. Welches Recht hatten wir, ihnen ihr Land zu nehmen und es für uns zu nutzen? Und welches Recht hatten wir, sie als billige Arbeitskräfte dafür derart auszubeuten?

Nicht nur, dass die Schwarzen, zu welcher Volksgruppe sie auch gehörten, sich den Weißen erbarmungslos unterzuordnen hatten, inzwischen mussten sie ihnen auch noch zur Seite stehen bei sinnlosen Kämpfen untereinander. Es war grotesk.

Henning und mir gegenüber verhielten sich die Eingeborenen ruhiger. Henning hatte sich durch seine umsichtigen und naturverbundenen Therapien viel Anerkennung verschafft. Nach wie vor behandelte er regelmäßig Schlangen- oder Skorpionbisse und verschiedene Verletzungen der Arbeiter. Wundinfektionen und ernste Erkrankungen waren in den wenigen Wochen unserer Anwesenheit schon erkennbar zurückgegangen.

ELF

Die Unionstruppen hatten Swakopmund inzwischen widerstandslos eingenommen. Spähtrupps berichteten, dass Offiziere und Mannschaftsgrade sich in den Häusern der Stadtbewohner einquartiert hatten. In Ruhe warteten sie dort die Fertigstellung der Behelfsbahnstrecke von Walfis Bay ab. Wie man hörte, sollen sie sich sehr wohl gefühlt haben in ihrem ‚gemachten Nest', denn nur die wenigsten Deutschen hatten ihr Hab und Gut mitnehmen können. Sicher waren in den Häusern etliche Luxusartikel europäischer Herkunft zu finden, die nun als Kriegsbeute in Feindeshand wanderten.

Noch spielte die Zeit für uns. Es hatte immer noch nicht viel geregnet, die Regenzeit begann ungewöhnlich spät in dem Jahr. Ohne Wasser aber konnten die Truppen den Vormarsch nur sehr schwer umsetzen, und noch schwerer in der riesigen Menge. Nirgends im Umkreis von Walfis Bay und Swakopmund gab es ausreichend ergiebige Wasserquellen. Dazu kam, dass seitens unserer Regierung das Prinzip der ‚Verbrannten Erde' befohlen worden war, also die Unbrauchbarmachung der Wasserstellen und Zerstörung wichtiger Infrastruktur beim Rückzug aus eigenem Gebiet. Wie wir gehört hatten, waren auch in Swakopmund die Brunnen mit Kerosol vergiftet worden. Aus humanitärer Sicht hielt ich persönlich diese Taktik für sehr bedenklich, offensichtlich aber wusste man sich angesichts der immensen Übermacht nicht anders zu helfen.

Dann kam der erste große Regen. Die erste Wolkenwand braute sich am Horizont zusammen und wurde bedrohlich dunkel. In der Ferne grummelte und brodelte es bereits, im Tal jedoch wurde es immer ruhiger und stiller. Kein Tier war mehr zu hören, kein Luftzug. Die vielzitierte Ruhe vor dem Sturm. Die Wolke kam näher und näher, Dunst vernebelte die Sonne und wenig später entlud sich ein gewaltiges Gewitter, wie meistens in den Tropen in einem unglaublichen Naturschauspiel. Plötzliche starke Windböen ließen Palmen und Eukalyptusbäume wild schwingen und rissen an Überdachungen. Grelle Blitze erhellten die einbrechende Nacht, viel intensiver und länger als in Europa. Krachende Donnerschläge kündigten lautstark die Wassermassen an, die hoffentlich bald folgen würden. Prasselnd fielen fingerdicke Tropfen zuerst zögerlich, dann mit Macht auf die ausgedörrte Erde und verursachten diesen herrlich typischen Geruch, wenn nach monatelanger Trockenheit die erste größere Menge Feuchtigkeit in die Erde dringt. Normalerweise ist Regen ein echter Grund zur Freude für alle, die hier leben, egal wann, wo und in welchen Mengen er kommt.

Dieses Mal aber war er das Ass im Ärmel unserer Gegner. Innerhalb kürzester Zeit regnete es auch im Landesinneren so viel, dass das Revier zum ersten Mal seit Jahren wieder abkam und sich mit gewaltigen Flutwellen über die neuen Felder ausbreitete. Was ich mir noch vor einigen Monaten nicht hatte vorstellen können, sah ich nun mit eigenen Augen. Das trockene Flussbett wurde zu einem Strom. Neben schweren Schäden an den Ufern gab es nun Wasser im Überfluss, wo eben noch nicht mal ein Grashalm gedeihen konnte. Alle Brunnen, Wasserstellen und sogar Senken waren innerhalb kürzester Zeit gefüllt.

Nun würden sie losziehen, die Südafrikaner, dessen war man sich sicher.

„Gehen Sie", riet uns der Regimentskommandant eindringlich. „Fliehen Sie so schnell sie können! Die Lage hat sich wie erwartet verschärft. Der Feind macht sich auf, und mit an Sicherheit grenzender Wahrscheinlichkeit wird es hier in der Gegend zu einem Aufeinandertreffen kommen. Das Tal ist strategisch zu wichtig, das wissen Sie und das wissen wir. Also packen Sie das Nötigste und nehmen in Khan die Staatsbahn nach Osten."

„In Khan?", fragte Gerd nach. „Warum nicht in Nonidas? Das ist doch die nächstgelegene Bahnstation?"

„Wir befürchten dort bereits Feindkontakt. Der Süden und der Westen sind schon so gut wie verloren. Ich kann Ihnen nur dringend raten, unsere Anweisung zu befolgen. Eine Abfahrt ab Nonidas ist einfach zu gefährlich, denken Sie an die Frauen und Kinder. Die Station Khan ist noch in deutscher Hand, und von dort aus kommen Sie sicher nach Karibib und weiter Richtung Windhuk."

Entsetzt blickten wir den Kommandanten an. So weit war die Invasion schon fortgeschritten? So nah war der Feind vor unserer Tür? Wir waren vorgewarnt worden, wir wussten, dass wir irgendwann würden gehen müssen, aber als der Kommandant uns die Lage so eindringlich erläuterte, erschütterte sie uns doch ins Mark. Jetzt war eingetreten, was wir schon so lange befürchtet, aber immer weggeschoben hatten. Wir mussten fliehen.

„Dr. Richard", wendete sich der Kommandant an Henning, „wissen Sie eigentlich schon, wohin Sie gehen werden?"

„Nein, ehrlich gesagt, nicht. Wir sind ja erst einige Monate in der Kolonie und kennen auch niemanden, der uns aufnehmen könnte."

„Das vermutete ich schon, und deshalb hätte ich einen Vorschlag: Wie wäre es, wenn Sie im Lazarett in Karibib unterstützen würden? Karibib ist der Eisenbahnknotenpunkt der Kolonie. Ein strategisch wichtiger Punkt, wenn nicht gar der wichtigste. In Windhuk wurde entschieden, dort ein größeres Lazarett aufzubauen. Und wie Sie ja nur zu gut wissen, haben wir bekanntermaßen verdammt wenig Ärzte hier. Wir könnten Ihre Hilfe dringend gebrauchen!"

„Ja, also, ich weiß nicht, darüber habe ich noch gar nicht nachgedacht", antwortete Henning zögerlich. Über eine ärztliche Tätigkeit außerhalb von Goanikontes hatte er sich in der Tat noch keine Gedanken gemacht. Und dann noch im Militärapparat? Mit Unbehagen dachte er an die Strukturen im Swakopmunder Krankenhaus zurück.

„Das Städtchen hat sechs Hotels, da die Züge nur tagsüber fahren", erläuterte der Kommandant seinen Vorschlag.

„Die Zimmer werden nun aber Neuankömmlingen als Wohnraum zugeteilt. Sie hätten also auch ein Dach über dem Kopf. Wäre das nicht ein Angebot?", ergänzte er mit Blick auf meinen kugelrunden Babybauch.

„So schlecht finde ich den Vorschlag gar nicht", schaltete ich mich in die Unterhaltung ein.

„So kurz vor der Geburt finde ich es wichtig, kein Risiko mehr einzugehen. Mein Zustand ist zu instabil für weite Reisen. Wenn es in Karibib einen Platz für uns gibt, sollten wir die Chance nutzen. Und die Nähe eines Krankenhauses finde ich auch nicht so verkehrt, wer weiß, wie die Geburt verläuft…"

Henning blickte einige Male hin und her zwischen mir und dem Kommandanten, dann war seine Entscheidung gefallen.

„In Ordnung, wir machen es. Sie können unsere Ankunft in Karibib ankündigen."

Erleichtert drückte ich seine Hand.

Gerd und Anette wollten uns bis Karibib begleiten und dann weiter nach Windhuk reisen. Dort hatten sie Freunde, die sie aufnehmen würden, bis sich die Lage beruhigt hatte. Familie Schuster floh Richtung Grootfontain zu einer weitläufigen Bekannten von Annelie.

Viel konnten wir nicht mitnehmen, nicht einmal die beiden Schrankkoffer, mit denen wir vor nicht einmal acht Monaten hierhergekommen waren. Ein paar Taschen mussten reichen, zumal ich Henning keine Hilfe beim Gepäck mehr sein konnte. Inzwischen hatte ich einen Bauch wie ein Fass. Im Watschelgang bewegte ich mich vorwärts, so als würde ich Drillinge erwarten. Mein Kreislauf war nicht mehr der stabilste, und seit einiger Zeit machte mir auch die Hitze zu schaffen. Vereinzelt spürte ich Senkwehen, sehr lange würde es nicht mehr dauern bis zur Geburt.

Wichtig war Hennings Medizintasche. In zwei anderen hatten wir Kleidung, einige wenige persönliche Gegenstände sowie Reiseproviant und Wasser. Unser Gepäck war immer noch sehr schwer, und so waren wir dankbar, dass uns der alte Ben noch ein letztes Mal zum Bahnhof bringen würde. Den Rest unserer Habseligkeiten verschenkten wir an die Arbeiterfamilien. Gerd und Anette vergruben ihre und die Wertgegenstände der Familie Weizenberg im Garten. Sie waren fest davon überzeugt, nach Goanikontes zurückzukehren. Alles, was nicht vergraben werden konnte, ließen sie im Haus zurück, wenn auch im beklemmenden Bewusstsein, dass das meiste davon sicher entweder in die Pontoks oder in Feindeshand wandern würde. Anette war verzweifelt.

„Die schönen Möbel, die schicken Vorhänge, das gute Porzellan! Alles müssen wir dem Pack überlassen. Und meine Küchengeräte!" Verzweifelt fuhr sie sich mit den Händen ins Gesicht.

„Wie soll ich denn in Zukunft käsen und backen, wenn ich nichts mehr habe?"

Die sonst so einfallsreiche Anette schien komplett die Fassung zu verlieren. So hatte ich sie noch nie erlebt. Hektisch und beinahe hysterisch lief sie von einem Raum zum nächsten, nahm einen Gegenstand in die Hand, stellte ihn wieder ab, nahm den nächsten. Aber es half nichts. Alle Behältnisse, die sich einigermaßen sicher vergraben ließen, waren befüllt und sicher verscharrt worden, für mehr gab es keine Möglichkeit.

Was sie aber am meisten traf, mehr noch als jedes andere Teil aus dem Haus, war die Tatsache, dass sie ihre Hunde nicht mitnehmen konnte. Ihre wertvollen Hütehunde, in deren Zucht sie so viel Herzblut gesteckt hatte. Nicht einmal zwei Elterntiere durften sie begleiten, dafür waren die Züge zu voll und die Reise zu ungewiss. Sie und Gerd wussten beide, dass sich die zurückbleibenden Eingeborenen nicht um die Tiere kümmern würden, zumal das Verwalterehepaar über viele Jahre mehr Vertrauen in die Hütefähigkeiten der Hunde gelegt hatte als in die der traditionellen Hirtenvölker. Nun würden sie die Quittung dafür erhalten.

Am Abend vor der Abreise nahm Gerd sein Gewehr und führte die Hunde hinter einen Hügel in der Nähe der Farmhäuser. Sechs Schüsse hallten durch das Tal, und bei jedem zuckte Anette zusammen, als sei sie selbst getroffen worden.

Ein letztes Mal saßen wir auf der Veranda und ließen die Geräuschkulisse der beginnenden Nacht auf uns wirken. Morgen noch vor Sonnenaufgang mussten wir aufbrechen, um den nächsten Zug zu erreichen. Niemandem war nach Unterhaltung zumute. Schweigend hing jeder seinen Gedanken nach. Die fröhlichen Abende, die wir hier einst verbracht hatten, waren unendlich weit entfernt. Wie aus einer anderen Zeit. Von den Warften hörte man fröhliche Gesänge und Gelächter. Die Eingeborenen fühlten sich nicht betroffen von unserem Weggang. Sicher waren sie froh, nicht mehr arbeiten zu müssen und die Farm, zu mindestens für eine gewisse Zeit, für sich zu haben. Wieder einmal konnte ich es ihnen nicht verdenken. Wahrscheinlich hätte ich auch gefeiert, wenn absehbar gewesen wäre, dass Ausbeutung und Unterdrückung ein Ende haben würden.

Beim ersten Tageslicht brachen wir auf. Keiner hatte geschlafen. Die Löwen in den Swakopbergen hatten in dieser Nacht besonders laut gebrüllt, so als wollten sie ein letztes Mal ihre Überlegenheit demonstrieren. Erstmals empfand ich das Gebrüll als Bedrohung, wahrscheinlich weil ich es gleichsetzte mit den Fanfaren der Unionstruppen. Müde schleppte ich mich auf den Karren, und auch den anderen erging es nicht besser. Wir boten sicherlich einen traurigen Anblick. Die letzten verbliebenen, klapprigen Mulis zogen ihre schwere Last in tiefem Nebel über die weite Fläche hinaus in die Wüste. Die weißen Herren verließen gebückt das Land. Keiner weinte uns eine Träne nach.

Bei noch angenehmen Temperaturen erreichten wir die Bahnstation Khan. Sie lag mitten im ausgetrockneten Flussbett. Die deutschen Konstrukteure hatten vor einigen Jahren geografisch keine andere Wahl gehabt, als den Haltepunkt genau dorthin zwischen die harten, schroffen Felsen zu bauen, auch auf die Gefahr hin, dass eines Tages vielleicht alles weggespült werden würde.

‚Bahnstation' war ein großes Wort für das, was uns erwartete: Es gab ein Stations- und ein Wohngebäude, ein Kohlenlager, einen Lokschuppen und eine Telefonbox. Neben dem Hauptgebäude hielt der Karren und entließ seine zermürbten, schweigenden Passagiere. Wir warteten noch nicht lange auf der Veranda, als eine kräftige schwarze Henschel-Dampflok mit ihren rotbraunen Personen- und Güterwaggons einfuhr. Deutsche Maschinentechnik im Nichts. Eine weitere Dampflok setzte sich an das Zugende. Alle Züge aus dem Khantal mussten mit einer zweiten Dampflok nachgeschoben werden, da die Strecke direkt nach dem Bahnhof eine starke Steigung aufwies.

Der Zug war wie erwartet zum Bersten voll, der Rückzug aus dem Küstengebiet war noch immer nicht vorbei. Sogar in den

Güterwaggons befanden sich Reisende. Die schweren Eisentüren waren weit geöffnet, Soldaten ließen ihre Beine heraushängen oder standen dichtgedrängt in zweiter Reihe. Mühsam erklommen wir die hintere Plattform des Personenwaggons und hievten unser Gepäck hoch. Die Männer würden gezwungen sein, die mehrstündige Reise bei Funkenflug und Hitze draußen zu verbringen. Für uns Frauen und die Kinder wurden so gut es ging Sitzplätze freigemacht, für mich sogar ein Fensterplatz. Anette kümmerte sich während der achtstündigen Fahrt rührend um mich, denn wegen der Angst, der Enge und der Hitze war ich ausgesprochen erschöpft. Mir war zum Brechen übel und ich hatte das Gefühl, mein Kopf würde jeden Moment explodieren. Dann und wann nickte ich ein. Der Schlaf brachte mir kurze Erholungszeiten vom bohrenden Schmerz, der aber sofort wieder einsetzte, wenn ich nur die Augen öffnete. Die Reise wurde zur Tortur, aber ich versuchte mir so wenig wie möglich anmerken zu lassen. Wir entfernten uns von der Kriegsgefahr, das war das einzig Wichtige.

Tatsächlich fand kurz darauf ein Scharmützel bei Goanikontes statt. Gerade noch rechtzeitig waren wir aufgebrochen.

ZWÖLF

Karibib hatte sich seit dem Bau eines großen Bahnbe-
triebswerks mit umfangreichen Werkstätten und der Eröffnung der Otavibahnstrecke nach Norden zu einem freundlichen, aufblühenden Städtchen entwickelt. Alle Häuser waren
aus solidem Stein gebaut, oft sogar aus Marmor, den man in
der Gegend abbaute. Neben den sechs Hotels gab es mehrere
Handelshäuser und Gaststätten. Weitläufig waren schmucke,
im typischen Kolonialstil erbaute Wohnhäuser verteilt. Das
zweistöckige Bahnhofsgebäude war imposant und bildete den
Mittelpunkt des Örtchens. Neben Warteräumen für die erste
bis dritte Klasse gab es ein Restaurant und die Post, außerdem
Wohnräume für die Bahnbediensteten. Das Lazarett, in dem
Henning von nun an helfen würde, befand sich im alten
Schulgebäude. Unsere Unterkunft, das Hotel Rosemann, lag
schräg gegenüber vom Bahnhof. Es war ein beeindruckendes
Gebäude mit einem doppelstöckigen Turm, dessen Spitze ein
Pyramidendach krönte. Rings um das Haus gab es schattige
Veranden, und hübsche Gardinen an den großen Sprossen-
fenstern luden zum Eintreten ein. Immer noch erstaunte es
mich, wieviel typisch Deutsches man so weit weg vom Mut-
terland fand.

Unser Zimmer er war einfach und sauber. Wir empfanden es als Glück im Unglück, überhaupt einen eigenen
Raum beziehen zu können. Dankbar ließen wir uns auf unsere
Eisenbetten nieder und streckten alles von uns. Hier waren
wir sicher, zumindest für eine gewisse Zeit. Fast komatös
schlief ich ein, kaum dass ich mich auf die weiche Matratze
gelegt hatte.

Frau Rosemann war sehr entgegenkommend. Neben dem Hotel führte sie gleichzeitig einen angegliederten kleinen Lebensmittelladen, und auch wenn sie schon lange nicht mehr alle gewohnten Waren anbieten konnte, war sie immer da. Ihr Mann hatte sich bei den Hereroaufständen eine schwere Armverletzung zugezogen, so dass die gute Frau notgedrungen mehr oder weniger allein für den Betrieb verantwortlich war.

Im Laden gab es viel Arbeit. Reisende, Truppler und Zivilbevölkerung brauchten große Mengen Lebensmittel und Ausrüstungsgegenstände. Sie war daher mehr als froh, als ich ihr meine Hilfe anbot. Untätig herumsitzen und auf das Baby warten konnte ich immer noch nicht, auch nicht nach den Strapazen der Reise. Ich war froh über die Beschäftigung, denn Henning würde ich sicher nicht viel zu Gesicht bekommen, und eine Hilfe im Lazarett konnte ich in meinem Zustand mit der riesigen Melone vor mir auch nicht sein.

Für die schweren Mehl- und Reissäcke hatten Rosemanns mehrere Damaras eingestellt. Meine Aufgabe würde sich auf das Auspacken der wenigen Alltagsgegenstände beschränken, die überhaupt noch geliefert wurden. Oftmals kam gar kein Nachschub mehr an, zu sehr waren die Lebensmittel inzwischen rationiert. Und natürlich sollte ich aufpassen, dass nichts entwendet wurde.

Ich vertrat Frau Rosemann schon nach wenigen Tagen im Verkauf, wenn sie im Hotel gefordert war. Von Tag zu Tag wurde ich sicherer im Umgang mit Maßeinheiten und Gewichten und gewöhnte mich auch an die neuen Notgeldscheine, die seit Kriegsbeginn als Zahlungsmittel galten. Die Scheine waren notwendig geworden, seitdem kein Bargeld mehr aus Deutschland ankam. Es gab sie in Werten von 5, 10, 20, 50 und 100 Mark. Der Betrag war einseitig auf dünnes, weiches Papier gedruckt, mit einem großen Reliefstempel auf der Rückseite. Alle Scheine trugen die Unterschrift von Gouverneur Seitz, daher auch der Name Seitz-Note. Nur ausreichend Kleingeld hatten wir in dieser Zeit nicht mehr. Einige Unternehmen halfen sich mit Metallscheiben oder Gutscheinen, deren Gültigkeit ich aber nicht feststellen konnte und sie daher lieber nicht annahm.

Die Tätigkeit im Laden machte mir Spaß. Täglich hatte ich Kontakt mit vielen Menschen, Soldaten wie Zivilisten. Ich hörte ihre Lebensgeschichten und tauschte Neuigkeiten über den Kriegsverlauf aus. Die meisten waren auf der Durchreise, sie kamen aus dem ganzen Land, so dass fast jeder etwas für mich Neues zu berichten hatte. Mir wurde bewusst, wie wenig ich noch immer über das weitläufige Land wusste. Das eigentliche Gesicht Deutschsüdwestafrikas mit seinen extremen Landschaften und extremen Bedingungen hatte ich noch gar nicht kennengelernt!

Der Feind war in diesen Wochen Ende Februar, Anfang März 1915 weiter in noch sicherer Entfernung, jedenfalls solange es ihm nicht gelungen war, unsere Eisenbahnstrecken zu übernehmen. Das Bahnnetz war unsere einzige adäquate Waffe gegen die riesige Übermacht, die aus Süden auf uns zurollte. Hier in Karibib wurden Truppen verschubt und Materialien verhältnismäßig schnell dorthin geleitet, wo sie strategisch gebraucht wurden. Der Knotenpunkt war unsere winzig kleine Chance auf eine erfolgreiche Verteidigung.

Mit den Zügen kamen aber auch immer neue Kranke und Verletzte ins Lazarett. Medizinisch war unser Krankenhaus glücklicherweise recht gut ausgestattet. Etwa 20 klappbare Bettgestelle aus Eisen, Matratzen, ausreichend Bettzeug und eine Grundausstattung an medizinischen Geräten waren rechtzeitig nach Karibib transportiert worden. In Windhuk hatte man vorausschauend auch ausreichend Medikamente und Verbandsmaterialien zusammengezogen, die dank der direkten Bahnverbindung innerhalb eines Tages bei uns eintrafen. Pflegerische Hilfe hatte Henning durch zwei freiwillige Hilfsschwestern und zwei Sanitätsunteroffiziere.

Die meisten Patienten litten wie schon in Swakopmund an Typhus, Diphterie oder anderen Darmerkrankungen. Meist waren verseuchtes Wasser oder verdorbene Lebensmittel schuld. Gerade bei Typhus hatten wir eine regelrechte Epidemie. Die Krankheit ist hochansteckend und beginnt schleichend mit Kopfschmerzen, Appetitlosigkeit und Mattigkeit. Bald stellen sich Fieber und Schüttelfrost ein, oft begleitet von hellgelbem Durchfall. Manchmal gab es leichtere Erscheinungsformen, ohne Durchfall und mit kaum Fieber, so dass Henning in jedem Verdachtsfall eine bakteriologische Untersuchung durchführen musste. Alle positiven Fälle wurden sofort isoliert, um die Ausbreitung der Bakterien zu verhindern. Die Schwestern waren rund um die Uhr mit der Entsorgung von Fäkalien, Müll und schmutzigem Wasser beschäftigt. Peinlichste Sauberkeit war das Wichtigste, und dazu gehörte auch der Schutz vor Mücken und Fliegen mit Netzen und aufgestellten Formalinmilch-Schälchen.

Malaria wurde zu unserer ständigen Begleiterin. Moskitos gibt es zu Millionen, und irgendwann ist die eine dabei, die die Krankheit überträgt. Je weiter man nach Norden kommt, desto größer ist das Risiko. Am höchsten in die Gefahr im Caprivizipfel und im nördlichen Grenzgebiet. Malaria kommt nicht schleichend, sie schlägt gnadenlos und ohne Vorwarnung zu. Morgens wacht man auf, alles ist normal, man fühlt sich gut. Urplötzlich jedoch wird einem schwindelig, man kann sich nicht mehr auf den Beinen halten und einem wird schlecht. So schlecht, dass man das Gefühl hat, sich sofort erbrechen zu müssen. Innerhalb kürzester Zeit bekommt man hohes Fieber. Der Körper brennt wie Feuer, das man auch mit kühlen Umschlägen nicht löschen kann. Nichts ist kalt genug für die unerträgliche innere Hitze. Dann plötzlich sinkt die Temperatur und hört nicht auf. Man friert und friert immer mehr. Decken und zusätzliche Kleidung helfen nicht, alles ist eiskalt. Das Wasser in einer Wärmflasche kann nicht heiß genug sein, so heiß, dass man sich verbrennt und trotzdem keine Schmerzen empfindet. Irgendwann dringt wieder Wärme in den Körper, es wird heißer und heißer, und der Kreislauf beginnt von neuem. Manchmal halluzinieren die Patienten, manchmal liegen sie aber auch einfach nur da und ergeben sich ihrem Schicksal. Nach ein paar Tagen helfen in der Regel die Medikamente. Die Temperatur stabilisiert sich, die Kräfte kehren zurück – bis zum nächsten Anfall, denn Malaria behält man allermeist für den Rest seines Lebens.

Noch fataler wird die Lage für Patienten, bei denen zusätzlich zum Malariaschub weitere Komplikationen eintreten, häufig weil ihr Körper schon geschwächt ist. Dazu gehört das berüchtigte Schwarzwasserfieber. Tatsächlich wurde während unserer Zeit in Karibib einmal ein Fall von Schwarzwasserfieber eingeliefert. Die roten Blutkörperchen zerfallen akut und werden in blutrotem Urin ausgeschieden. Nicht selten endet die Krankheit tödlich zum Beispiel durch Nierenverstopfung. Die Betroffenen durchleben einen Alptraum aus Schüttelfrost, Fieber, nicht enden wollendem Erbrechen, Kopfschmerzen und Atemnot.

Hennings Patient war ein Farmer aus dem Caprivizipfel, der sich schon früh zur Schutztruppe gemeldet hatte. Er war etwa Mitte Fünfzig, seit etlichen Jahren im Land und hatte schon viele Malariaanfälle überstanden. Dieser hier übertraf sie alle. Man vermutet, dass Schwarzwasserfieber neben zu viel Chinineinnahme, dem Standardmedikament gegen Malaria, durch Überanstrengung, Gemütserregung oder zu intensive Sonneneinstrahlung entsteht. All dem war der Mann über Wochen ausgesetzt, während er auf die näher rückenden feindlichen Truppen wartete. Sein Zustand war dramatisch. Die Haut war gelblich verfärbt, ebenso wie seine Schleimhäute. Das wettergegerbte Gesicht war eingefallen, die Augen tiefliegend in dunklen Höhlen. Immer und immer wieder krümmte er sich unter Würgen und Erbrechen, aber außer Blut und Sekret kam schon lange nichts mehr aus seinem ausgemergelten Körper. Helfen kann man im Akutfall nur wenig. Das oberste Gebot ist absolute Ruhe, der Kranke sollte sich bestenfalls überhaupt nicht mehr bewegen. Chinin muss sofort abgesetzt und der Körper mit ausreichend Flüssigkeit versorgt werden, damit die Urinproduktion weiterläuft. Keinesfalls darf der Körper seine Funktionen herunterfahren! Der arme Kerl wurde also in die dunkelste Ecke gelegt und erhielt eine Infusion nach der nächsten. Lange hing sein Leben am bekannten seidenen Faden, dann aber ließ das Erbrechen dank eines großzügigen Schusses Jod im Tee nach. Der Mann war kaum ansprechbar und dämmerte im Delirium, das Fieber aber sank. Drei Tage schlief er, nur unterbrochen von regelmäßigen Getränkegaben. Dann endlich öffnete er die Augen und langsam, ganz langsam kehrte er ins Leben zurück.

Ein anderer Fall ist mir aus dieser Zeit deutlich in Erinnerung, da er so mysteriös war. Eines Nachmittags sprengte ein Karren mit halsbrecherischer Geschwindigkeit auf das Krankenhaus zu. Schon von weitem war zu erkennen, wie ein hagerer junger Mann wie von Sinnen auf vier Pferde einschlug, die schon deutlich am Rande der Erschöpfung standen. Henning war gerade in einer Behandlung, so dass ich mit einer Hilfsschwester vor das Gebäude trat. Unmittelbar vor der Veranda kam der Karren zum Stehen. Ich nahm die Zügel des Führungspferdes und versuchte, die Lage einzuschätzen. Schwer atmend und scheinbar von heftigen Krämpfen geplagt, schaute mich der Junge mit nackter Angst an.

„Bitte, schnell…", stieß er hervor, dann brach seine Stimme. Er sackte in sich zusammen und verlor das Bewusstsein.

Der Hilfsschwester gelang es gerade noch, ihn abzustützen, bevor er von der Pritsche auf den steinigen Boden gefallen wäre. Auf der Ladefläche bot sich uns ein grausiger Anblick: Dort lagen drei weitere Männer, alle etwa im gleichen Alter. Einer von ihnen war offensichtlich bereits tot. Seine leeren Augen starrten ins Nichts. Die beiden anderen waren ohnmächtig. Atmung und Herztätigkeiten waren kaum noch auszumachen. Sie waren in sehr kritischem Zustand.

Ich klopfte dem Jungen mit der flachen Hand abwechselnd auf die Wangen, um ihn aus seiner Ohnmacht zu holen.

„Was ist passiert?", versuchte ich schnellstmöglich zu erfahren, denn dass die Lage mehr als dramatisch war, war unzweifelhaft erkennbar.

„Hallo, hallo, gib jetzt nicht auf! Deine Freunde brauchen dich noch! Sag mir, was passiert ist!" Panik machte sich nun auch bei mir breit. Ohne konkreten Hinweis konnten wir keine geeignete Behandlung einleiten.

„Henning, Henning, ich brauche dich dringend hier draußen!", schrie ich Richtung Schulgebäude.

Henning war inzwischen über die Dramatik der Lage informiert und stürzte auf die Veranda. Routiniert übernahm er das Kommando.

„Bringt die anderen so schnell wie möglich ins Haus!", befahl er einigen Schwarzen, die wie aus dem Nichts neben dem Karren aufgetaucht waren. Sein Ton ließ keinen Widerstand zu. Er selbst setzte sich neben den jungen Mann auf den Kutschbock und richtete ihn auf, um seine Atmung zu erleichtern.

„Hey, komm zu dir", sprach er den Verletzten laut und deutlich an. „Du musst mir sagen, was passiert ist!", versuchte nun auch mein Mann die Hintergründe zu erfahren und zwickte ihn unsanft in Wangen und Unterarme. Offenbar gelang es ihm damit, den Jungen für einen Moment zurückzuholen. Seine Augenlider flackerten kurz, dann stöhnte er laut auf.

„Wir haben Feuer gemacht…in der Wüste…viel Rauch…"
Mehr brachte er nicht heraus, erneut fiel er in tiefe Bewusstlosigkeit.

Noch während seine Kameraden in die ehemalige Schule gebracht wurden, verstarben sie, einer nach dem anderen. Auch dem jungen Mann vom Kutschbock konnte nicht mehr geholfen werden. Innerhalb weniger Minuten war er tot. So schnell hatte ich noch nie jemanden sterben sehen, der nicht offensichtlich sehr schwer verletzt war. Was war da los?

Henning konnte sich ebenfalls keinerlei Reim auf die Symptome machen. Alles schien auf eine Vergiftung hinzuweisen. Nur auf welche und warum so schnell? Wir waren einmal mehr ratlos. Tropenmedizin hatte nur einen kleinen Teil seines Studiums ausgemacht, und für praktische Erfahrungen waren wir - wie schon so oft zuvor - noch nicht lange genug im Land.

Betrübt wendeten wir uns ab. Jeder von uns kramte in seinem Gedächtnis nach irgendetwas, das dieses Geschehen aus medizinischer Sicht plausibel erscheinen ließ. Schweigend gingen wir ins Haus. Die jungen Männer wurden in einem Nebenraum des Krankenhauses aufgebahrt, etwas anderes konnten wir nicht mehr für sie tun.

Ein Trupp Freiwilliger aus Karibib machte sich auf Spurensuche. Der Weg war nicht schwer zu finden, schließlich hatte der Karren deutliche Spuren in der Pad hinterlassen. Etwa zehn Kilometer nördlich der Stadt fanden die Männer ein einfaches Lager. Ganz offensichtlich waren die Vier durch ihre Symptome überrascht worden. Alles lag verstreut und zum baldigen Gebrauch für eine Feldmahlzeit bereit. Mit einigen Steinen war eine provisorische Feuerstelle errichtet worden, in der noch die Reste eines Holzfeuers glimmten.

„Verdammt, ich weiß jetzt, was den Jungs passiert ist", stieß ein alter Farmer hervor, der sein ganzes Leben im Feld verbracht hatte und nun seinen Ruhestand in Karibib verlebte. „Sie haben ein Feuer mit Kandelaber-Euphorbien gemacht. Das ist mit Abstand die giftigste aller Wolfsmilchgewächse. Passt auf und haltet euch verdammt nochmal vom Feuer weg. Verholzte Teile sind so giftig, dass schon das bloße Einatmen des Rauches tödlich ist. Los, los, ihr dürft hier nicht einfach so rumstehen, wenn ihr wieder nach Hause wollt. Die Himbas nehmen den frischen Saft als Pfeilgift. Aber selbst die Pfeile sind nicht so giftig wie der Rauch getrockneter Blätter."

Dabei wies er auf die Ränder der Feuerstelle, an denen noch deutlich Reste dicker dreikantiger Pflanzenstiele zu sehen waren. „Oh Mann, wir hätten sie nicht retten können, auch nicht, wenn sie direkt neben dem Krankenhaus campiert hätten!"

Bekümmert wendete er sich ab und warf eine Decke auf die immer noch rauchende Feuerstelle. Auch den anderen blieb nichts zu sagen. Schweigend wurden die wenigen persönlichen Gegenstände zusammengeräumt, dann machte sich der Suchtrupp niedergeschlagen auf den Rückweg.

Nun wusste man also, was den jungen Männern zum Verhängnis geworden war: Ein harmlos aussehender sukkulenter Busch, der ihnen für die kommende Nacht ein wenig Feuerholz geben sollte. Die jungen Männer hatten es nicht gewusst. Eine Tragödie, die uns noch lange beschäftigte.

DREIZEHN

Und dann kam unser Baby. Henning war nach einem langen Tag gerade in unser Zimmer zurückgekehrt.

„Mannomann, freue ich mich jetzt auf mein Bett", seufzte er müde, denn nach einer schwierigen Operation war er außergewöhnlich erschöpft. Ich dagegen hatte das Zimmer schon den ganzen Tag außer für meine häufigen Toilettenbesuche noch nicht viel verlassen. Die Energie kurz vor der Geburt, die in vielen Büchern für werdende Mütter als ‚Nestbauphase' beschrieben wird, weil man plötzlich das Bedürfnis hat, noch alles Mögliche aufzuräumen und herzurichten, war genauso schnell verloschen, wie sie gekommen war. Seit ein paar Tagen hatte ich außerdem Senkwehen, das Kind schob sich langsam aber deutlich tief in mein Becken. Lange konnte es also nicht mehr dauern.

Henning wollte ich damit nicht belasten, er hatte im Lazarett tagtäglich alle Hände voll zu tun und gegen das, was er dort erlebte, waren meine Beschwerden geradezu nichtig. Das sah mein Mann natürlich ganz anders.

„Wie geht es dir heute, mein Schatz?", fragte er wie an jedem Abend und musterte mich prüfend.

„Ja, ja, ganz gut. Ich habe mich heute mal etwas ausgeruht", untertrieb ich in Anbetracht der Tatsache, dass ich mich überwiegend lesend im Bett aufgehalten hatte.

„Du bist aber schon etwas blass heute…", bemerkte er, während er sich sein verschwitztes Hemd über den Kopf zog.

„Alles in Ordnung, mein Liebling. Ich melde mich schon früh genug, wenn es los geht."

Zufrieden mit der Antwort legte er sich neben mich auf das viel zu schmale Bett, legte seine Hand auf meinen Bauch und war innerhalb von Sekunden eingeschlafen.

Zuerst versuchte ich die regelmäßig wiederkehrenden Schmerzen, die man auch als Erstgebärende sofort als Wehen erkennt, durch Atmen zu überbrücken. Es funktionierte recht gut, Hennig waren dadurch noch einige Stunden Schlaf gegönnt. Ich lauschte seinen gleichmäßigen, tiefen Atemzügen und wechselte auf das freie Bett, als er sich begleitet von leisem Schnorcheln auf die Seite legte.

Hellwach lag ich bis zum ersten Morgengrauen da und wartete eine Wehe nach der anderen ab. Sie nahmen an Intensität beständig zu, die Geburt schritt gut voran. Bald würde ich mich nicht mehr so ruhig verhalten können. Dann platzte die Fruchtblase. Ich stand mühsam auf, um mir Tücher zu holen, dabei erwachte mein Mann. Sofort war er bei mir, sein geübtes Auge hatte auch diese Situation gleich erfasst. Er führte mich zum nächsten Stuhl und übernahm die Regie. Normalerweise ist eine Geburt reine Frauensache, die Männer werden weggeschickt, bei uns aber wusste ich, dass Henning mir die beste und kompetenteste Hilfe sein würde. Er kannte mich wie niemand anderes und wusste, was mir guttat.

Es wurde ein harter Kampf. Zwölf Stunden brauchte unser Sohn, um das Licht der Welt zu erblicken. Vielleicht wollte ich ihn nicht entlassen in diese so unsicheren Zeiten, wer weiß. Henning blieb beinahe die ganz Zeit bei mir, nur zweimal musste er kurz nach seinen Notfällen im Lazarett gucken. Dann war Frau Rosemann bei mir und übertrug ihre mütterliche innere Ruhe auf mich, so als hätte sie schon unzählige Geburten begleitet. Als Henning zurückgekehrt war, holte sie umgehend frisches Wasser und Berge von Tüchern. Wahrscheinlich hat sie einen Teil der Hotelausstattung für uns geopfert. Für die Hilfe und die menschliche Wärme, die sie mir in diesen Stunden entgegenbrachte, bin ich ihr noch heute dankbar. Nur selten ist eine Frau so hilflos auf die Unterstützung einer anderen angewiesen wie während und kurz nach der Entbindung.

Unser kleiner Jonathan war propper und kerngesund. Meine zuletzt so einseitige Ernährung und die viele Aufregung hatten ihm offenbar nicht geschadet. Sofort ergriff mich diese tiefe, unerschütterliche Liebe, die eine Mutter zu ihrem Kind aufbaut. Er war so winzig und hilflos! Wir würden ihn beschützen, was auch immer passierte!

Die ersten Stunden nach der Geburt waren ein inniges Erlebnis für uns, wie es nur eine neue Familie empfinden kann. Henning schien für den Augenblick alles vergessen zu haben, was sich um uns alle herum zusammengebraut hatte. Er war gelöst und ruhig. Selig wiegte er seinen Sohn in den Armen und wischte sich heimlich ein Tränchen ab, als er sich unbeobachtet fühlte.

Vater und Sohn sahen sich sehr ähnlich, und trotz aller Erschöpfung war ich unendlich glücklich und stolz auf die beiden wichtigsten Menschen in meinem Leben.
In der folgenden Nacht wurde Henning nicht gerufen, vermutlich wollten ihn die Schwestern aus Rücksicht nur im allergrößten Notfall holen. Ganz in Ruhe konnten wir unser Glück in unserem Zimmerchen mitten in der afrikanischen Wüste genießen, so wie vorher und noch viel länger hinterher nicht mehr.

So hart die Geburt auch war, so schnell erholte ich mich. Erstaunlich, wie schnell Mutter Natur einen die lebensgefährlichen Strapazen vergessen lässt. Bald stand ich wieder im Laden. Der Kleine lag in einem Körbchen in einer luftigen Ecke. Von Anfang an war er ein zufriedenes, pflegeleichtes Kind. Er weinte sehr wenig, nicht einmal, wenn er Hunger hatte. Zwischen ihm und mir bestand eine so tiefe und unerschütterliche Verbindung, dass ich instinktiv auch ohne Geschrei wusste, wenn ihm etwas fehlte und wann er wieder Hunger hatte. Ich fühlte mich sicher mit allem, was ich tat, und offenbar übertrug ich diese Ausgeglichenheit auch auf mein Baby.

Es war eine ruhige, friedliche Zeit in unserem kleinen Kosmos. Henning sah in seinem Sohn den quicklebendigen, gesunden Gegenpol zu dem sinnlosen Leid, das mit dem Krieg draußen verbunden war. Er schaffte sich damit endlich einen gesunden Abstand, der so dringend nötig war in seinem Beruf. Mit der Tür zu unserem kleinen Zimmer konnte er die psychische Belastung endlich besser draußen lassen und für einen Moment durchatmen, bevor er sich wieder Verletzungen, Krankheiten und Tod stellte.

Unser gesellschaftliches Leben spielte sich fast ausschließlich auf dem kleinen Bahnhofsvorplatz ab. Dort gab es einige wenige Bäume mit halbwegs schattigen Bänken. Gesäumt wurde das Karree von mehreren Gasthöfen. Hier traf man sich, wenn die Hitze es erlaubte. Ausflüge in die Umgebung boten sich nicht an, erst recht nicht mit einem Säugling. In der flachen Savannenlandschaft mit viel Geröll gab es kaum Schatten und bis auf gewaltige Staubwolken von Wagen und Reitern nicht viel zu sehen. Kaum dass man ein schützendes Gebäude verlassen hatte, war es schon früh morgens unerträglich heiß und trocken. Der erfrischende Nebel, der uns den Tagesbeginn in Goanikontes so angenehm gestaltet hatte, fehlte hier. Die Sonne zeigte sich schon direkt nach ihrem Aufgang von einer erbarmungslosen Seite, und keiner hatte das Bedürfnis, eine ‚Fahrt ins Grüne' zu machen.

War der Rosemannsche Laden geschlossen und gab es auch sonst nichts zu erledigen, traf ich mich mit anderen Frauen im Schatten einer großen Dornakazie. Mathilde, die Frau des Gaststättenbetreibers im Bahnhofsgebäude, hatte etwa zur gleichen Zeit eine kleine Tochter zur Welt gebracht, und wir verstanden uns auf Anhieb. Sie war eine unkomplizierte, lebenslustige Frau, die auch in diesen schweren Zeiten viel und gerne lachte. Allem konnte sie etwas Positives abgewinnen, sogar der Tatsache, dass es für sie und ihre Familie immer schwerer wurde, ihre Gäste angemessen zu beköstigen.

„Weißt du, Isi, eigentlich ist es gar nicht so schwer, unsere Gäste zufrieden zu stellen, man muss nur das Richtige auf die Speisekarte schreiben", beschrieb sie fröhlich und kicherte verstohlen.

„Die Swakopmunder, die ja sonst nie zufriedengestellt werden können, sind absolut beglückt, wenn ich ihnen ‚Gulasch vom Schwein' oder ‚Leber Berliner Art' serviere. Das gibt's ja schon lange nicht mehr."

„Ja, das habe ich auch schon auf eurer Karte gesehen. Und wo um alles in der Welt bekommst du das Fleisch dafür her?"

„Naja", antwortete sie verschmitzt, „ich muss nicht dazu schreiben, dass es Warzenschwein oder abgehangene Springbockleber sind, die da auf ihren Tellern landen."
„Ist Warzenschwein denn überhaupt genießbar? Ich habe immer wieder gehört, dass es nicht schmeckt."

„Das sagt man so, aber es stimmt einfach nicht. Man muss es nur langsam garen und gut würzen, dann merkt man kaum einen Unterschied. Und siehste, es klappt auch bei den feinen Herrschaften". Zufrieden lehnte sie sich zurück und rollte zärtlich eine weiche Haarsträhne ihrer Tochter zwischen Daumen und Zeigefinger.
Mathildes Mutter war früh gestorben, und von den afrikanischen Köchinnen im Hause ihres Vaters hatte sie schon als Kind gelernt, wie man scheinbar minderwertige Zutaten zu einem stimmigen Gericht zusammenbringen konnte. Sie veränderte mutig traditionell-deutsche Rezepte zu immer wieder erstaunlichen Kreationen: Hausmacher Wildwurst, Strau-

ßensülze, Kudufrikadellen, Leberpastete und Schinken aus Antilopenfleisch.

Als die Taufe unserer Kinder anstand, schaffte sie es, ein kulinarisches Feuerwerk für fast die gesamte Gemeinde zu zünden. Sie servierte Perlhuhn, denn von denen gab es mehr als genug im Umland von Karibib. Nacht für Nacht hörten wir ihre Rufe, die an quietschende Windräder erinnerten. Zubereitet wurden die Hühner nach Art der Schutztruppler, das heißt nur ausgenommen und dann sage und schreibe ungerupft in schweren Eisentöpfen geschmort. Es war für mich anfangs sehr befremdlich, Geflügel mitsamt den Federn zu kochen, zumal das Gefieder meist mit Ungeziefer übersät war. Aber ich musste Mathilde Recht geben: Es war erheblich einfacher, die Vögel hinterher abzuziehen als sie mühsam zu rupfen, während einem Flöhe und anderes Krabbelgetier über die Hände liefen. Als deutsche Hausfrau durfte man in der Wüste wahrlich nicht zimperlich sein, erst recht nicht in diesen Zeiten!

Zum Garen benutzte Mathilde ein tiefes Erdloch, das mit Glut befüllt wurde. Darin ließ sie die fest zugebundenen Eisentöpfe absenken. Anschließend wurde das Loch mit Sand komplett verschlossen. Eine Nacht köchelte das Geflügel so vor sich hin. Das Ergebnis war butterweich-zartes Fleisch. Dazu gab es Kürbisgemüse, zum Nachtisch Apfelsinenpudding und Kuchen aus Reismehl. Ein Festmahl angesichts der strengen Rationierungen, das ich bis heute nicht vergessen habe.

Eine Taufe war ein wichtiges Ereignis in unserer Gemeinde, und natürlich kamen alle, die es irgendwie ermöglichen konnten. Jonathan trug ein hübsches gehäkeltes Taufkleid, das wir von einer benachbarten Familie geliehen hatten. Nach der Zeremonie in unserer kleinen Backsteinkirche kehrten wir in der Bahnhofsgaststätte ein und genossen einen

unbeschwerten Nachmittag. Für einige Stunden vergaßen wir
alle Kriegswirren um uns herum.

VIERZEHN

Feindliche Soldaten waren in dieser Zeit weiterhin nicht auszumachen, offenbar leistete die Schutztruppe im Süden solide Gegenwehr. Wir fühlten uns sicher und gingen unserem Alltag nach, als wie ein Blitz die Nachricht einschlug, die Unionstruppen befänden sich bereits in Otjimbingwe, nur einige Kilometer von Karibib entfernt. Rasch wurde eine Bürgerversammlung einberufen. Wir waren zu dem Zeitpunkt ungefähr 300 Deutsche im Ort. Alle waren aufgeregt, und es wurde heiß diskutiert, dennoch stand außer Frage, dass wir kapitulieren mussten. Widerstand war absolut zwecklos, und auch die Verschanzung auf unserer kleinen Feste kam für die vielen Zivilisten nicht in Betracht.

Am 05. Mai 1915 trafen erste feindliche Truppen vor Karibib ein. Wieder hatten sie uns erreicht. Unser Bürgermeister ritt ihnen mit einer weißen Flagge entgegen. Für Verhandlungen gab es keinen Raum mehr, und so ergab er sich stellvertretend für seine Bürger. Kein Schuss fiel, niemand wurde verletzt. Die Übergabe geschah geregelt und widerstandslos. Bereits kurze Zeit später war unsere Delegation zurück.

„Euch wird nichts geschehen, also bleibt ruhig! Man hat uns völlige Unversehrtheit zugesichert", versuchte der Bürgermeister zu beruhigen.

„Die Schutztruppe hat das Gebiet bereits Richtung Norden verlassen, Gefechte sind nicht mehr zu erwarten. Haltet euch an die Regeln und tut, was die Unionstruppen von euch verlangen. Dann wird niemandem ein Haar gekrümmt. Das wurde mir zugesichert."

Wir waren erleichtert und klammerten uns wie Ertrinkende an seine Worte, gleichzeitig aber waren alle mehr als überrascht, nun schon den südlichsten Rand der Kolonie darzustellen.

Und trotzdem hatten wir Angst. Wie würde die Belagerung tatsächlich aussehen? Würden die fremden Soldaten drohend und schießend durch die Straßen reiten, rauben und vielleicht sogar vergewaltigen? Wie würden sie ihren Besitzanspruch durchsetzen?

Jeder zog sich ins nächstbeste Haus zurück, am besten natürlich in die eigenen vier Wände. Henning konnte seine Patienten nicht im Stich lassen, und so raffte ich in unserem Zimmer ein paar persönliche Dinge zusammen und folgte ihm mit Jonathan zum alten Schulgebäude. Vielleicht würden wir gezwungen sein, die nächsten Tage und Wochen ausschließlich hinter verbarrikadierten Türen verbringen zu müssen und dann hätte ich die Situation ohne Henning in meiner Nähe nicht ertragen.

Schnell waren die Straßen menschenleer. Beinahe ununterbrochen aber stand man am Fenster und blickte in banger Erwartung Richtung südlicher Bebauungsgrenze. Gegen Abend dann rückten Burenkommandos in den Ort ein. Sie waren immer die ersten, die in feindliches Territorium geschickt wurden. In unserer Vorstellung erwarteten wir bis zu den Zähnen bewaffnete, kampfbegierige und vor Kraft strotzende Soldaten. Zuviel hatten wir schon von der gewaltigen Armada gehört, die unsere Schutztruppler allein durch ihre bloße Anwesenheit zum Rückzug veranlasst hatte. Wahre Kampfmaschinen müssten es sein, die uns belagern würden, fürchteten wir!

Umso erstaunter waren wir, als die ersten Infanteristen den Marktplatz erreichten: Reiter und Pferde waren so ausgemergelt und von Hunger und Durst gezeichnet, dass sie ein schon fast mitleidserregendes Bild abgaben. Klapprige Gäule, die offenbar schon lange kein Kraftfutter mehr bekommen hatten, schleppten sich mühsam vorwärts und trugen ihre schwere Last, die schlaff im Sattel hing. Die Gesichter der Männer waren verbrannt, die Lippen aufgesprungen, die Wangen eingefallen. So sahen keine Sieger aus, wahrlich nicht!

Den Buren waren auch nicht die Häuser und die Menschen hinter den Gardinen wichtig, sondern allein der Brunnen. Die Pferde witterten das Wasser, beschleunigten unter enormer Kraftanstrengung ihren Gang und preschten auf den Brunnen zu. Gierig stürzten sich Ross und Reiter gleichermaßen auf das wertvolle Nass, das dank der ausgeprägten letzten Regenzeit immer noch reichlich vorhanden war. Erst als ihre Bäuche kugelrund von Flüssigkeit waren, erwachte das Interesse für ihre Umgebung. Mit gezückten Waffen erkundeten die Buren unser scheinbar ausgestorbenes Städtchen.

Immer noch konnten wir kein furchterregendes Kampfgebaren feststellen, sondern eher die erschöpfte Erleichterung der Besatzer, endlich wieder in der Zivilisation angekommen zu sein.

Nach und nach trauten sich die ersten Deutschen aus ihren Häusern. Einige konnten etwas Englisch, und so wurde eine zaghafte Kommunikation begonnen. Schnell wurde vor allem eines klar: Die Soldaten hatten Hunger. Seit mehreren Tagen waren sie vom Nachschub abgeschnitten, weil der Vormarsch zu schnell erfolgt war. Beinahe höflich baten sie um Brot, und obwohl wir selbst kaum etwas hatten, gaben wir ihnen als Zeichen der Ergebenheit das wenige, was wir noch hatten. Begierig schlangen sie es herunter und bedankten sich sogar. Der erste Schritt war getan, uns war nichts passiert.

Hoffentlich würde das auch so bleiben, wenn der Rest der Einheit käme!

Die Versorgungslage entwickelte sich zu einem ernsthaften Problem. Einige Tage vorher war der letzte Zug in Karibib eingefahren. Die Schutztruppe hatte zwar unerwartet einige wenige Vorräte zurückgelassen, allerdings mit dem dringenden Appell, dass dies die Ration für zwei ganze Monate sei und unbedingt reichen musste. Nachschub würde es nicht mehr geben. Schon beim Verstauen war deutlich, dass es unmöglich sein würde, alle etwa 300 hier lebenden Menschen mit dem Wenigen satt zu bekommen, das uns geliefert worden war. Etwas Reis, einige wenige Säcke Mais und ein paar Dosen, mehr gab es nicht. Frau Rosemann mit ihrer langjährigen Kalkulationserfahrung war verzweifelt.

Nach diesem letzten Zug war die Bahnstrecke Richtung Windhuk getreu der Order der ‚Verbrannten Erde' von unserer Schutztruppe zerstört worden. Der Feind würde die Strecke erst wieder instand setzen müssen, was gleichzeitig aber bedeutete, dass auch die eigene Bevölkerung von einem geregelten Nachschub abgeschnitten war.

Am nächsten Morgen traf der Oberbefehlshaber der Unionstruppen im Ort ein. Mit gewaltigen Staubwolken schob sich eine Welle von Autos, Karren, Reitern und Fußvolk vorwärts. Gerade die Autos waren ein ungewohntes Bild für uns. Nicht neu in dem Sinne, denn aus Europa kannten wir motorisierte Fahrzeuge natürlich schon zur Genüge, in Südwest aber hatten wir uns inzwischen an das selbstverständliche Bild von Ochsenkarren und Packpferden gewöhnt. Diese Fahrzeuge hier waren noch dazu beängstigend, weil sie mit Stahlplatten zu furchteinflößenden Panzerfahrzeugen umgebaut waren. Mit ihren schmalen Sichtfenstern sahen sie aus wie grimmige Wolfsköpfe auf Rädern.

Zwischen den Besatzern und unserem Ortsrat wurden Verhandlungen geführt, in deren Verlauf Karibib erwartungsgemäß offiziell an die Südafrikaner übergeben wurde. Eine riesige Welle der Erleichterung breitete sich aus, als die Kapitulationsbedingungen in einer Bürgerversammlung bekanntgegeben wurden. Trotz der nun permanenten Anwesenheit des Feindes würden wir unser Leben hier zunächst wie gewohnt weiterführen können. Und was noch wichtiger war: Wir würden nicht deportiert werden. Man fiel sich in die Arme. Viele Deutsche, die eine Internierung mehr fürchteten als die Unterwerfung, weinten und beteten, dass die Beschlüsse auch Bestand haben würden.

Der oberste Befehlshaber der Unionstruppen richtete sofort nach der Übernahme sein Hauptquartier in Karibib ein. Dazu bezog man mehrere Zimmer im Hotel Rosemann. Zunächst war die Familie entsetzt, ihr Haus dem Feind öffnen zu müssen, im Nachhinein stellte sich jedoch heraus, dass die Okkupation durchaus seine Vorteile für beide Seiten hatte. Durch die Präsenz der hohen Offiziere getraute sich niemand ungerechtfertigt in den Laden, weder Soldaten noch Eingeborene. Die wenigen verbliebenen Vorräte, die anderenfalls nie und nimmer zu verteidigen gewesen wären, wurden in Ruhe gelassen. Diebstähle, vorher auf der Tagesordnung, kamen so gut wie nicht vor. Der General hatte strikt angewiesen, dass die Vorräte der Deutschen nur für uns selbst bestimmt waren und nicht einmal von Unionssoldaten oder Schwarzen angetastet werden durften. Einen sichereren Lagerplatz hätte Frau Rosemann als zentrale Bestandsverwalterin nicht haben können!

Hunger war für alle inzwischen das zentrale Problem. Die Rationen der Soldaten waren so stark dezimiert, dass sie uns um Essen anbettelten. Da wir jedoch selbst nicht genug hatten, konnten wir ihnen nicht weiterhelfen. Außer dem immer noch reichlich vorhandenen Wildfleisch gab es einfach nichts. Kein Mehl, kein Gemüse, keine Konserven, nichts. Wir mussten uns derart einschränken, dass ich mir fast täglich Sorgen machte, ob ich für meinen Säugling noch ausreichend Milch hatte. Auf der anderen Seite war ich froh, ihn voll stillen zu können, denn geeignete Kindernahrung war in diesen Wochen so gut wie nicht aufzutreiben. Viele Menschen - und allen voran die Kinder - zeigten bereits erste Anzeichen von Skorbut. Wie einfach hätten wir ihnen mit ein wenig gekochtem Gemüse helfen können! Das aber war inzwischen zu einem Luxusgut geworden, die wenigen Gärten warfen kaum noch etwas ab und wenn, wurde es kurz vor der Reife gestohlen. Auch die Kleinsten mussten mit der ewigen Einheitskost aus Maispampe und/oder Fleisch zurechtkommen, wenn es überhaupt etwas gab.

Natürlich betraf der Versorgungsnotstand auch das Lazarett. Unseren Verletzten und Kranken, die eigentlich vitaminreiche Schonkost gebraucht hätten, konnten wir nur Tee und Maisfladen geben, und auch die Pflegekräfte litten an Hunger. Oftmals beobachtete Hennig die eine oder andere Schwester, wie sie einen Teil ihrer per se schon winzigen Ration einem Patienten brachte. Er tat dann, als habe er nichts gesehen, sorgte sich jedoch sehr um die Arbeitsfähigkeit der Pflegerinnen. Lange würden sie die schwere körperliche Arbeit mit den Verletzten unter diesen Bedingungen nicht mehr durchhalten.

Das spärliche Grün in der Umgebung war ebenfalls bald abgegrast, was jedoch kein Drama für die Zugtiere bedeutete. Abkommandierte Soldaten trieben sie in die umliegenden Hügel. Wenigstens die Tiere litten keinen Hunger, in dieser Zeit erging es den Pferden besser als den Menschen.

Schritt für Schritt rutschten wir in eine Hungersnot. Niemals hätte ich mir die Lebensbedingungen vorstellen können, mit denen wir nach der Kapitulation konfrontiert waren. Hatten wir nicht vor kurzem noch Taufe gefeiert, verhältnismäßig ‚in Saus und Braus'? Nun gab es nicht einmal mehr einen trockenen Maismehlfladen, geschweige denn eine richtige Mahlzeit. Die zerstörte Bahn konnte nicht schnell genug wieder in Stand gesetzt werden, weil die Spurbreiten der Schienen unterschiedlich groß waren. Die Unionstruppen mussten für ihre eigenen Lokomotiven und Waggons die schmalen preußischen 60-mm-Bahngleise auf Kapspur-1067-mm verbreitern. Das ging nicht von heute auf morgen, nicht mal für den so gut ausgerüsteten Feind. Also war man ausschließlich auf die altgedienten Ochsenkarren angewiesen, um die Bevölkerung überhaupt am Leben zu erhalten. Diese schafften auf ihrem Weg durch die trostlose Wüste naturgemäß nicht einmal einen winzigen Bruchteil dessen heran, was mit moderner Dampftechnik einige Wochen zuvor noch machbar gewesen war. Viele Trecks blieben liegen, weil die Ochsen und Mulis den enormen Strapazen nicht gewachsen waren oder die teils maroden Karren im holperigen Gelände einfach zu Bruch gingen. Ganz sporadisch kam ein Transport mit einigen wenigen Nahrungsmitteln an, der frenetisch empfangen wurde und wenigstens den einen Tag etwas freundlicher erscheinen ließ. Meistens aber gab es nur Fleisch, Fleisch und Fleisch.

Und als wären wir mit der Versorgungslage nicht schon genug gestraft gewesen, fiel eines Tages ein Schwarm Wanderheuschrecken über die Gegend her und vernichtete den kläglichen Rest unserer Anpflanzungen. Durch ein ohrenbetäubendes Getöse draußen war ich am frühen Morgen aufgewacht und sofort zum Fenster gestürmt. Henning war bereits zu einem Notfall gerufen worden. Sprachlos blickte ich auf die Straße und konnte kaum glauben, was ich da sah: Millionen und Abermillionen von dicken, roten Wanderheuschrecken surrten in einer großen Wolke zwischen den Gebäuden hindurch und verdunkelten das beginnende Tageslicht. Alles war eingehüllt von Tierkörpern, sie saßen und flogen einfach überall. So ein Naturphänomen hatte ich noch nie gesehen. Gebannt starrte ich hinaus und war kaum fähig, mich zu bewegen. Dann aber brachte mich ein ohrenbetäubender, blecherner Krach zurück in die Realität: Aus den umliegenden Warften waren die Schwarzen zusammengekommen und trommelten lautstark auf allem herum, was lärmte: Töpfe, Blechdosen und Kanister. Dazu schrien und brüllten sie aus Leibeskräften, offenbar um die Heuschrecken dadurch zu verjagen. Es war ein groteskes Bild, denn man konnte die lärmenden Menschen zwischen den Heuschrecken nur mehr erahnen als tatsächlich sehen. Schatten, die sich durch einen surrenden Vorhang kämpften. Ich beschloss, mich vorerst nicht aus unserem Zimmer fortzubewegen, schon aus Rücksicht auf Jonny, der noch selig in seinem Bettchen schlummerte und sich offenbar auch nicht von dem gewaltigen Krach stören ließ. Zum Glück war unser Fenster fest verschlossen, so dass sich keines der Insekten in den Raum verirrte.

Der Spuk war genauso schnell vorbei, wie er begonnen hatte. Nach einigen Stunden war der Schwarm weitergezogen. Hier gab es offenbar nicht mal mehr für gefräßige Schrecken genug Nahrung. Zurück blieben unzählige Kadaver, die von den Einheimischen akribisch eingesammelt wurden. Wenigstens würde es für sie später eine ordentliche Mahlzeit geben.

Zurück blieb eine Schneise der Verwüstung: Kein Blatt und keine Knospe waren übrig geblieben in den Gärten, die sowieso schon lange nicht mehr als solche bezeichnen werden konnten. Nackte Stängel ragten in die Höhe, und nicht einmal die waren verschont geblieben. Die Heuschrecken hatten gründlich gearbeitet und nichts als nackte Leere hinterlassen. Afrikas Fauna hatte mal wieder gezeigt, was in ihr steckt, dieses Mal aber nicht durch große, gefährliche Raubtiere.

Die Stimmung unter uns Deutschen lag am Boden. Die Hoffnung auf ein sicheres, ruhiges Leben sank mit jedem Tag der Entbehrung und mit jedem Loch, das neu in unsere Gürtel gestanzt werden musste. Man kämpfte gegen zu viel: Gegen die Angst, den Hunger, die Ungewissheit und gegen die Selbstaufgabe.

Henning wurde weiterhin rund um die Uhr gebraucht und arbeitete hart in dieser Zeit. Die Verluste in unserer Truppe hielten sich zwar für einen Krieg relativ in Grenzen, die Verletzungen waren teilweise jedoch ziemlich schwer. Kriegsverletzungen von Menschenhand stellen wahrhaftig ein anderes Kaliber dar als Arbeits- oder Unglücksfälle auf der Pad. Sie sind meist mit verheerenden, lebenslangen Konsequenzen für die Betroffenen verbunden. Henning als ausgebildeter Chirurg hatte die schwere Aufgabe, die Männer wieder zusammenzuflicken oder ihnen schlimmstenfalls ein Körperteil zu amputieren. Die wenigsten von ihnen waren richtige Soldaten, allermeist hatten sie Berufe, bei denen sie körperlich arbeiten mussten. Farmer, Handwerker, viele im Land konnten nicht dauerhaft auf ihre körperliche Arbeitsfähigkeit verzichten. Diesen Männern nun eröffnen zu müssen, dass sie den Rest ihres Lebens versehrt bleiben würden, war eine enorm belastende Aufgabe. Henning war psychisch sehr angespannt. Sogar uns gegenüber war er in sich gekehrt und verschlossen. Man konnte seinen imaginären Schutzpanzer quasi sehen. Handwerklich war er seinen Aufgaben gewachsen, dazu hatte er lange genug in der Unfallchirurgie am Universitätsklinikum Hamburg gearbeitet. Am meisten musste er sich dagegen anstemmen, nicht das persönliche Schicksal hinter seinen Patienten zu sehen. Eine sehr schwere Aufgabe angesichts der provisorischen Unterbringung aller Verletzter in einer Schule, in der noch vor einigen Monaten mehr oder weniger fleißig gelernt worden war. Hier hatte man nicht einfach nur Dienst. Hier schloss man keine Stationstür hinter sich und überließ die Krankenpflege anderen Ärzten und Schwestern bis zur nächsten Schicht. Hier war man Tag und Nacht vor Ort und immer im engen persönlichen Kontakt. Die Verletzten waren nicht nur ‚Fälle‘, sondern Menschen, denen man so gut wie möglich unter schwierigsten Bedingungen half, denen man ihre Schmerzen und die Folgen für ihr zukünftiges Leben aber nicht abnehmen konnte.

Indes kamen immer mehr Verwundete aus dem Norden an. Die Front war nicht weit weg, und so platzte das Lazarett bald aus allen Nähten. Ursprünglich war eines der beiden Schulzimmer der Behandlungsraum mit mobilem OP und Materiallager, das andere Pflegestation. Dieses Prinzip ließ sich bald nicht mehr halten - über 50 Mann mussten gleichzeitig versorgt werden. In beiden Räumen und sogar auf der Veranda standen Feldbetten dicht an dicht, zusätzlich wurden alle verfügbaren Feldbetten aus den Häusern geholt. Als auch die nicht mehr reichten, waren wir zeitweise gezwungen, die Verletzten sogar auf dem Fußboden liegen zu lassen. Wir waren froh um jede Decke, die ein Patient aus seinem eigenen Besitz beisteuern konnte, so musste wenigstens niemand die kalten Nächte ohne Bettzeug überstehen. Damit sich die Patienten auf dem harten Boden nicht wund lagen und die Pflege ausreichend sichergestellt werden konnte, entwickelte Henning ein Rotationssystem. Die schwersten Fälle waren von dieser Regelung ausgenommen, aber die Genesenden mussten regelmäßig von einer Matratze auf den gepolsterten Boden wechseln. Natürlich wurde die Regel zuerst mit Schimpfen, Maulen und Wehklagen kommentiert, nach kurzer Zeit aber siegte doch die Einsicht. Noch immer gab es eine immens hohe Kameradschaft unter den Soldaten. Das Erlebte und die lange Zeit in der Wüste hatten sie eng zusammengeschweißt.

Oftmals wurden Wetten und Glücksspiele um einen der begehrten Schlafplätze in einem ‚richtigen' Bett abgehalten.

„Ich wette…", oder „Wer hat Lust auf eine Runde Poker?", rief oft schon morgens vor der Visite der erste Kandidat in den überfüllten Raum, der gezwungen sein würde, am Abend sein halbwegs bequemes Bett gegen ein Bodenlager tauschen zu müssen. Henning ließ diese kleinen Verstöße gegen seine ärztliche Autorität großzügig durchgehen und schritt nur dann ein, wenn der gesundheitliche Zustand eindeutig gegen den Wett- oder Spieleinsatz verstieß.

Trotz der schwierigen Bedingungen konnten wir beachtliche Heilungserfolge vorweisen. Nicht wenige Truppler konnten nach einigen Wochen entlassen werden, ohne auf ein Bein oder einen Arm verzichten zu müssen. Henning leistete beinahe Übermenschliches, um die Soldaten vor Amputationen zu bewahren. Immer weiter verordnete er auch bei schweren Verletzungen eine regelmäßige Auswaschung und neue Verbände und kontrollierte die Wunde so oft es ging. Er dachte dabei immer an die Zeit nach dem Krieg, wenn die Verwundeten hoffentlich wieder auf ihre Farmen oder in ihre Läden zurückkehrten und nur deshalb nicht mehr arbeitsfähig waren, weil man sich nahe am Schlachtfeld keine zeitraubende Heilung leisten konnte und amputiert hatte. Das stumme Glück in den Augen der Betroffenen, wenn sie noch mit allen Gliedmaßen ausgestattet aus der Betäubung erwachten, gab meinem Mann Recht. Eisern ging er seinen Weg weiter, auch wenn sich die Grundpflege des Einzelnen dadurch auf das Minimum reduzierte.

Einmal jedoch musste Henning eine Amputation vornehmen, die er sein Leben lang nicht mehr vergaß. Schon von weitem sah man den Eselskarren mit dem großen roten Kreuz auf weißer Flagge herankommen. Langsam bewegte er sich auf das Lazarett zu. Neben dem Kutscher saß eine zusammengekrümmte Gestalt, die ihm sofort eigenartig vertraut vorkam. Den Kopf tief auf der Brust, den Hut in die Stirn gezogen sah Henning erst bei Begrüßung des Krankentransports, wen er da vor sich hatte. Ihm stockte der Atem. Scharf zog er die Luft ein. Einen Moment lang lähmte ihn der Schreck des Anblicks, auf den er nicht vorbereitet war.

Uwe hatte erheblich abgenommen, die damals schon zu weite Khakihose schlotterte nun um seine Beine. Um die Hand hatte er notdürftig ein blutdurchtränktes Hemd gewickelt. Sein Gesicht war eingefallen und aschgrau mit dunklen Augenringen. Die ehemals blonden, langen Haarsträhnen waren notdürftig raspelkurz abgeschnitten und ließen den Kopf beinahe erscheinen wie einen Totenschädel. Uwe hatte offensichtlich bereits viel Blut verloren und war so geschwächt, dass er sich kaum aufrecht halten konnte. So erkannte auch er seinen alten Freund nicht auf Anhieb. Erst als Henning ihn ansprach, hob er mit verzerrtem Gesicht leicht den Kopf. Seine Züge glätteten sich und wichen erkennbar einer unendlichen Erleichterung.

Nach dem kurzen Moment des emotionalen Innehaltens siegte Hennings berufliche Professionalität. Er griff nach Uwes Schultern, mehr um ihn zu stabilisieren als ihn zu umarmen.

„Na, altes Haus, eigentlich wollte ich mit dir bei unserem Wiedersehen sofort in der nächsten Kneipe verschwinden und uns gepflegt volllaufen lassen", meinte er ablenkend von seiner tatsächlichen Gefühlslage. „Aber das passt zeitlich gerade wohl nicht so gut, was?" Uwe verzog die Mundwinkel zu einem winzigen Lächeln.

„Wart's ab, Mann, ich wasch' mir kurz noch die Hände", gab er zurück, dann sackte er ohnmächtig in sich zusammen. Henning konnte ihn gerade noch halten, ehe er vom Bock gefallen wäre und rief nach einer Schwester. Mit vereinten Kräften hievten sie den Verletzten von der Karre. Uwe wurde in die eigens freigehaltene Ecke geschafft, in der die Notfallbehandlungen durchgeführt wurden und die mit Planen abgetrennt war.

Noch immer ohnmächtig wurde Uwe auf den Operationstisch gelegt. Vorsichtig wickelte Henning die Lumpen ab und betrachtete eingehend die Hand. Die Verletzungen waren gravierend. Beim Hantieren mit einer Landmine, die den Feind zusätzlich aufhalten sollte, war sie zu früh explodiert. Daumen, Zeige- und Mittelfinger der linken Hand waren entweder nicht mehr da oder hingen lose an ihren Sehnen. Hier war auch durch intensive Pflege nichts mehr zu behandeln, die Finger mussten abgenommen werden.

Uwe erwachte aus seiner Ohnmacht. Zum Glück war sein Kreislauf stabil.

„Tut mit leid, Kumpel, das sieht wirklich nicht gut aus", sprach Henning ihn laut an. „Ich fürchte, wir müssen operieren."

Wieviel er von der Hand würde entfernen müssen, ließ er dabei lieber offen.

„Henning", flüsterte Uwe mehr als dass er sprach, „du bist für mich der beste Arzt, den ich mir auf der Welt vorstellen kann. Du warst schon in Hamburg mein bester Freund, und ich weiß, dass ich mich immer auf dein Urteil verlassen kann. Du würdest nie etwas vorschnell entscheiden. Also mach, was du tun musst. Meinen Segen hast du."

Dann schloss er die Augen. Henning war nicht sicher, ob Uwe wieder das Bewusstsein verloren hatte oder ihm nur helfen wollte, seine professionelle Fassung zu behalten. Zu dick war der Kloß in seinem Hals und zu deutlich sah man Tränen in Hennings Augenwinkel.

Er begann die nötige Operation vorzubereiten und ließ nach der routiniertesten Schwester schicken. Gleichzeitig wies er die Anwesenden an, mir nichts von Uwes Ankunft zu erzählen. Obwohl Henning und ich immer noch ein sehr gutes und eingespieltes Team waren und er mich bei schwierigen Operationen regelmäßig dazu holte, verzichtete er dieses Mal bewusst darauf, mich zu informieren und meine Hilfe in Anspruch zu nehmen. Offenbar wollte er mich vor meiner eigenen Emotionalität schützen. Inzwischen hatte er gelernt, wann ein Arzt oder eine Krankenschwester sich abzugrenzen hat, um psychisch stabil zu bleiben. Er kannte mich zu gut.

Zum Glück hatten wir noch ausreichend Lachgas, niemand musste ohne Narkose operiert werden. Die Operation verlief glatt, und etwa eine Stunde später war Uwe wieder ansprechbar.

Dann erst ließ Henning mir Bescheid geben. Ich wickelte gerade den Kleinen, als eine Hilfsschwester mir von dem neuen Patienten berichtete. Mir sackte sprichwörtlich das Herz in die Hose. Nein, bitte nicht, nicht auch Uwe, der seine Hände doch so sehr für die Tiere brauchte!

Sofort schnappte ich mir das Kind, obwohl wir es sonst strikt vermieden, es mit ins Lazarett zu nehmen. Zu sehr fürchteten wir Krankheitsübertragungen und zu sehr fachten wir die Sehnsucht der Soldaten nach ihren eigenen Kindern an, wenn sie auf Besserung wartend an ihre Betten gefesselt waren. Dieses Mal jedoch konnte und wollte mir nicht die Zeit nehmen, eine Betreuung für unseren Sohn zu suchen. Ich stürmte zum Schulgebäude, und da lag er. Lang und hager, wie ich ihn aus Goanikontes in Erinnerung hatte, und doch nur ein Schatten seiner selbst. Wie war es möglich, dass ein paar Monate einen Menschen so verändern konnten? Zur Ablenkung setzte ich ein künstliches Lächeln auf und hoffte, dass Uwe meinen Schrecken angesichts seiner körperlichen Verfassung nicht bemerkte.

„Heeey, mien Deern, da bist du ja endlich! Ich dachte schon, du willst mich nicht sehen…", frotzelte er. „Und wen hast du da mitgebracht? Das kann doch nur euer kleiner Südwester sein. Mensch, da hat Henning sich ja mächtig angestrengt, der Kleine sieht ja genauso aus wie er!"

Erleichtert über die unkomplizierte Begrüßung entspannte ich mich und beugte mich runter zu Uwe. Ich gab ihm einen flüchtigen Kuss auf die Wange. Verlegen fuhr er sich mit seiner gesunden Hand und der für ihn typischen Geste durch die Haarstoppeln.

„Mensch, dat is' man lang' her, dass mich ein Mädchen geküsst hat. Kriege ich noch einen?" Grinsend kam ich seiner Bitte nach und küsste auch die andere Wange.

Dann setzte ich Jonny zu Uwe auf die Bettkante. Der Kleine schien instinktiv die Verbundenheit zwischen uns zu spüren, er strahlte zahnlos über beide Wangen und brachte Uwes Herz damit zum Schmelzen. Für den Moment erschien es mir, als würde er seine Schmerzen vergessen. Mit seiner gesunden Hand kitzelte den Kleinen am Bauch und freute sich über das hohe, unbeschwerte Kinderlachen, das alle Sorgen im Nu verschwinden ließ.

Etwa gleichzeitig mit Uwes Ankunft erreichten uns erstmals wieder Lebensmittel. Endlich war die Bahnverbindung fertig. Der erste Zug wurde jubelnd begrüßt. Zwar wurden in erster Linie die Truppen auf der eingenommenen Feste versorgt, aber auch in Rosemanns Laden kam endlich wieder das Allernötigste an: Maismehl und Konserven. Wie lange hatten wir drauf verzichten müssen! Die Vorräte kamen aus der Union, aber das konnte uns nicht gleichgültiger sein. Hauptsache, der Hunger hatte ein Ende. Endlich waren wir in der Lage, alle Patienten und uns halbwegs ordentlich zu versorgen.

Eine knappe Woche später stand die Einnahme unserer Hauptstadt bevor. Über Okahandja zogen die feindlichen Truppen nach Windhuk. Wie wir wussten, würde ihnen auch dort kein deutscher Widerstand mehr entgegengebracht werden. Und so war es dann auch: Die Einnahme erfolgte wohl ähnlich geordnet wie die von Karibib.
Die Windhuker Bürger durften in ihren Häusern bleiben und ihren Berufen nachgehen, solange sie sich ruhig verhielten. Das Kriegsrecht wurde ausgerufen, ansonsten änderte sich für die Bewohner zunächst nicht viel. Doch: Auch sie bekamen endlich wieder Lebensmittel.

Jetzt, da der Feind Windhuk mit der wichtigsten Funkstation, beide Seehäfen und fast alle Eisenbahnstrecken südlich von Karibib eingenommen hatte, konnte der Krieg nicht mehr lange dauern. Die Schutztruppe hatte sich komplett im Norden rund um Otavi zusammengezogen, dem letzten noch deutschen Gebiet. Wir dachten an unsere inzwischen kampfesmüden und ausgehungerten Soldaten und hofften von ganzem Herzen, dass bald die endgültige Kapitulation proklamiert werden würde. Zu erdrückend war die Überlegenheit, schon optisch. In Karibib wurde Ende Mai sogar ein Flugfeld eingerichtet. Ständig starteten mehrere Flugzeuge zu Aufklärungsflügen Richtung Norden, so als würden sie unsere Truppen auch von oben wegschieben wollen. Zu unserer unglaublichen Erleichterung wurden keine Bomben abgeworfen.
Anfang Juli sickerte durch, dass die Schutztruppe komplett umzingelt war. Die Zeit des Abwartens und Taktierens war vorbei. Es gab nur noch Kampf oder Kapitulation.

Es muss knapp gewesen sein. Beinahe wäre der Krieg weitergegangen und mit ihm das sinnlose Blutvergießen. Offenbar waren die Verhandlungen schwierig. Beinahe stündlich kamen neue Nachrichten aus dem Gebiet rund um Otavifontain, wo sich das finale Kriegsgeschehen abspielte. Als Zivilbevölkerung konnten wir natürlich nicht einschätzen, welchem der Gerüchte man Glauben schenken konnte und welchem nicht. Klar war nur, dass schon seit einigen Tagen keine Verletzten mehr im Lazarett ankamen, die Lage vor Ort war offenbar ruhig.

Und dann, am 09. Juli 1915, war es so weit: Der Kapitulationsvertrag wurde an einem eigens dafür eingerichteten Treffpunkt an der Otavi-Bahnstrecke unterzeichnet. Die deutsche Delegation kam mit dem Zug aus dem deutschen Hauptquartier in Khorab, die Südafrikaner aus Otavifontain. Bei Kilometer 500, mitten im Nichts der Wüste, wurde ein provisorisches Lager aufgeschlagen. Ein paar Zeltbahnen, ein Tisch, ein paar Stühle. Auf einer Schreibmaschine auf dem Boden wurden die Verträge ausgefertigt und an einem einfachen Holztisch unterzeichnet.

Mit der Kapitulation endete die deutsche Kolonialzeit in Deutschsüdwestafrika. Die Schutztruppe wurde postwendend aufgelöst. Für die Offiziere war ausgehandelt worden, dass sie sich an einem Ort ihrer Wahl niederlassen und sogar ihre Waffen behalten konnten. Alle aktiven Mannschaftsdienstgrade dagegen wurden interniert. Reservisten und Freiwillige durften nach Hause. Während der Krieg in Europa noch weiter wütete, war es für uns vorbei. Endlich!

Nach dem ersten Aufatmen über den Frieden, der hoffentlich nun dauerhaft einkehren würde, kam eine tiefe Ratlosigkeit. Was sollten wir nun machen? Wo sollten wir hin? Wieder einmal waren wir ohne Bleibe, ohne ein Zuhause, ohne Ziel.

Unsere Geldreserven waren inzwischen komplett aufgebraucht. Unterkunft und vor allem die so knappen und teuren Lebensmittel hatten sogar den letzten Notgroschen gefordert, wir waren regelrecht pleite. Bargeld gab es im ganzen Land sowieso nur noch sehr wenig, da die Seitz-Scheine sofort nach der Kapitulation für ungültig erklärt worden waren. Zum Tausch hatten wir auch nichts mehr nach unserer Flucht aus Goanikontes. Nicht einmal ein Dach über dem Kopf besaßen wir, geschweige denn, dass wir daran denken konnten, uns in absehbarer Zeit etwas Eigenes kaufen zu können. Der Krieg hatte unsere Pläne gründlich durchkreuzt. Der Traum einer Arztpraxis war lautstark zerplatzt. In absehbarer Zeit würde es auch keine Arbeitsstelle für Henning geben, die staatlich bezahlt wäre. Das deutsche Verwaltungssystem in Südwest war bereits Geschichte.

Solange in Europa noch der Krieg tobte, konnte niemand auch nur annähernd wissen, wie es weitergehen würde.

„Glaubst du, wir werden irgendwann irgendwo hier ankommen?", fragte Henning ins Dunkle hinein. Wie fast immer nahmen wir uns abends bewusst noch Zeit für uns. Jonny war eingeschlafen und wir hatten uns ebenfalls hingelegt. Diese Momente vor dem Einschlafen waren uns heilig. Eng aneinander gekuschelt war es uns wichtig, den vergangenen Tag mit all seinen Herausforderungen mit dem anderen zu teilen.

„Ich weiß es nicht. Ich weiß es einfach nicht", antwortete ich ehrlich.

Hier in unseren vier Wänden, hinter verschlossener Tür, musste Henning nicht mehr nur stark und Herr der Lage sein. Hier konnte er auch Schwäche zeigen, und das wusste er.

„Ich möchte euch so gern ein Zuhause bieten, so gern ein normales glückliches Familienleben. Ich fühle mich so schuldig, dass ich damals unbedingt nach Südwest gehen wollte."

Im Dunkeln griff ich nach seiner Hand.

„Das musst du nicht. Niemand konnte vorhersagen, dass sich die Dinge so entwickeln würden." Dieses Mal war ich es, die gerade mehr mentale Stärke aufweisen konnte. Es war immer tagesformabhängig, wer wen emotional besser auffangen konnte.

„Und wer weiß, was passiert wäre, wenn wir in Deutschland geblieben wären?", fuhr ich fort. „Klar, wir wären sicher mit meinen Eltern zu Tante Christine nach Schleswig gezogen, aber wer weiß, wie es uns dort ergangen wäre? Und vielleicht wärst du zwangsverpflichtet worden? In Hamburg zumindest hätten wir bestimmt auch nicht bleiben können, das wäre sicher zu gefährlich gewesen."

„Aber wir wären nicht allein, wir hätten unsere Familien", entgegnete er schwach.

„Schon, aber allein sind wir hier auch nicht. Wir haben Uwe, wir haben Melanie und viele andere, die uns mit offenen Armen empfangen haben. Und denk dran, wie wichtig deine Arbeit hier ist. Was hätten all die Menschen ohne dich gemacht?"

„Stimmt schon. Du hast recht". Henning seufzte tief. „Aber manchmal kann ich einfach nicht mehr. Immer dieses viele Blut, immer ist alles so schwierig. Jeden Tag diese Berge von Problemen. Haben wir noch genug Lachgas und Medikamente? Wo lagern wir unsere Patienten? Können wir sie ausreichend versorgen? Manchmal weiß ich einfach nicht mehr, wo ich die Kraft herzaubern soll für den nächsten Tag."

Ich schwieg einen Moment, denn auf diese Fragen wusste auch ich keine Antworten. Behutsam drehte ich mich zu Henning auf die Seite und nahm sein bärtiges Gesicht in beide Hände. Zum Rasieren war er schon lange nicht mehr gekommen.

„Unser Weg geht weiter, eines Tages werden wir diese Hölle hinter uns gelassen haben und nach vorn blicken können."

In diesem Moment gluckste es aus der Wiege. Jonny hatte offenbar einen schönen Traum.

„Siehst du, unser Kleiner macht es uns vor. Er lässt sich noch verzaubern durch bunte Farben, gesungene Lieder und am meisten durch unsere Liebe. Tun wir es ihm gleich, werden wir es schaffen."

Eng umschlungen hörten wir den Grunz- und Atemgeräuschen unseres Sohnes noch eine Weile zu. Hennings Muskeln entspannten sich und kurze Zeit später hörte ich seine gleichmäßigen Atemzüge. Für heute hatte ich es geschafft. Ich hatte die dunklen Wolken in seinem Kopf wegpusten können.

Im Lazarett gab es weiterhin alle Hände voll zu tun. Mit Ende des Krieges endete nicht automatisch die Versorgung der Patienten. Im Gegenteil: Soldaten, die nach Hause zurückkehren durften, ließen sich kleine bis mittlere Verletzungen auf dem Heimweg über den Bahnknotenpunkt Karibib bei uns versorgen. Es kamen Männer mit entzündeten Insektenstichen oder Wunden, Furunkeln, Folgen von Mangelernährung und Dehydration. Unsere Soldaten waren in einem schlechten Allgemeinzustand. Viele hatten Ohrenentzündungen, manchmal sogar offen mit Maden im Gehörgang.

Elf Monate in der Wüste hatten deutlich ihren Tribut gefordert. Die meisten von ihnen litten zusätzlich an Skorbut. Zu lange hatten sie ohne Vitamine und ausreichende Nahrung auskommen müssen. Wir konnten nur hoffen, dass sich die Männer in ihrem heimischen Umfeld bald von den Strapazen erholen würden.

Im Laden gab es regelmäßig Situationen, die mich wieder und wieder an meine Grenzen brachten. Ich half Frau Rosemann weiterhin so oft ich konnte, schon als Ausgleich für die Gastfreundschaft, die uns die Familie immer noch entgegenbrachte. Inzwischen jedoch waren die Verhältnisse kaum noch kontrollierbar. Nach der Kapitulation glaubte sich die afrikanische Bevölkerung frei in jeglichem Tun und Handeln und widersetzte sich allen Regeln, auch der christlichen. Viele wurden kriminell. Im Laden waren dreiste Diebstähle und Beschimpfungen an der Tagesordnung. Es wurde einfach alles gestohlen, was nicht festgebunden war. Auf abgelegenen Farmen kam es zu Raubüberfällen und Plünderungen. Teilweise wurde das Vieh direkt vor den Augen seiner Besitzer abgeschlachtet und mitgenommen. Sehnlichst erwarteten wir die Rückkehr der freiwilligen Schutztruppler aus Karibib, denn jeder Mann wurde jetzt zur Eigentumssicherung gebraucht, und sei er auch noch so schwach. Allein konnte man sich im Laden schon lange nicht mehr aufhalten. Es wurden regelrechte ,Dienstpläne' aufgestellt, damit während der sehr verkürzten Öffnungszeiten immer mindestens eine bewaffnete Aufsichtsperson anwesend war. Für die Abendstunden wurde eine Art Einwohnerwehr gebildet, um den immer weiter ausufernden Übergriffen der schwarzen Bevölkerung gerade zu der Tageszeit entgegenzutreten. Es war eine anstrengende Zeit, anstrengender sogar als zu Kriegszeiten. Wir alle verbrachten draußen nur die nötigste Zeit, um die kurzen

Wege zum Krankenhaus, zur Kirche oder zu Nachbarn zurückzulegen. Überall herrschten Chaos und Revolte.

Viele Männer der Schutztruppe kehrten zum Glück sehr bald nach der Unterzeichnung der Kapitulationserklärung zurück, sofern sie nicht in Aus, einem kleinen Ort im Nichts in der Kalahariwüste, interniert wurden. Dorthin wurden alle Unteroffiziere und Mannschaftsgrade der Schutztruppe in ein Kriegsgefangenenlager gebracht. Diejenigen, die nach Hause zurückkehren durften, kamen mit überfüllten Zügen aus Khorab, der allerletzten Verschanzung unserer Truppen im Norden. Sie wurden mit Tränen der Erleichterung und mit ehrlicher Fröhlichkeit begrüßt, auch von Leuten, die nicht zu ihrer Familie gehörten.

Tränen der Freude trieb es mir persönlich in die Augen, als eines Tages wieder einmal ein völlig überfüllter Zug im Bahnhof Karibib eintraf. Wir hatten wie immer den Auftrag, einige Verletzte zu übernehmen, und weil unsere beiden Sanitätsoffiziere gerade selbst mit leichten Typhusanfällen im Bett lagen, hatte ich mich zu dem Krankentransport bereit erklärt. Zwar war es nur eine kurze Entfernung zwischen Bahnhofsgebäude und alter Schule, aber manchmal waren die Patienten kaum transportfähig und meilenweit davon entfernt, den Weg zum Lazarett zu Fuß oder auf einem Pferd zu meistern. Wir holten sie in der Regel mit einem kleinen Karren direkt am Zug ab. So auch dieses Mal, und während ich schon Ausschau nach der weißen Flagge mit dem roten Kreuz hielt, hörte ich plötzlich eine hohe, aber sehr bestimmte Stimme zwischen all den ausgezehrten, abgemagerten Männern.

„Sehen Sie denn nicht, dass hier Verletzte sind? Gehen Sie doch mal ein Stück zur Seite, damit sie den Zug verlassen können, ohne sich noch weitere Knochen zu brechen! Los, los, und fassen Sie doch bitte mal mit an!"

Nur zu vertraut war mir diese Stimme, und ich hatte sie in den letzten Monaten sehr vermisst.

„Melanie, was machst du denn hier?", platzte es aus mir heraus. Ich muss ausgesehen haben, als wäre mir ein gerade ein Geist erschienen.

Meine Freundin drehte sich verblüfft um. Ein breites Grinsen ersetzte die spontane Überraschung in ihrem Gesicht, und dann lagen wir uns in den Armen. Gar nicht wieder loslassen konnten wir uns und vergaßen dabei beinahe unsere Aufgaben.

„Isi, das ist ja eine Überraschung! Ich dachte, ihr seid in Goanikontes geblieben! Was ist passiert? Was machst du hier?", sprudelte es aus ihr heraus, als wir uns endlich wieder losgelassen hatten. „Ist alles in Ordnung bei euch?"

Natürlich, Melanie hatte ja nicht mitbekommen, wie es uns ergangen war seit dem ersten Beschuss von Swakopmund, nach dem sie geflohen war. Sie hatte mir noch geschrieben, aber ich hatte ihr nicht mehr antworten können.

„Alles in Ordnung. Henning, dem Kleinen und mir geht es gut. Uns ist nichts passiert. Henning führt hier das Lazarett, seit wir aus Goanikontes fliehen mussten.

„Dem Kleinen? Du meinst…?"

Schlagartig wurde mir bewusst, wie lange wir uns nicht mehr gesehen hatten. Bei Kriegsausbruch wusste ich noch nicht einmal, dass ich schwanger war, du nun war der kleine Mann sogar schon auf der Welt.

„Ja, Melanie", jubelte ich, und nahm sie erneut in den Arm. „Ein ganz süßer Junge, aber das sagen natürlich alle Mütter über ihre Kinder. Komm, wir versorgen die Verletzten und dann zeige ich dir alles. Henning wird Augen machen, wenn er dich sieht!"

Und so war es auch. Er war beschäftigt und angespannt wie immer, insbesondere wenn Neuaufnahmen anstanden. Dann konnte er gar nicht genug Hände haben, schaute hier und da und begann sofort mit ersten Untersuchungen. Bei diesem Transport hielt sich die Zahl der Akutfälle zum Glück sehr in Grenzen, Melanie begleitete nur zwei Soldaten mit Schussverletzungen, die jedoch bereits in Khorab notärztlich versorgt worden und außer Lebensgefahr waren.

Als er Melanie sah, unterbrach er seine Tätigkeit und stürmte unerwartet überschwänglich auf sie zu.

„Was sehen meine müden Augen! Die Sonne geht auf! Wo kommst du denn her?" Strahlend ließ er sofort alles stehen und liegen, stürmte auf Melanie zu, riss sie in die Höhe und wirbelte sie einmal im Kreis. „Mensch, es gibt doch noch Wunder in diesem gottverdammten Krieg!", jubelte er und ließ Melanie wieder auf den Boden. Er tänzelte von einem Bein auf das andere und wusste scheinbar nicht, wohin mit seiner Freude.

An kleinen Situationen wie dieser Begrüßung bemerkte ich immer wieder, wie sehr Henning sich normalerweise unter Kontrolle zu halten versuchte, um die Last seiner Aufgaben professionell zu tragen und nicht von seinen Gefühlen überrannt zu werden. Nur sehr selten öffnete er außerhalb unseres Zimmers die Tür zu seinem Inneren und ließ seinen Gefühlen freien Lauf, erst recht nicht in der Nähe des Lazaretts. Hier und jetzt gab er ein anderes Bild ab. Ich freute mich sehr, diesen Moment miterlebt zu haben.

Gemeinsam kümmerten wir uns um die Neuzugänge, dann zeigte ich Melanie das Lazarett.

„Wie du siehst, haben wir hier noch einiges zu tun, auch wenn das Schlimmste schon überstanden ist. Wir haben momentan noch etwa dreißig Patienten, aber es waren schon doppelt so viele. Teilweise lagen die Kranken sogar auf Bodenlagern, so überfüllt waren wir", dozierte ich und führte meine Freundin durch die Reihen der Feldbetten. Es war wie damals in Swakopmund, nur dieses Mal mit vertauschten

Rollen. Dieses Mal war Melanie neu und ließ sich von mir herumführen. Von beinahe allen Betten aus wurde sie, wie eigentlich immer als junge, trotz der Strapazen noch ausgesprochen attraktive Krankenschwester, mit anerkennenden Pfiffen und Rufen bedacht. Sie bedankte sich mit einem milden, aber unverbindlichem Lächeln. Zu lange war sie schon im Land, um sich von emotional ausgehungerten Männern noch beeindrucken zu lassen.

„Komm, ich stell' dir noch kurz Uwe vor, unseren alten Freund aus Hamburg. Ihn hat es leider auch erwischt, ein Blindgänger hat ihn die Hand gekostet. Dort hinten, da liegt er".

Melanie blickte in die gezeigte Richtung und hielt einen winzigen Moment inne. Fast überrascht betrachtete sie den baumlangen, schlaksigen Mann im eigentlich viel zu kleinen Bett, und auch Uwe betrachtete sie fasziniert. Vor Staunen hatte er den Mund leicht geöffnet.

Hätte ich Liebe auf den ersten Blick nicht damals in Hamburg am eigenen Leib erlebt, hier hätte ich sie bilderbucharting sehen können. Uwe und Melanie blickten sich nur an, und man sah förmlich Amors Pfeile hin und her sausen. Verdutzt schaute ich von einem zum anderen und räusperte mich verlegen.

„Ähm, ja, also das ist Uwe. Uwe, das ist Melanie. Du erinnerst dich doch an die Krankenschwester aus Swakomund, von der wir in Goanikontes so oft erzählt haben. Das ist sie, geradewegs aus dem Kriegsgebiet zu uns gekommen. Sie hat einen Verletztentransport begleitet."

„Sehr angenehm", bemerkte er galant und ohne den Blick von Melanie zu lassen. Ich hätte in dem Moment auch gegen eine Wand reden können, bemerkte ich für mich, was mich innerlich amüsierte.

„Hallo Uwe", säuselte Melanie in auffällig weichem Tonfall. Im Krankenhausumfeld hatte ich den so noch nie gehört.

„Ich habe schon viel von Ihnen gehört, wie nett, dass wir uns jetzt mal kennenlernen. Sie sind an der Hand verletzt?", fragte sie, um die danach entstandenen kleine Pause zu überbrücken.

Ich entschied mich für einen kurzen Rückzug, indem ich einem anderen Patienten Wasser reichte und wurde trotzdem Zeuge, wie schnell es zwischen zwei sich eben noch völlig fremden Menschen möglich war, ein intensives Gespräch aufzubauen. Ich ließ ihnen den Moment und tat so, als würde ich im anderen Raum gebraucht werden. Dort traf ich auf Henning.

„Du, ich glaube, wir könnten Uwe zu einer Spontanheilung verhelfen, wenn wir seine Pflege an Melanie übergeben", kicherte ich.

Dazu blieb allerdings leider nicht viel Zeit, Melanie musste schon zwei Tage später wieder nach Grootfontain zurück. Sie hatte dort ihre Aufgaben und war ja nur für die Begleitung einiger Verletzter abgestellt worden. Bis zur Abfahrt des nächsten Zuges machten wir uns eine schöne Zeit, soweit es die Umstände und unsere Arbeit zuließen. Meist saßen wir dann aufgrund der schwierigen Sicherheitslage in unserem Zimmer und unterhielten uns über alte und neue Zeiten. Wir lachten viel, was uns allen sehr guttat. Ein Stück Unbeschwertheit kehrte zurück, wenn auch nur vorübergehend. Melanie und Uwe verstanden sich prächtig, und mehr als einmal zogen Henning und ich uns dezent aus unseren eigenen Räumlichkeiten zurück, um unseren Freunden gemeinsame Zeit zum näheren Kennenlernen zu gönnen.

Das Lazarett leerte sich. Viele konnten nach Hause entlassen werden, schwerere Fälle wurden nach Windhuk verlegt. Auch Uwe war inzwischen soweit genesen, dass er immer wieder sehnsüchtig aus dem Fenster schaute und über seine nahe Zukunft sinnierte. Genaugenommen brauchte er keine stationäre Pflege mehr, aber das ließen wir ihn natürlich nicht merken. Hier war er gut aufgehoben, das wollten wir ihm so lange wie möglich gönnen.

„Na, alter Knabe, wie wär's mit einer Runde Armdrücken?", foppte Henning seinen Freund eines Morgens, nachdem er die Hand inspiziert und den Verband gewechselt hatte. Sie sah gut aus, die Wunde verheilte ohne Komplikationen.

„Wenn mien Doktor mie dat vertellt, mogt wi dat natürlich", entgegnete Uwe wie immer, wenn er sich wohlfühlte, auf Plattdeutsch und grinste Henning offen an.

„Ich zieh mich nur mal eben an."

„Was hast du vor?" Uwes rosige Wangen machten Henning stutzig. „Du heckst doch was aus, das sehe ich dir an! So liegt man nicht da, wenn man sich seinem Schicksal ergeben hat!"

„Och…", setzte Uwe an, „…ich finde ja, dass ich kein so schwerer Fall mehr bin. Was würdest Du als mein behandelnder Arzt davon halten, wenn ich mich nach Grootfontain verlegen lassen würde? Hier belege ich ja nur unnötig ein Bett, und gute Pflege würde ich im Norden bestimmt auch bekommen."

Henning lachte schallend heraus: „Das ist nicht dein Ernst, oder? Du willst Melanie hinterher reisen? Ei, ei, ei, wenn einmal eine attraktive Frau vorbeikommt…"

Natürlich unterstützte Henning Uwes Pläne. Schon wenige Tage später bestieg er den nächsten Versorgungszug Richtung Grootfontain. Wir gönnten Uwe sein Glück, aber wieder war es ein Abschied und wieder wussten wir nicht, ob und unter welchen Umständen wir uns wiedersehen würden. Traurig winkten wir dem Zug hinterher.

SECHZEHN

Gleichzeitig spürten wir, dass sich auch unsere Zeit in Karibib zuende ging. Henning wurde unruhig. Wie ein eingesperrter Tiger lief er im ehemaligen Schulgebäude umher, gab hier und dort eine Anweisung, die eigentlich gar nicht mehr nötig war und blieb häufig nachdenklich vor einem der letzten Patienten stehen.

„Schatz, was ist los?", frage ich ihn eines Abends auf den Kopf zu. Ich wusste, dass er von sich aus nicht mit der Sprache rausrücken würde.

„Ich weiß, dass du daran knabberst, dass sich unser Lebenstraum so schnell und drastisch zerschlagen hat. Ich tue es auch, aber bei dir ist da noch was anderes. Du bist von einer Unentschlossenheit bestimmt, die ich gar nicht kenne an dir!"

„Du hast recht, Süße", antwortete er zögerlich und pulte an seinen Nagelhäuten, so wie er es immer tat, wenn er nachdenklich oder verlegen war.

„Ich fühle mich hier so nutzlos, wenn ich höre, dass unsere tapferen Schutztruppler in so großer Zahl ins Internierungslager geschickt werden. Du weißt selbst, wie viele Güterzüge hier durchrollen, vollgeladen mit unseren Leuten, denen man so genau ansieht, was sie durchgemacht haben. Und wir? Wir sitzen hier und fragen uns, was wir mit unserer Zukunft anfangen sollen. Keiner will uns mehr in diesem Land, die Südafrikaner nicht und die Eingeborenen noch viel weniger. Wir haben keinen Ort, an den wir gehen können oder wo wir etwas aufbauen können. Das Einzige, was wir im Moment tun können, ist mit unseren medizinischen Kenntnissen zu helfen."

„Aber das tun wir doch schon die ganze Zeit, wie meinst du das jetzt?", hakte ich fragend nach. Mir schwante nichts Gutes.

„Ich meine, dass ich mich entschieden habe, als Freiwilliger mit den Soldaten ins Gefangenenlager zu gehen. Die brauchen dort ärztliche Hilfe, wer soll sich denn sonst um sie kümmern. Etwa die Buren? Die machen doch nichts mehr als unsere Männer mit Essen und Trinken am Leben zu erhalten, wenn überhaupt!"

Wie vom Donner gerührt stand ich meinem Mann gegenüber und starrte ihn an. Das konnte er unmöglich ernst meinen. Freiwillig in ein Gefangenenlager gehen, mitten in der Wüste?

„Und was wird aus Jonny und mir?" fragte ich kaum hörbar, denn eigentlich war hier nicht der richtige Moment, mit dem eigenen Schicksal zu hadern.

Henning schaute mich sorgenvoll an.

„Ich weiß, mein Liebling, das ist ja auch mein größtes Problem, darüber zerbreche ich mir schon länger den Kopf."

„Ach, tust du das?" stieß ich hervor. Der Schrecken seiner ersten Worte wandelte sich langsam in Unverständnis.

„Und warum redest du dann nicht mit mir? Seit Wochen überlegen wir, was jetzt passieren soll mit uns, und plötzlich erfahre ich mal so eben, dass du dich freiwillig einsperren lassen willst. Das glaube ich doch wohl nicht!" Inzwischen war das Unverständnis einer erschreckenden Wut gewichen, die ich Henning gegenüber bisher so bei mir noch nicht erlebt hatte.

„Du hast Frau und Kind, die dich brauchen, vergiss das bitte nicht!"

„Schatz, das weiß ich", antwortete er leise und schaute mich bittend an.

„Deshalb war ich ja so lange so ruhig. Für mich ist es kaum zu ertragen, euch nicht bei mir zu haben. Trotzdem bin ich der festen Überzeugung, dass es das Beste wäre, wenn du mit dem Kleinen zurück nach Goanikontes gingest und ich für einige Zeit in Aus unterstütze. Sicher werde ich dort nicht ewig gebraucht und kann bald wieder gehen, schließlich bin ich ja kein Berufssoldat und habe mir nichts zuschulden kommen lassen. Wir bringen die Geschichte hier in Ehren zum Ende und wenn der Krieg in Europa vorbei ist, suchen wir uns ein neues Zuhause. Versprochen!".

Nun befiel mich Panik. Jonny und ich ohne Henning und ohne das Wissen, wann wir uns wiedersehen würden? Niemals! Niemals würde ich das freiwillig aushalten wollen. Ich fühlte mich an Hamburg erinnert, als sich uns die Frage stellte, ob Henning allein in die Kolonie aufbrechen sollte. Schon damals war es unvorstellbar für mich, ohne ihn zu sein, und so war es auch jetzt noch.

„Kommt gar nicht in Frage", rief ich aufgebracht. „Entweder nimmst du uns mit oder ich verbiete dir schlichtweg, zu gehen."

Das saß. Zwar stand es mir ja gar nicht zu, Henning irgendwelche Vorschriften zu machen, noch dazu so weitreichende, aber ich kannte seine Verbundenheit zu mir und wusste, dass er nur dann gut mit einer Entscheidung leben konnte, wenn ich sie mittrug.

„Und wie stellst du es dir vor?" fragte er beinahe ängstlich, denn nun stand seine Sorge uns gegenüber im Vordergrund und nicht mehr nur sein eigenes Handeln. Er wusste nur zu gut, dass es keinen Sinn gehabt hätte, mich zu etwas zu drängen, das ich nicht wollte. Dafür kannten wir uns zu lange und zu gut.

„Das lass mal meine Sorge sein, ich werde schon was finden", entgegnete ich mit erheblich mehr Mut als ich tatsächlich besaß.

„Zur Not gehe ich auch mit ins Lager, und wenn ich die einzige Frau da weit und breit bin. Oder wir campieren am Eingang!", fügte ich kampfbereit hinzu.

„Wenn du meinst…", antwortete er resignierend und übersah geflissentlich das leichte Zucken meiner Mundwinkel, das ich vor Entschlossenheit und gleichzeitiger aufsteigender Panik kaum noch unterdrücken konnte.

Es wurde wie schon so viele Male zuvor ein trauriger Abschied, denn irgendwie wussten wir, dass er für immer sein würde. Nichts war mehr wie es war, und was kommen würde, ließ uns derzeit nicht an ein glückliches Wiedersehen glauben. Unter Tränen verabschiedete ich mich von Frau Rosemann und vor allem von Mathilde und ihrem Baby. Trotz der Umstände hatten wir viele lustige Stunden miteinander verbracht. Die schwere Zeit hatte uns zusammengeschweißt, wir waren weit mehr als nur Nachbarn. Wir waren Freunde, die so viel zusammen gemeistert hatten.

Der einzige Unterschied zu uns war nur der, dass die anderen hierher gehörten. Sie hatten hier ihre Heimat und ihre Aufgaben. Frau Rosemann würde das Hotel weiterführen, ebenso wie Mathilde mit ihrem Mann das Bahnhofsrestaurant. Sie waren hier verwurzelt, sie mussten nicht gehen. Wir schon.

Schon seit mehreren Tagen war ich deshalb traurig und schweigsam. Immer wieder musste ich neue Freundschaften aufgeben, die mir gerade ein Stück Zugehörigkeit und Geborgenheit gegeben hatten.

Mein einziger Trost war wieder einmal, dass wir als Familie zusammenbleiben würden. Das war für Henning und mich immer noch das wichtigste Ziel in unserem Leben. Alles Weitere würde sich zeigen.

Uwe und Melanie zog es nach Swakopmund, wie sie uns in einer hastig geschriebenen Nachricht mitteilten. Melanies Zeit im Lazarett war genauso vorbei wie unsere. Von dort aus wollten sie gemeinsam versuchen, auf eines der nächsten Schiffe nach Europa zu kommen. Was sollte Uwe auch zukünftig tun in diesem Land? Niemand würde in absehbarer Zeit einen Tierpfleger brauchen, und mit seiner verkrüppelten Hand würde es ihm sein Leben lang schwerfallen, so ordentlich zuzupacken, wie es seine Arbeit und sein Anspruch erforderten.

Langsam entfernte sich unser Zug kurz nach Sonnenaufgang vom Bahnhof Karibib. Es war einer jener langen Militärzüge, die schon so oft durch Karibib gerollt waren. Güterwagen voll beladen mit müden, hungrigen Soldaten, denen es offenbar egal war, was mit ihnen passierte. Zu viel hatten sie schon gesehen. Lethargisch hockten die Männer auf den offenen Waggons und ließen Staub und kommende Hitze über sich ergehen. Eine schwere südafrikanische Dampflok zog die Waggonschlange. Für Mitglieder der Unionstruppen und Zivilreisende gab es einen Personenwaggon, sogar mit erstaunlich bequemen Sitzen. Etwas verschämt angesichts der Situation unserer Soldaten, die wie Vieh transportiert wurden, nahmen Henning und ich zwei freie Plätze ein und verstauten notdürftig das Wenige, was wir mitnehmen konnten. Wieder waren wir mit nichts als zwei Taschen unterwegs auf einer Reise ins Ungewisse. Es war wie eine Fortsetzung unserer Flucht aus Goanikontes, auch wenn dieses Mal alles für immer verändert war. Der Krieg war verloren, unsere preußischen Strukturen zerstört, die Kolonie war Geschichte. Das Land gehörte nun anderen Mächten.

Die wenigen Häuser rund um die Dorfstraße wurden kleiner und kleiner. Wir winkten, bis wir die Zurückgebliebenen nur noch als Pünktchen ausmachen konnten und ließen uns resigniert in die Polster fallen. Jonny spürte die Unruhe. Er weinte immer wieder und ließ sich nur schwer beruhigen. Ich gab ihm ein Fläschchen mit Tee und wiegte ihn, bis er endlich eingeschlafen war. Schwer lag er in meinen Armen, ich wagte jedoch nicht, ihn in seiner Position zu verändern. Zu leicht war sein Schlaf und zu lange würde die Reise noch dauern.

In mich gekehrt hing ich meinen Gedanken nach. Die andauernde Perspektivlosigkeit machte mir immer noch sehr zu schaffen. Henning und ich waren zwar jung, gut ausgebildet, motiviert und arbeitsbereit - und trotzdem schien es keinen Platz für uns in diesem Land zu geben. Wann würden wir endlich wissen, wo wir hingehörten, mit sicherem Boden unter den Füßen? Im Moment fühlte ich mich unendlich weit entfernt davon. Ich war von einer tiefen inneren Traurigkeit ergriffen, die ich in dem Maße noch nicht kannte und die auch unser kleiner Sohn nicht mehr vertreiben konnte, wenn ich in sein friedlich-entspanntes Gesichtchen blickte. Ich fühlte mich umgeben von einer dicken Schale der Niedergeschlagenheit, an der alles Positive einfach abprallte.

Die Farben des wunderbaren afrikanischen Morgens, in den wir hineinfuhren, die spannende Tierwelt der Savanne und sogar Hennings liebevolles Verhalten kamen in den nächsten Stunden nur sehr gedämpft bei mir an. Zwar tat ich nach außen als wäre alles in bester Ordnung, kümmerte mich um Jonny und führte belanglose Unterhaltungen mit Mitreisenden, in scheinbar unbeobachteten Momenten aber versank ich wieder in meinem tiefen, inneren Loch.

„Reiß dich zusammen", sagte ich mir fortlaufend. „Du lebst, hast deine Familie um dich und bist auf dem Weg in deine Zukunft. Alles andere wird sich schon ergeben. In jedem Ende steckt ein Anfang!", hämmerte ich mir ein und klopfte meinem Sohn wie zur Bekräftigung sachte auf den Rücken.

Allein es kam nicht an. Schon sammelten sich wieder Tränen in meinen Augen, auf die Henning besorgt reagierte. Er wusste instinktiv, dass er behutsam mit mir umgehen musste und legte nur vorsichtig seine Hand auf meinen Arm.

Dankbar nahm ich die Berührung an, konnte sie jedoch kaum erwidern. Zu dick war der Panzer, in den ich mich zurückgezogen hatte. Ich erinnerte mich an die kleinen Einsiedlerkrebse, die ich als Kind an der Ostsee immer gern beobachtet hatte. Genauso fühlte ich mich gerade. Umgeben von einem dicken Schneckenhaus, das mich beschützte, das aber von außen von niemandem geöffnet werden konnte. Das Schneckenhaus bedeutete Sicherheit, es bedeutete aber auch die bewusste Abgrenzung nach außen und damit Einsamkeit. Es lag an mir, ob ich versunken in meiner Muschelschale in der Strömung dümpeln oder aus eigener Kraft mit meinem Haus über den weiten Sandstrand zu neuen Ufern aufbrechen wollte. Ich sah ihn förmlich vor mir, den Krebs, wie er sich langsam bogenförmig aus der Öffnung schälte und sich der Welt zeigte.

Und plötzlich spürte ich es tief in meinem Inneren: Ich wollte es ihm nachmachen. Ich wollte mich recken und strecken aus der Enge meiner Schale und hingehen, wohin ich wollte. Mein Haus sollte dabei sicherer Rückzugsort und kein Gefängnis sein!

Ich übergab Henning den Kleinen und begab mich auf die hintere Plattform des Reisewaggons. Dort war ich allein. Hitze und Funkenflug der Dampflok hatten alle anderen Reisenden ins stickige Zuginnere vertrieben. Ich lauschte dem gleichmäßigen Rattern der schweren Eisenräder auf den Schienen und war überrascht, als ich bemerkte, wie sich mein Brustkorb trotz der rußgeschwängerten Luft nach und nach weitete. Plötzlich konnte ich wieder durchatmen. Der heiße Fahrtwind zerrte an meinem emotionalen Panzer wie ein Sturm an einem schadhaften Dach. Meine Beklemmungen lösten sich wie lose Ziegel, während ich die weite, trockene Savannenlandschaft mit ihren geduckten Sträuchern und kargen Bäumchen vor den diesig-braunen Hügeln des Erongo-Massivs an mir vorbeiziehen ließ.

Afrikas Zauber hatte mich wieder. Ich beobachtete große Schwärme Trappen und Frankoline, die sich aufgeschreckt durch den Zug in die Lüfte erhoben und davonjagten. Und auch das Großwild zeigte sich von seiner besten Seite. Elefanten schritten majestätisch durch die Steppe, Springbockherden suchten das Weite, so dass ihre Blumen lustig wie weiße Wattebäusche auf und nieder hüpften. Herden von Zebras und Gnus blickten aufmerksam in unsere Richtung. Ich erinnerte mich plötzlich an die Geschichten eines Großwildjägers, der für ein paar Tage in Karibib Halt gemacht hatte. Er wusste alles über unsere Wildtiere, und wenn er bei einem Glas Bier im Hause Rosemann anfing zu erzählen, wurden die Nächte kurz. Von ihm hatten wir erfahren, dass sich Gnus gerne in der Nähe von Zebras aufhalten. Sie sind für Fluchttiere außergewöhnlich sehschwach und schwerhörig und rennen unvermittelt mit, sobald Steppenzebras eine Gefahr erkennen und fliehen. Von ihm hatte ich auch gelernt, dass jedes Zebra in individuelles Muster hat. Alle sind unterschiedlich, wie die Linien unserer Fingerbeeren. Die Fohlen werden von ihren Müttern einige Tage auf Abstand zur Herde gehalten, damit sie sich in Ruhe deren Streifenmuster einprägen können.

Mit diesen wunderbaren Eindrücken kehrte mein Lebensmut langsam zurück. Ich atmete bewusst tief ein, auch wenn die heiße Luft das eigentlich kaum zuließ. Rußpartikel rieselten hinter dem Waggon herunter wie feiner Nebel. Mit jedem Atemzug aber wurde ich ruhiger und ließ mich von der Schönheit der Natur einnehmen. Hier und da erkannte ich Spuren zurückliegender Steppenbrände, die Natur erholte sich jedoch schnell. Ich redete mir ein, dass es uns auch so ergehen würde: Noch war um uns herum nichts als verbrannte Erde, eines Tages aber würde in der Asche Platz für etwas Neues, vielleicht viel Schöneres entstanden sein.

Wir näherten uns dem Zentralen Hochland. Windhuk liegt fast 1700 Meter über dem Meeresspiegel auf einem Plateau, dem Khomas Hochland. Schon wurde die Lokomotive spürbar langsamer und schleppte ihre schwere Güter- und Personenlast im Schneckentempo über die Anstiege. Der Zug ächzte und schwankte, die Kuppeleisen quietschten. Fast dachte ich, dass wir stehenbleiben würden, so langsam wurden wir. Erst als der Scheitelpunkt des höchsten Passes überwunden war, wurden die Rollengeräusche wieder lauter. Die Sicherheitsventile im Führerhaus bliesen ab, und der Zug rollte schneller. Der Zenit war überschritten, es ging wieder voran. Bei der Lokomotive wie auch bei mir. Mein altbekannter Tatendrang meldete sich zurück. Die Zeit der lähmenden Hoffnungslosigkeit war jetzt vorbei, beschloss ich für mich. Ich wollte wieder Fahrt aufnehmen!

Im Schatten einiger Schirmakazien sah ich die stoischen Gesichtszüge großer Oryx- und Kudubullen, die ergeben die Mittagshitze abwarteten. Mit herabhängenden Köpfen und beinahe bewegungslos lagen oder standen sie einfach dort. Was sollten sie auch anderes tun? Sie konnten ihre Situation aus eigener Kraft nicht ändern. Sonne und manchmal etwas Regen bestimmten Tagesablauf und Lebensbedingungen. Ihnen blieb nichts anderes als sie anzunehmen oder zu sterben.

Uns Menschen erging es da schon viel besser: Wir konnten uns aus eigener Kraft äußeren Widrigkeiten widersetzen. Wir bauten Häuser, Schiffe und Maschinen, speicherten Wasser und Nahrung für schlechtere Zeiten und reisten an weit entfernte Orte, ohne dabei allein auf unsere Füße angewiesen zu sein. Wir hatten so viele Möglichkeiten, wir mussten sie nur nutzen!

Henning gesellte sich zu mir. Ich war froh, ihn zu sehen. Jonny schlief immer noch, und so hatten wir einige kostbare Momente für uns. Er sah meinen Gesichtszügen an, dass es mir besser ging und freute sich ehrlich. Lächelnd nahm er mich in den Arm, küsste mich sachte auf Wange und Ohr. Süffisant zeigte er auf ein paar mächtige rot-braune Termiten-hügel, die mit ihren runden Kappen meterhoch steil in den Himmel ragten.

„Guck mal, Schatz, Böses dem, der Böses dabei denkt", flüsterte er schelmisch und knabberte an meiner Ohrmuschel.

Ich konnte nicht anders und musste laut herauslachen. Die Krise war überwunden.

Die Nacht verbrachten wir irgendwo im Nichts vor Brakwater, der letzten Station vor Windhuk. Normalerweise dauerte die Fahrt von Karibib in die Stadt neun Stunden. Züge verkehrten nur tagsüber, und langsam senkte sich Dunkelheit über das Land. Die Reise musste unterbrochen werden. Allerdings wollte man den Gefangenen nicht die Möglichkeit bieten, sich unbemerkt zu entfernen, so dass der Zug fernab jeder Zivilisation gestoppt wurde. Hier würde niemand einfach loslaufen, denn das konnte den sicheren Tod bedeuten. Mitten in der Wüste warteten wir den frühen Morgen ab. Quälend langsam verstrich die Zeit. Es war sehr beengt in unserem Waggon und wurde in der Nacht empfindlich kalt. Wie oft hatte ich mir in Karibib ein wenig Abkühlung gewünscht, aber als ich sie hier im Hochland so unerwartet erhielt, schüttelte ich mich vor Unbehagen. Auf dem Sitzpolster hatten wir Jonny ein provisorisches Bettchen aus unseren wenigen Kleidungsstücken gebaut. Wir selbst saßen eingewickelt in unsere einzige Decke vor ihm auf dem Boden und versuchten aneinander gelehnt im Sitzen etwas Schlaf zu bekommen. Wie gerädert und steif wachte ich im frühen Morgengrauen auf. Jonny spielte von seinem Bettchen aus mit einer meiner Haarsträhnen und nestelte an meinem Ohr. Als ich mich zu ihm umdrehte, lächelte er mich selig an und begrüßte mich mit einem innigen Jauchzen. Wenigstens er war offenbar ausgeruht und bereit für einen neuen aufregenden Tag. Liebevoll nahm ich ihn auf den Arm. Henning döste noch, und ich gönnte ihm jede weitere Minute, so dass ich mit unserem Kleinen auf die hintere Plattform hinausging. Die Morgendämmerung hatte bereits eingesetzt, ein unglaublich schöner

Moment in Afrika. Webervögel begannen mit ihren Flügen. Ihre Nester, die wie Christbaumkugeln an einer großen Akazie hingen, schaukelten im kühlen Wind. Eine Rotte Warzenschweine mit mehreren Ferkeln trottete nah am Zug vorbei, die Schwänzchen steil aufgerichtet und mit scheinbar nickenden Köpfen. Ohne Scheu begannen sie etwas entfernter zu grasen und knickten dabei die Vorderläufe ein. Bei den erwachsenen Tieren verhindern vier graue Hauer jegliche Seitwärtsbewegung, sie sind quasi gezwungen, in die Knie zu gehen und das Gras nach vorne oder hinten abzurupfen. Jonny war ganz begeistert und beobachtete das gesellige Frühstück gebannt. In der Ferne sah ich eine Herde Impala-Antilopen, aber sie waren zu scheu, um sich dem metallenen Ungeheuer zu nähern, auch wenn es sich nicht bewegte. Paviane hatten den Zug zum Glück nicht erobert in dieser Nacht. Regelmäßig kam es vor, dass eine Horde Lokomotive und Waggons regelrecht erstürmte und alles Essbare entwendete, was ihnen in die Finger kam. Eine echte Plage, der man nur Herr werden konnte, wenn man Fenster und Türen zuverlässig verriegelt hielt.

Die morgendliche Ruhe wurde jäh unterbrochen, als ein schriller Pfiff ertönte, der Jonny heftig zusammenzucken ließ. Er fing vor Schreck an zu weinen, ließ sich aber genauso schnell wieder beruhigen, als sich die Lokomotive stampfend in Bewegung setzte. Mit großen Augen verfolgte er die panisch flüchtenden Wildtiere. Bald schon hörte man wieder das gleichmäßige Rattern der Räder.

Windhuk erreichten wir ohne Zwischenfälle. Hier wurde nur ein kurzer Zwischenstopp eingelegt auf dem noch sehr weiten Weg nach Süden. Wasser und Kohlen wurden nachgeladen. Henning und ich sahen kaum etwas von der Stadt, trotzdem waren wir sehr überrascht, wie wenig pompös sie doch war. Bis jetzt hatten wir immer nur Reiseberichte anderer gehört. Wir kannten Bahnhof, Tintenpalast, Feste, Heinitzburg und all die anderen Gebäude bisher nur vom Hörensagen und hatten sie im Geiste automatisch mit den Prachtbauten in Europa gleichgesetzt. In Wirklichkeit aber war der Windhuker Bahnhof ein einfaches Gebäude aus vorgefertigten Bauteilen, wahrscheinlich schon so aus Europa angeliefert. Davor lag ein großer, kahler Sandplatz. Es gab keine Bahnhofsrestauration, keinen Brunnen und nicht einmal schattige Plätze, die wie in Karibib zum Verweilen einluden und automatisch allgemeiner Treffpunkt waren. Nach Süden verlief eine sehr große Pad ins Zentrum, vielleicht dreißig Meter breit, grau und staubig. In der Mitte erkannten wir die kleinen Gleise einer Feldbahn, links nichts als Telegrafenstangen und rechts einige weit versprengte Handelshäuser mit Wellblechdächern. Anders als wir es erwartet hatten, gab es kaum mehrstöckige Häuser. Weit in der Ferne schmiegten sich kleine Wohngebäude in die hügelige Landschaft rund um das Tal. Auf dem Land hatten wir uns inzwischen an die typisch-einfache Bauweise gewöhnt, aber hier in der Hauptstadt? Hier hatten wir doch mehr erwartet, mehr europäischen Luxus und mehr mondäne Architektur.

Bei fliegenden Händlern auf dem Bahnhofsvorplatz kauften wir unter den strengen Augen unserer südafrikanischen Bewacher zu horrenden Preisen einige Flaschen brackig schmeckendes Wasser und altbackene Maismehlfladen. Wir waren froh, überhaupt Reiseproviant zu bekommen und brauchten ihn nach dieser kalten Nacht im zentralen Hochland auch dringend. Sogar eine Tasse Kaffee konnte Henning im Tausch gegen wertvolles Verbandsmaterial aus seinem Arztkoffer organisieren. Wir genossen sie wie edlen Wein.

Noch einmal fuhren wir den ganzen Tag über, bis wir in den Abendstunden im Bahnhof Aus ankamen. Hier befand sich das Internierungslager für die Kriegsgefangenen. Das

Örtchen Aus war von den Siegermächten bewusst als Lager ausgewählt worden, weil die Versorgung sowohl von Kapstadt als auch von Lüderitzbucht aus halbwegs gewährleistet war. Ursprünglich hatte die Schutztruppe hier einen Stützpunkt. Die bei der ersten Invasion in Lüderitzbucht eilig abgebauten Funktürme waren zeitweise dort wieder aufgestellt worden. Beim späteren Rückzug waren sie ebenso wie die Eisenbahnstrecke gesprengt worden. Zurückgeblieben waren die Zementsockel der Funktürme, zwei Holzbaracken und Unmengen eiserner Sprengteile. Ein trostloser Anblick.

Mit jeder Minute, die wir dem Ausstieg näherkamen, wurde der Kloß in meinem Hals größer. Hier würden Henning und ich uns trennen müssen. Da er sich freiwillig bereit erklärt hatte, den Gefangenen im Lager zu helfen, musste er sich mit ihnen internieren lassen. Einen anderen Weg gab es nicht, für ärztliche Hilfe wurde keine Extrawurst gebraten. Henning würde zu einem Kriegsgefangenen unter Hunderten anderen werden. 1600 Militärangehörige und Polizisten sollen anfangs im Lager eingesperrt gewesen sein, wie ich später mal erfahren habe, bewacht von 600 Soldaten der Unionstruppen. Aber es war sein selbstgewähltes Schicksal. Wir hatten in Karibib oft genug das Für und Wider abgewogen und teilweise sogar heftig kontrovers diskutiert, letztendlich konnte ich aber weder sachlich noch emotional gegen seine gefühlte Verpflichtung argumentieren. Er tat, was er tun musste.
Ich würde mir eine Bleibe in Aus suchen, ihn von außen unterstützen und hoffen, dass sich die Zustände bald ändern würden und er vielleicht ‚Freigänger‘ werden würde, bis sich unser weiterer Weg abzeichnete.

Aus selbst war winzig. Zentrales Bauwerk war der Bahnhof, eine einfache Holzkonstruktion mit typisch langer Veranda. Angegliedert war ein kleines Hotel mit Restaurant.

Gegenüber befanden sich ehemalige Unterkünfte von Bahnbediensteten und Lagerräume, die leer standen, da der staatli-
che deutsche Bahnbetrieb ja zu Erliegen gekommen war.

Verloren standen wir auf dem kleinen Bahnsteig, der in der
trockenen weiten Landschaft irreal und fehl am Platze wirkte.
Keiner von uns konnte oder wollte etwas sagen. Jedes Wort
wäre zu viel gewesen und hätte dem anderen noch mehr
Schmerzen zugefügt. Die Unionssoldaten mahnten immer
wieder zur Eile, sie wollten die Gefangenen vor Einsetzen der
Dunkelheit wie befohlen an den Lagerkommandanten übergeben. Harsch erging der Befehl, sich in Zweierreihen hinter-
einander aufzustellen, um die weinigen Kilometer zwischen
Bahnhof und Lager zu Fuß zu überwinden.

„Es ist nicht für immer", raunte Henning mit belegter
Stimme. Ich konnte nicht antworten. Aus meiner Kehle kamen
nur Schluchzer. Dicke Tränen rollten über meine Wangen. Ein
letztes Mal drückte er uns fest an sich, dann nahm er seinen
Rucksack und die inzwischen verbeulte Arzttasche und fügte
sich ein in die Reihen hungriger, matter Kriegsgefangener.

Schnell drehte ich mich weg, um nicht endgültig die
Fassung zu verlieren. Mit meinem Kind auf dem Arm steuerte
direkt auf das kleine Hotel zu, das an den Bahnhof angebaut
war. Die Herbergsleitung war in burischer Hand. Wie befürchtet musste ich erfahren, dass alle Zimmer belegt waren,
natürlich von englischen Offizieren, die mit dem Lager zu tun
hatten. Ich hatte nicht erwartet, mit offenen Armen empfangen zu werden, nun aber sank ich am Ende meiner Kräfte in
einem Sessel auf der Veranda zusammen. Die lange Reise, zu
wenig Essen und Trinken, der Abschied von meinem Mann
und die Unwissenheit, wie es allein schon in den nächsten
Stunden und Tagen weitergehen würde – das zusammen war
einfach zu viel. Schluchzend saß ich da und versuchte gleichzeitig, mich zu beherrschen, um meinen Sohn nicht noch mehr

Unbehagen zu bereiten. Der saß auf meinem Schoß, blickte mich ängstlich und fragend mit seinen großen blauen Kinderaugen an und vergaß dabei sogar das Spielzeug in seinen Händchen.

„Wir werden es schon irgendwie schaffen, mein Kleiner", sprach ich ihm leise ins Ohr und drückte ihn in meine Halsbeuge, mehr damit er meine Tränen nicht sah, als dass ich ihm Schutz geben konnte. Sein Babygeruch tat mir gut und beruhigte, trotzdem dauerte es lange, bis ich mich wieder halbwegs gefasst hatte.

Die Wirtin, eine robuste, äußerst wohlbeleibte Burin mittleren Alters, schien inzwischen bemerkt zu haben, dass wir nicht nur vorübergehend auf ihrer Veranda Platz genommen hatten.

„Hey, Maisie", sprach sie mich in Afrikaans an, „wie hast du dir das eigentlich gedacht? Kommst in diesen Zeiten hier angefahren und glaubst, dass alle nur auf dich und dein Kind gewartet haben!" Ich verstand sie ganz gut, da das Plattdeutsche und das Holländische, aus dem sich das Afrikaans entwickelt hat, recht ähnlich sind.

„Aber so geht das nicht! Ich kann mir Wohnraum nicht aus den Rippen schneiden und mir keine Almosen leisten, erst recht nicht für eine deutsche Frau!" fuhr sie aufgebracht fort und zeigte ausladend in die Umgebung, die inzwischen schon fast gänzlich in der Dunkelheit verschwunden war. Schuldbewusst blickte ich sie an, wusste aber auch keine Antwort. Sie hatte ja Recht. Bis jetzt hatte ich es so kennengelernt, dass man als Deutsche bei anderen Deutschen immer willkommen gewesen war. Gastfreundschaft war in der Kolonie eines der höchsten Güter. Niemals hätte man einen Reisenden abgewiesen, und wenn er mit im einzig vorhandenen Raum übernachten musste. Nun aber hatten sich die Zeiten geändert, und einfach ‚ins Blaue' zu reisen konnte sogar gefährlich sein. Schuldbewusst blickte ich auf den Boden und schwieg. Die Frau drehte sich knurrend um und machte sich auf zurück in die Gaststube. Von ihr würde ich keine Hilfe erwarten können. Gezwungenermaßen stellte ich mich innerlich auf eine zweite lange, kalte Nacht im Freien ein. Schon überlegte ich, wie ich Jonny ein provisorisches Bettchen bereiten konnte, als sie unvermittelt kehrt machte und sich mit ihrer massigen Gestalt erneut vor mir aufbaute. Offenbar hatte sich gedanklich doch irgendetwas bewegt bei ihr, sie zeigte in die Dunkelheit.

„Da! Da kannst du bleiben, wenn es sein muss", gab sie mir mürrisch zu verstehen.

„Da im Bahnwärterhäuschen, such dir da eine Ecke!" Dankbar lächelte ich sie an. Gehofft hatte ich nicht mehr, noch eine Lösung zu finden. Ich atmete tief aus.

„Aber nur für eine Nacht!", schärfte sie mir streng ein und hob drohend ihren dicken Finger. Dann watschelte sie kurz ins Haus, holte eine Sturmlaterne und eine Flasche Wasser und führte uns zu einer winzigen Baracke direkt an den Schienen. Sie war mit einer einfachen Holztür versehen und nur mit einem Feldbett möbliert, aber immerhin: Es waren geschlossene vier Wände mit einem Dach um uns herum. Gerade wollte ich ansetzen, mich in meinem Schulenglisch bei ihr zu bedanken, als sie sich abrupt abwendete und schon fast fliehend den Bahnsteig verließ. Verblüfft blickte ich ihr in der Dunkelheit nach. Die Lampe hatte sie zurückgelassen. Das warme Licht erschien mir plötzlich bildlich wie der berühmte Lichtschein am Ende eines Tunnels. Meine Hoffnung kehrte zurück. Ich suchte in der Tasche nach dem letzten Maisfladen aus Windhuk, setzte mich mit meinem Kind auf die harte Pritsche und gab ihm die Brust. Wenigstens Jonny musste keine Not leiden, ich hatte immer noch genug Milch. Während ich auf dem trockenen Fladen herumkaute, versuchte ich, mich nur auf sein leises, zufriedenes Schmatzen zu konzentrieren. Beide fielen wir fast zeitgleich in einen tiefen Schlaf, kaum dass wir das letzte Mal geschluckt hatten.

ACHTZEHN

„Good morning", grüßte ich zaghaft. Noch geblendet von der hellen Morgensonne, die vom Wüstensand zusätzlich reflektiert wurde, musste ich mich erst an das Dunkel im Gastraum gewöhnen. Verlegen wie schon viele Jahre nicht mehr stand ich an der Tür. Es war lange her, dass ich jemanden um Hilfe bitten musste, ohne die Möglichkeit, selbst eine Lösung für mein Problem zu finden.

Der kleine Raum war schlicht möbliert mit einigen Tischen und Stühlen und einem grob gezimmerten Sideboard. An der rechten Seite befand sich ein mächtiger Tresen, hinter dem die Wirtin stand und gespülte Gläser trocknete. Unverwandt blickte sie mich an, so als würde sie mich gerade zum ersten Mal sehen.

„Sorry for my surprising arrival", grub ich mein zugegebenermaßen etwas eingerostetes Englisch aus. Immer noch keine Reaktion. Ich beschloss, nicht lange um den heißen Brei herumzureden, schließlich brauchte ich ihre Unterstützung dringend.

„Es tut mir leid, aber ich kann nicht einfach wieder gehen. Mein Mann ist...im Camp." Verbissen suchte ich im Geiste nach dem englischen Ausdruck für Kriegsgefangenenlager und verlor dadurch fast den Faden.

„Er ist Arzt und hat sich freiwillig internieren lassen. Mein Sohn und ich…, wir haben kein Zuhause mehr. Wir wissen nicht wohin. Wir brauchen ihre Hilfe. Bitte, kann ich mich nicht irgendwie nützlich machen für ein Dach über dem Kopf und etwas zum Essen?"

Erwartungsvoll legte ich eine kurze Pause ein, schon allein um mit einem tiefen Atemzug meine Nervosität zu bekämpfen.

Immer noch blieb die Mimik meines Gegenübers gänzlich unbewegt. Schon fragte ich mich, ob sie mich überhaupt verstanden hatte. Sie trocknete in aller Gemütsruhe die Gläser ab, aber an einem verstärkten Blinzeln bemerkte ich, dass sie mich sehr wohl verstanden hatte und offenbar fieberhaft nachdachte. Ich ließ ihr einige weitere Momente Zeit. Was blieb mir auch anderes übrig? Ich musste einfach etwas erreichen, schließlich war dies die einzige weiße Siedlung weit und breit und das hier der einzige Ort, an dem ich überhaupt ein Dach über dem Kopf finden würde. Ich konnte mir den Gewissenskonflikt der Frau gut ausmalen: Da stand unvorbereitet eine deutsche Frau mit Baby vor der Tür, eine Angehörige des Feindes. Des Feindes, den man hier so gut wie möglich unter Kontrolle zu halten versuchte, zumindest solange der Krieg in Europa noch tobte. Ob sie mich für eine Spionin hielt oder für eine Saboteurin?

„Wissen Sie, ich bin eigentlich gelernte Krankenschwester. Wir haben im Lazarett von Karibib gearbeitet, aber ich habe auch Erfahrungen in der Gastronomie…", setzte ich in Erinnerung an das Hotel Rosemann hoffnungsvoll hinzu. Offenheit siegt immer. Irgendwie musste ich sie doch aus ihrer Schweigsamkeit herauslocken!

Nichts. Absolut keine Reaktion.

Langsam akzeptierte ich schon ein Nein zu meinem Anliegen und wollte mich gerade resigniert umdrehen, als sie das Handtuch schwungvoll auf den Tresen warf. Offenbar hatte sie sich einen innerlichen Ruck gegeben, denn ihre grimmigen Gesichtszüge entspannten sich kaum merklich. Sie seufzte einmal tief und ließ geräuschvoll Luft aus ihrem gewaltigen Oberkörper.

„Okay, Mädchen", antwortete sie wieder in Afrikaans. „Du kannst zeigen, ob deine Geschichte stimmt. Eine meiner Küchenfrauen hat sich gestern tief in den Daumen geschnitten. Die Wunde muss versorgt werden. Ich kann es mir nicht leisten, dass sie mir mit Wundbrand ausfällt oder ihre dreckigen Bakterien im Essen landen. Kümmere dich um sie, und ihr bekommt ein Frühstück."

Damit drehte sie sich um und wackelte durch die Schwingtür, hinter der sich die Küche befand. Vorsichtig folgte ich ihr.

In der Küche standen drei Namas in verwaschener Dienstmädchenkleidung. Bei Johnnys Anblick stießen sie fast gleichzeitig begeisternde Rufe aus, bemerkten dann aber ihre Herrin und blickten beschämt auf ihre Tätigkeiten. Eines der Mädchen, kaum älter als fünfzehn, hatte sich ein Tuch um den Daumen gebunden und mühte sich ab, trotz des Verbandes Unmengen von Zwiebeln zu schälen.

Die Wirtin zeigte auf das Mädchen und verließ postwendend die Küche. Nun war ich an der Reihe. Fast ängstlich sah mich die Kleine an. Sie kam gar nicht erst auf die Idee, dass ich ihr helfen wollte. Schnell aber gewann meine berufliche Souveränität die Oberhand. Ich drückte Jonny einem der anderen Mädchen in den Arm. Sofort strahlte er die Unbekannte an. Aus Karibib kannte er schwarze Dienstmädchen und hatte schon im zarten Alter von wenigen Monaten begriffen, dass sie wunderbar geduldig waren und stundenlang mit ihm spielten.

Bestimmt ging ich auf meine Patientin zu und zeigte auf ihren verletzten Daumen. Zögerlich entfernte das Mädchen den Lappen. Dabei sah sie mich angsterfüllt an. Offenbar befürchtete sie, für ihre Verletzung auch noch bestraft zu werden.

Der Schnitt war tief, reichte aber nicht bis auf den Knochen. Er hatte schon aufgehört zu bluten, musste aber trotzdem versorgt werden. Die Wundränder klafften nicht allzu weit auseinander, mit einem Druckverband würde man um ein Nähen gerade noch herumkommen. Ich signalisierte dem Mädchen, mir eine Schüssel mit frischem Wasser und ein

Handtuch zu holen und wusch die Wunde gründlich aus. Wie in Goanikontes bemerkte ich sofort, dass sie bereits eine Selbstbehandlung mit einer wie auch immer zusammengesetzten Salbe einer Heilerin vorgenommen hatte.

„Bitte lass es keinen Kuhdung gewesen sein", betete ich im Stillen, denn inzwischen kannte ich die Folgen nur zu gut, die bakterielle Verunreinigungen nach sich zogen.

Das Mädchen machte keine Mucks und zuckte nicht einmal, als ich einen kleinen Fremdkörper aus der Wunde entfernte. So weit, so gut, die Wunde war sauber. Nun musste sie noch desinfiziert werden. Mangels Jodlösung oder anderer medizinischer Desinfektionsmittel bedeutete ich dem Mädchen, sich nicht wegzubewegen und begab mich zurück in den Gastraum.

„Haben Sie vielleicht ein wenig Alkohol für die Wundversorgung, am besten möglichst hochprozentig?", fragte ich verschüchtert wie ein Schulmädchen. So kannte ich mich gar nicht, aber die Situation war für mich so entscheidend, dass ich keinerlei Dissonanzen riskieren wollte. Man sah der wortkargen Wirtin an, wie sie innerlich mit sich kämpfte, ihren guten Schnaps an eine Küchenhilfe zu ‚vergeuden'. Nach kurzem Zögern aber besann sie sich, entkorkte eine Flasche Whiskey mit den Zähnen, füllte ein kleines Glas ab und folgte mir sogar in die Küche. Die Mädchen dort hatten sich inzwischen offenbar keinen Millimeter bewegt. Beim Anblick ihrer Herrin zuckten sie unwillkürlich zusammen, so dass auch Jonny verwundert Richtung Schwingtür blickte. Als er mich sah, widmete er sich zufrieden dem trockenen Kanten Brot, auf dem er inzwischen herumlutschte.

Mit dem Whiskey versorgte ich die Wunde, schnitt aus einem Handtuch einen Fingerverband und legte ihn routiniert an. Gelernt war nun mal gelernt.

Das Ergebnis erzielte seine Wirkung. Das Mädchen war medizinisch versorgt und die Wirtin stand zu ihrem Wort. Knapp wies sie ihr Personal an, mir ein Frühstück zuzubereiten. Endlich würde ich etwas zum Essen bekommen!

Erleichtert wollte ich mich bedanken, die Wirtin aber winkte ungeduldig ab und watschelte bereits wieder aus der Küche, die Arme ausladend wie ein Preisboxer.

Die eilig zubereiteten Rühreier mit Speck und zwei dicken Scheiben Brot kamen mir vor wie ein Festmahl. Bis auf den allerletzten Krümel aß ich alles auf und wischte die letzten Eierreste mit dem Finger vom Teller. Zufrieden lehnte ich mich in meinem klapprigen Holzstuhl zurück. Mit vollem Magen sah die Welt doch schon viel freundlicher aus!

Frisch gestärkt fragte ich die Mädchen nach einer Toilette und Waschgelegenheit. Eine von ihnen führte mich hinter das Haus zu einem einfachen Bretterverschlag mit Plumpsklo und kleinem Wasserfass zur Reinigung. Notdürftig machte ich mich etwas frisch und fühlte mich augenblicklich noch besser. Nun war ich wieder einsatzbereit!

Ich wollte mich aufmachen zum etwa vier Kilometer entfernten Lager. Henning und ich hatten uns verabredet, bevor die Sonne zu hoch stehen würde. Über die nächste Nacht würde ich mir später Gedanken machen. Ich wickelte Jonny nach afrikanischer Tradition in ein großes luftiges Tuch und befüllte meine Feldflasche aus dem Wasserfass. Noch schnell meinen Sonnenhut holen und dann los.

Ich hatte mich schon Richtung Bahngleis umgedreht, als ich einen barschen Ruf hinter mir hörte. „Hey, Maisie!", donnerte es aus Richtung Hotel. Die Wirtin stand auf den Stufen der Veranda und gestikulierte mit ihren dicken Armen. Vorsichtig drehte ich mich wieder um, nicht so recht wissend, ob mich Positives oder Negatives erwarten würde. Ich hoffte inständig, nicht direkt aufgefordert zu werden, das kleine Bahnwärterhäuschen zu räumen. Erstmal zu Henning, dann würde ich mich dem Problem stellen!

Tatsächlich jedoch wollte die Wirtin etwas ganz anderes.

„Komm her mit deinem Kind!" befehligte sie knapp, und einmal mehr kam ich mir in ihrer Gegenwart klein und verunsichert vor. Wortlos gehorchte ich und wunderte mich einmal mehr über meine Schüchternheit.

„Ich bringe den englischen Offizieren Essen ins Lager, sie bezahlen gut dafür. Wenn du mir bei der Verteilung hilfst, nehm' ich dich mit!" bot sie mir ungekannt wortreich an. Eifrig nickte ich, denn ich war mir der Strapazen eines längeren Fußmarsches durch die Wüste durchaus bewusst.

„In zehn Minuten fahr' ich mit dem Karren los. Sei da, ich warte nicht."

Damit hatte ich nicht gerechnet. Endlich etwas, das uns unsere Reise erleichterte. Zaghaft lächelte ich sie an und nahm mir vor, mich bis zur Abfahrt nicht mehr von der Stelle zu rühren.

Etwas später fanden Jonny und ich uns auf einem Holzkarren wieder, gezogen von zwei für diese Zeit und diese Gegend stattlichen Wallachen, offenbar ehemaligen Armeepferden.

Wir kamen gut voran, der rote Sand auf der Pad war festgefahren und hart. Schon vom Hotel aus war das Lager zu erkennen. Ein großes, mit Stacheldraht eingezäuntes Gebiet mit einem breiten Tor an der Frontseite. Wie kleine Bauklötze standen in Blöcken Minizelt neben Minizelt, alle wie an Schnüren aufgezogen in Reih und Glied. Ich schätze, dass es mehrere hundert Stück waren. Auf dem Gelände konnte ich außerdem zwei kleine Holzbaracken erkennen, sonst nichts außer niedrigem Brackbusch und einzelnen Wolfsmilchgewächsen. Alle etwa zwanzig Meter stand ein englischer Soldat und bewachte die Insassen. Stoisch standen die Männer mit ihren Gewehren in der prallen Sonne. Kein Schatten weit und breit. Im Osten waren in weiter Entfernung die Tafelberge von Seeheim zu sehen, im Westen mehrere kleinere Gebirgsketten.

Vor dem Lagertor gab es etwa ein Dutzend großer Spitzzelte für die Bewacher und zwei eilig errichtete Gebäude. Wie ich später erfuhr, war das eine Gebäude das Proviantlager, das andere die Kantine für die englischen Offiziere, denen die Burin das Essen brachte.

Ein kräftiger, kühler Wind blies, der die Zeltplanen wie in Wellen schwingen ließ. In dieser Ecke Südwestafrikas kann es im Südwinter empfindlich kalt werden. Ganz selten fällt sogar mal Schnee. In der Nacht zuvor hatte ich es meiner körperlichen Schwäche zugeordnet, so außergewöhnlich gefroren zu haben, nun aber erkannte ich, dass die Temperaturen für eine Wüstenregion tatsächlich ungewohnt niedrig waren. Schützend drückte ich Jonny an mich und wickelte das Tuch fester um seinen kleinen Körper, während wir auf das Lager zurollten.

Dem Wachpersonal war der Versorgungskarren natürlich bekannt, und so gab es keinerlei Probleme mit unserem Erscheinen, auch nicht für Jonny und mich. Eher wurden wir von den Wachen interessiert gemustert. Eine junge Frau und ein Baby waren den meisten Männern schon viel zu lange nicht mehr vor die Augen gekommen. Deutschen wie Südafrikanern.

„Isi! Isabelle!", tönte es plötzlich aus einer Gruppe zerlumpter Gefangener hinter dem Stacheldraht. Henning hatte dort offenbar schon gewartet und schritt so nah es ging an den Zaun. Glücksgefühle überkamen mich. Wir waren nur etwa 15 Stunden getrennt voneinander, mir aber kam es vor wie 15 Tage. Getrennt durch den Stacheldraht standen wir uns gegenüber und strahlten uns an. Auf eine Umarmung verzichteten wir aus Rücksicht auf Bewacher und Insassen, denn alle Augen waren auf uns gerichtet. Jonny zeigte sein breitestes, zahnloses Lachen und gluckste selig, als er Henning sah. Auch

unser Kind hatte ihn vermisst. Ich band ihn aus dem Tragetuch und drückte ihn Henning in den Arm. Sofort schmiegte
Jonny seinen Kopf an das staubige Hemd seines Papas.

„Hallo, kleiner Mann, du hast mir gefehlt", begrüßte
er seinen Sohn und küsste ihn zärtlich auf den weichen Haar-
flaum. „Und du natürlich auch, mein Schatz!", fügte er leise
hinzu und bedachte mich mit einem langen, innigen Blick.
Noch immer war alle Aufmerksamkeit auf uns gerichtet, auch
die der Wirtin. Interessiert verfolgte sie unsere Begegnung aus
kleinen, wulstigen Augen.

Henning sah zerzaust aus, wie man eben aussieht nach mehreren Tagen ohne Dusche und Waschgelegenheit. Seine Haare
waren strähnig-staubig und der Bart ungepflegt. Noch immer
trug er die gleiche Kleidung wie bei unserer Abreise in Karibib. Gefangenenkluft gab es offenbar nicht.

„Ich bin auch so froh, dich zu sehen, so froh!" brachte ich noch
heraus, dann kullerten meine Tränen erneut.

Die griesgrämige Wirtin hatte inzwischen das Interesse an uns verloren und ging ihrer eigentlichen Aufgabe
nach. Sie ließ einen großen Tornister Suppe abladen, nicht
ohne mir dabei immer mal wieder missbilligende Blicke zu-
zuwerfen. Schuldbewusst lud ich einige kleinere Kisten mit
frischen Backwaren vom Karren, schließlich hatte ich mich zur
Mithilfe verpflichtet. Beim Geruch des frischen Essens bekam
Hennig große Augen und schluckte mehrfach auffällig. Offensichtlich hatte er noch länger als ich keine vernünftige Mahlzeit mehr bekommen. Hier und jetzt war aber nicht der Zeitpunkt für Almosen oder Betteleien, das merkten er und ich
unabhängig voneinander, und so drückte ich meine Kiste dem
nächstbesten Aufseher in die Hände.

„Schatz, ich werde dir noch etwas zum Essen besorgen", raunte ich ihm zu, war mir jedoch überhaupt nicht sicher, wie ich es umsetzen wollte.

"Schon gut, schon gut", entgegnete er und hob die Hände. „Gleich gibt's in meinem Zeltblock Eintopf. Die Jungs sind schon dran. Bis dahin halte ich es schon noch aus. Mir geht's gut." Sein sehnsüchtiger Blick zum Suppenkessel strafte seine Worte Lügen.

Ich schaute über den hüfthohen Stacheldrahtzaun ins Lager. Die Zelte für die Gefangenen waren wirklich winzig. An sechs Holzpfosten waren zwei zusammengenähte Zeltbahnen gespannt. Die Zelte waren vorn und hinten offen und so niedrig, dass die beiden Männer, die es zusammen belegten, darin nicht sitzen konnten. Abgemagert und zerzaust lagen die Truppler zwischen oder in den Zelten und versuchten, sich so gut wie möglich gegen Wind und Sonne zu schützen. Einige starrten einfach nur ins Leere, andere klopften mit Steinen auf alten Konservendosen herum und versuchten offensichtlich, sich daraus kleine Gebrauchsgegenstände zu fertigen. Ich erkannte halbfertige Bestecke und rudimentäre Werkzeuge. Eine andere Gruppe ließ Schildkröten und Eidechsen in Rennen gegeneinander antreten und verwetteten dabei lautstark ihr offensichtlich nicht vorhandenes Hab und Gut.

Insgesamt war die Stimmung eher gelangweilt als gedrückt, auch bei den Wachen. Sie saßen ergeben stumpf an den Außengrenzen des Lagers und warfen mit kleinen Steinchen oder nestelten an ihren Waffen. Sie wussten, dass die Gefangenen nicht fliehen würden, denn in der nächsten Umgebung gab es nichts als todbringende Wüste und Einsamkeit. Lüderitzbucht war 125 Kilometer entfernt. Wer an Flucht dachte, riskierte sein Leben.

Henning riss mich aus meinen Beobachtungen und berichtete mir kurz, dass er dem Zeltblock der Landespolizei zugeordnet worden war.

„Weißt du, Schatz, die Soldaten liegen hier nach Einheiten. Hinten links die erste Kompanie, davor die Zweite und so weiter. Die Landespolizei liegt hier direkt vorne neben der

Baracke, siehst du?" Er wies auf die hintere der beiden kleinen Holzbauten. „Offenbar wussten sie nicht, wohin sie mich sonst stecken sollten, aber ich hätte es schlimmer haben können. Offenbar hat den Buren jemand gesteckt, dass ich Arzt bin, denn ich habe sogar ein einzelnes Zelt bekommen. Es haben sich auch direkt Leute gemeldet, die behandelt werden wollten. Die haben schon im Zug darauf gewartet, sich vorstellen zu können."

„Und wo hast du die Menschen dann untersucht? Doch nicht etwa auch im Zelt?", fragte ich ungläubig angesichts der Tatsache, dass man es nur kriechend betreten konnte.

„Ja, das ist schon eine Herausforderung", gab Henning zu. „Je nachdem, wo der Schuh drückt, müssen sich die Männer mit den Füßen oder mit dem Kopf zuerst in das Zelt legen. Der Gesundheitszustand der Gefangenen ist aber nicht viel anders als bei unseren Patienten in Karibib. Die meisten leiden unter Verletzungen, die unzureichend oder gar nicht versorgt worden sind oder eben an den üblichen Folgen von Erschöpfung, Unterernährung und Skorbut."

„Und wie sieht es mit Typhus aus?", hakte ich nach.

„Klar, das gibt's auch, aber die schlimmsten Fälle kommen dann ins englische Militärlazarett. Unmenschlich sind die Aufseher nicht. Einer ist gestern abgeholt worden. Ich hoffe sehr, dass der arme Kerl es schafft. Sein Zustand war ziemlich instabil…"

Nachdenklich blickte Henning in die Ferne. Das Wohl der Menschen um ihn herum beschäftigte ihn in diesem Moment wieder einmal mehr als sein eigenes. Viele Typhuskranke, deren Erkrankung durch die Schutzimpfungen eigentlich glimpflich hätte verlaufen können, litten gleichzeitig unter der Ruhr oder unter Skorbut oder gar unter beidem, was ihren Zustand erheblich verschlechterte. Henning kannte das schon aus Karibib und wusste, dass diese Komplikationen nicht selten zum Tod führten.

„Gibt es denn außer dir noch jemanden mit medizinischen Kenntnissen? Die Soldaten müssen sich doch auch ohne dich zu helfen gewusst haben".

„Nein, keine gelernten Sanitäter, höchstens einige Südwester mit Tropenerfahrung. Aber du weißt ja, die kennen die Hausmittelchen oft besser als wir. Ein paar Männer haben schon signalisiert, dass sie mir helfen, wenn ich sie brauche. Die Kameradschaft ist nicht verlorengegangen unterwegs, das merke ich immer wieder!"

„Hast du denn überhaupt Wasser zur Verfügung?", fragte ich. Beim besten Willen konnte ich mir nicht vorstellen, wie man Wunden säubern oder kühlende Umschläge bereiten sollte unter diesen Bedingungen, geschweige denn, die Instrumente zu reinigen.

„Doch, das geht halbwegs. Einmal täglich kommt mit der Eisenbahn ein Tank Wasser an, der literweise im Lager verteilt wird. Waschen ist damit natürlich nicht drin und die Versorgung ist auch sonst etwas mager, aber wenn ich den Wachleuten verständlich mache, wofür ich etwas mehr Wasser benötige, bekomme ich es auch. Es sind wirklich keine Unmenschen hier um uns herum, soviel weiß ich schon."

„Ja, das kann ich mir vorstellen, murmelte ich, während ich die Mitglieder des Burenkommandos musterte, die den Eingang des Lagers bewachten. Sie waren genauso mager und abgerissen wie die Insassen.

„Weißt du, Isi", fuhr Henning fort, „sie lassen uns hier machen. Die Buren sind froh, wenn sie nichts mit uns zu tun haben müssen. Sie selbst sind nicht gerade beglückt darüber, mitten in der Wüste auf einen Haufen ausgemergelter Kriegsgefangener aufpassen zu müssen. Deshalb kontrollieren sie uns hier drin auch fast nicht. Zweimal täglich ist Rapport, das war's. Ansonsten lassen sie uns in Ruhe, und das ist auch gut so. Hier liegt ja genug Schrott rum, aus dem man noch etwas bauen kann. Einige haben schon aus den alten Fässern einfache Öfen gebaut. Wir bekommen einmal am Tag Proviant ins Lager geliefert und müssen damit irgendwie klarkommen. Es gibt feste Kochgruppen, für die wird das Ganze dann intern nochmal geteilt. Die Öfen scheinen prima zu funktionieren, auch wenn ich es noch nicht selbst gesehen habe. Holz ist wohl ziemlich knapp, aber da sind die Jungs dran. Wie ich gehört habe, waren die Engländer nicht sonderlich begeistert, als wir angefangen haben, die Bretter von den beiden Holzbaracken zu nehmen und haben Holzlieferungen in Aussicht gestellt."

Bei dem Gedanken, den Unionstruppen auf eine so einfache Weise unbequem zu werden, musste Henning wider Willen grinsen.

„Bis das Holz kommt, nehmen wir noch trockenes Gras, das ist die Abmachung. Man hat uns pro Kochgruppe zwei Töpfe gegeben. Damit und mit ihrem Feldgeschirr kochen die Jungs abwechselnd Eintöpfe aus Reis und Kartoffeln und Zwiebeln. Fleisch in Dosen gibt's wohl auch, aber das soll so ungenießbar sein, dass sie lieber Heuschrecken, Schildkröten und was hier sonst noch so fleucht, in den Pott werfen."

Ich verzog das Gesicht. „Lecker", stellte ich ironisch fest. „Ich weiß nicht, ob ich das runterkriegen würde".

„Hatte ich auch erst gedacht, aber gerade Schlangen schmecken gar nicht so verkehrt! Gestern gab's noch einen Rest Puffotter-Eintopf. Hat an Huhn erinnert, und wenn man richtig Hunger hat, geht so eine Mahlzeit ziemlich gut rein, glaub' mir!"

Um meinen Mann nicht von seinem Optimismus abzubringen, sparte ich mir eine Erwiderung.

Als ihre Arbeit erledigt war, drängte die Burin sofort und deutlich zum Aufbruch.

Mit einem flüchtigen Kuss verabschiedeten Henning und ich uns an der Grenze zwischen Lager und Freiheit. Es war sicher ein gewaltiges Zugeständnis der Buren, dass unser Zusammentreffen dort überhaupt geduldet worden war. Nun aber reichte es auch den Wachposten. Sie bellten einige deutliche Befehle und fuchtelten unwillig mit ihren Gewehren herum. Widerstrebend übergab mir mein Mann unseren Sohn, den er bis dahin auf dem Arm getragen hatte, und trat mit gesenktem Kopf ein paar Schritte zurück. Wir winkten uns ein letztes Mal, dann kletterte ich mit Jonny zurück auf den Kutschbock und versuchte uns neben dem ausladenden Hinterteil der Burin ein winziges Stück Bank zu sichern. Mit lautstarkem ‚Hopp-hopp‘ erweckte sie die Pferde resolut aus ihrer mittäglichen Lethargie und riss an den Zügeln. Abrupt wendete sie den Wagen und preschte los, so dass ich Mühe hatte, mich aufrecht zu halten. Erst einige hundert Meter vom Lager entfernt drosselte sie das Tempo der Tiere. Offenbar hatte sie es sehr, sehr eilig, das Lager zu verlassen.

Mein Eindruck, dass die alte Burin ausgesprochen menschenscheu war, bestätigte sich immer mehr. Jede Unterhaltung, egal ob mit Freund oder Feind, Schwarz oder Weiß, war ihr zuwider. Sie tat sich schwer mit jeglicher Kommunikation, und so war auch ihr Auftreten mir gegenüber nur konsequent. Kurz und knapp gab sie nur die allernötigsten Anweisungen. Ihre Sätze waren abgehackt und gegenüber ihrem Personal selten vollständig. Außerhalb dieser Kommandos lebte sie in ihrer eigenen, schweigsamen Welt und ließ nichts und niemanden an sich heran.

Einen entscheidenden Vorteil aber hatte diese kommunikative Askese: Sie schmiss uns nicht aus dem Bahnwärterhäuschen, sondern übertrug mir schon am nächsten Tag die Herstellung des täglichen Eintopfes für die englische Offizierskantine und den Transport ins Lager. Für uns beide war das eine ausgezeichnete Abmachung: Sie hatte eine für sie äußerst unangenehme Pflicht weniger und ich plötzlich eine Aufgabe und die tägliche Möglichkeit, Henning zu sehen. Im Gegenzug bekamen Jonny und ich freie Kost und Logis und konnten im Bahnwärterhäuschen bleiben. Wieder einmal hatte das Schicksal es am Ende doch gut mit uns gemeint!

Die Wochen vergingen. Mein Tagesablauf wurde zur Routine. Beim ersten Morgenlicht aufstehen, Jonny versorgen, in der Küche die Suppenherstellung beaufsichtigen, ins Lager fahren. Ich verbrachte unzählige Stunden in Gesellschaft der Küchenmädchen. Der ‚Speiseplan' für die Offizierskost richtete sich natürlich nach der Verfügbarkeit der Lebensmittel, aber hier konnte ich erstmals eigenes Kochwissen einfließen lassen. Durch die Nähe zur Küste gab es regelmäßig Fisch und Meeresgetier. Lange war es skurril für mich, mitten in der Wüste die mit der Eisenbahn angelieferten Proviantkisten zu öffnen und die angelieferten Meerestiere zu verwerten. Die nötige Kühlung während des Transports gelang durch große Blöcke aus Eismaschinen, die es schon vor dem Krieg gegeben hatte. Der Kontrast hätte nicht deutlicher sein können: frischer Fisch und schmelzendes Eis mitten im lebensbedrohlich trockenen Nichts.

Die Burin ließ mir inzwischen völlig freie Hand in der Küche, und nach meinen Anweisungen kochten die Küchenmädchen für sie viele ungewöhnliche Gerichte, die man sogar in Deutschland vor dem Krieg nur in ausgewählten Fischrestaurants erhalten hatte: Bouillabaisse, Eintöpfe mit Langustenfleisch oder Aufläufe mit Fischfilets, wenn die Qualität des Fangs es zuließ. Ich erinnerte mich dabei an die Kochkünste meiner Mutter und meiner Tante, wenn sie frischen Ostseefisch vom Kutter verarbeitet hatten. Die Ergebnisse waren mehr als zufriedenstellend, die belieferten Offiziere waren begeistert.

Die gute leibliche Versorgung durch das Hotel Aus machte sich auch für uns persönlich bezahlt: Man gewährte Henning und mir regelmäßige Treffen am Tor, solange wir nicht gegen die Lagerordnung verstießen. Dort hatte sich inzwischen einiges geändert. Die zunächst internierten Freiwilligen und Angehörigen der Landespolizei waren inzwischen entlassen worden, zusammen etwa 400 Mann. Die Zelte aber hatte man stehen gelassen, so dass Henning sich räumlich nicht mehr so sehr beschränken musste. Er untersuchte die Kranken in einem leeren Nachbarzelt. Die Wasserfrage hatte sich inzwischen wesentlich entspannt, seitdem eine Pipeline von Aus kommend gebaut worden war.

In der kleinen Holzbaracke neben Hennings Zeltblock war eine Bäckerei entstanden. Vier Feldbacköfen waren von den Briten geliefert worden, und Mehl wurde regelmäßig zugeteilt. Gelernte Bäcker aus den Reihen der Gefangenen erledigten den Rest und so war immer Brot vorhanden. Keiner musste mehr hungern.

Das Verhältnis zwischen Bewachern und Insassen entspannte sich merklich. Von unseren Leuten war keine Revolte zu erwarten, alles war diszipliniert und geordnet, wie Henning mir immer wieder vermittelte. Die Insassen waren täglich damit beschäftigt, sich ihr Umfeld mit kreativen Einfällen und einfachen Bautätigkeiten zunehmend weniger lebensfeindlich zu gestalten und gingen arbeitsteilig geregelten Aufgaben innerhalb des Lagers nach. Das führte zu mehr und mehr Zugeständnissen seitens der Kommandantur.

Auch die psychische Situation der Deutschen wurde zunehmend stabiler. Die Gefangenen arrangierten sich mit ihrer

Situation. Inzwischen hatten sie angefangen, aus eigener Kraft Steinhäuser auf dem Gelände zu bauen. Die Ziegelsteine dazu wurden in gezimmerten Holzformen mit Lehm aus tieferen Erdschichten gebrannt. Vier Tage in der Sonne, dann war der Lehm so steinhart, dass er als Ziegel verbaut werden konnte. Tausende rechteckige Formen aus alten Proviantkisten der Nahrungsmittelverteilung lagen so in Reih und Glied auf jeder freien Fläche des Lagers. Schon waren die ersten Häuser fertig. Sie hatten, wie die Zelte auch, eine Grundfläche von etwa 4qm, mit einem Pultdach, hinten etwas tiefer als vorn. Zur Dachabdeckung wurden die Zeltplanen benutzt, mit einer Gesteinsschicht als Fixierung. Wie in einer deutschen Reihen-haus-siedlung wurde Häuschen an Häuschen gebaut, und jeden Tag wurden es mehr. Unter der Anleitung einiger Bau-ingenieure und Maurer unter den Trupplern wurde mit Eifer von früh bis spät geschafft. Die Vorfreude auf eine eigene feste Behausung, die Wind und Sand aussperren würde, mo-tivierte alle.

Auch die rege Bautätigkeit wurde von den Buren nicht unterbunden. Im Grunde genommen kam es ihnen sogar entgegen, denn in Anbetracht des bevorstehenden Südsom-mers mit seinen nachts oft frostigen Temperaturen musste sich die Union nun nicht selbst um eine angepasste Unter-bringung ihrer Gefangenen kümmern. Sogar die Inneneinrich-tung fertigten findige Handwerker in Eigenregie. Als Bett wurde eine ca. 40 cm hohe Umrandung gemauert, mit Sand befüllt und mit Sattel- und Wolldecke ausgelegt. Schemel und Tische entstanden aus Holzkisten und Weißblech.

Henning war von den Bautätigkeiten entbunden. Er hatte seine eigenen Aufgaben, und davon nicht zu wenige. Neben den Behandlungen hatte er Krankenbücher für die Lagerleitung zu schreiben und regelmäßig Bericht über den Gesundheitszustand der Truppler abzugeben. Er sorgte über die Kommandantur für die Verlegung schwerer Fälle ins Militärlazarett und organisierte die Pflege seiner Patienten im Lager. Als Gegenleistung für die medizinische Hilfe wurde er sowohl von den Bewachern als auch von den eigenen Leuten mit allem versorgt, was er benötigte. Er war vom regelmäßigen Kochdienst befreit, und die ersten Ziegel für sein Steinhaus waren bereits in Arbeit.

Meine Besuche im Lager waren für Henning wie eine Medizin. Trotz allen Fortschritts zehrte das Lagerleben an seinen physischen und psychischen Kräften. Regelmäßig saßen wir im Schatten des Karrens auf dem Boden, er auf der einen Seite des Stacheldrahts, ich auf der anderen. Wir unterhielten uns oder spielten mit unserem Sohn und vergaßen dabei für einige kostbare Momente, wo wir uns befanden. Regelmäßig konnte ich dabei beobachten, wie sich Hennings Schultern lockerten und die Anspannung wenigstens für einige Augenblicke zurückging.

Eines Tages empfing er mich unerwartet freudig.

„Heute ist ein besonderer Tag!", rief er fröhlich und drückte meine Schultern über den Zaun hinweg.

„Was ist passiert, werdet ihr entlassen?", fragte ich mit einem Funken Hoffnung in der Stimme. So unbeschwert hatte ich Henning lange nicht erlebt. Etwas Unerwartetes musste passiert sein.

„Nein, nein, das dann leider doch nicht", gab er mit einem deutlichen Anflug von Wehmut zu. „Aber stell' dir vor, wir haben gestern leichte Matratzen für unsere Kranken geliefert bekommen! Endlich sind sie besser gegen das Wundliegen geschützt, und die Pflege wird so viel einfacher. Was für ein Luxus!"

„Oh, toll, das ist ja wirklich ein Meilenstein. Ich freue mich für euch!"

Ich dachte zurück an die Zeit in Karibib und die Schwierigkeiten, als nicht ausreichend Betten im Lazarett zur Verfügung gestanden hatten. Damals konnte Henning noch entscheiden, wer ein richtiges Bett bekommen musste und wer nicht. Und schon damals konnte er es kaum ertragen, einen eigentlich ernsteren Fall auf den Boden verbannen zu müssen. Ich konnte seine Erleichterung über diesen Fortschritt sehr gut nachvollziehen.

„Und, weißt du, was noch passiert ist inzwischen?"

„Nein?", antwortete ich und lächelte ihn erwartungsfroh an.

„Man hat uns die Bücher aus den Bibliotheken der früheren Militärstationen und Bücherspenden der Südwester zukommen lassen. Auf einmal kamen hier Kisten mit Büchern an. Das war wie damals in Goanikontes, als wir den Soldaten die Weizenberg-Bücher und Spiele gebracht haben, weißt du noch? Sie sind auf einen Schlag ruhiger geworden. Die Reibereien haben aufgehört. Hier ist es jetzt auch so. Vor allem die Kranken, die ja sonst nichts tun können, haben jetzt Beschäftigung. Du glaubst gar nicht, wer sich hier plötzlich mit Goethe und Schiller auseinandersetzt! Und Lehrbücher aller Art waren als erstes weg. Viele wollen Englisch lernen. Ist ja auch sinnvoll bei der aktuellen Lage. Ja, Isi, trotz aller körperlicher Arbeit für die Häuser braucht das Hirnchen Beschäftigung, der Meinung war ich ja schon immer", schloss er mit einem eifrigen Nicken.

So gelöst hatte ich meinen Mann schon länger nicht erlebt, und ich hoffte, dass dieser Zustand andauern würde. Matratzen und Bücher, das reichte inzwischen für persönliche Glücksmomente…

Wenn Jonny bei den Küchenmädchen bleiben konnte und es die Zeit zuließ, versuchte ich oft auf eigene Faust, noch ein paar Pferde einzufangen, die von Soldaten und Zivilisten nach Kriegsende zurückgelassen worden waren. Die armen Gäule waren das Leben in der südlichen Namib natürlich nicht gewöhnt. Oft standen sie, klapprig dürr und dem Verdursten nahe, mit gesenktem Kopf unter einem verdorrten Baum. Ich hatte immer ein, zwei Halfter am Karren hängen, die sich die ausgemergelten Tiere meist auch gerne umlegen ließen. Von ‚Fangen' konnte bei den armen Kreaturen keine Rede sein, eher rettete ich sie vor dem fast sicheren Tod.

Zurück in Aus brachte ich sie in die kleinen Stallungen rund um die Bahnstation, wo sie notdürftig aufgepäppelt und später nach Windhuk oder Pretoria verkauft wurden. Ein lukratives Zusatzgeschäft für die Burin. Manchmal, wenn ich ihr von neuen Fängen berichtete, erntete ich ein leises Schnauben ihrerseits, das ich als Lob wertete.

Höllisch aufpassen musste ich bei meinen Ausfahrten allerdings darauf, dass ich die Grenzen zum Diamantensperrgebiet nicht überschritt. Das begann schon wenige Kilometer westlich von Aus und erstreckte sich vom Oranjefluss im Süden bis zum Naukluft-Gebirge im Norden. Eigentlich verbot es sich schon per se, Ausflüge in das Sperrgebiet zu unternehmen, denn dort gab es nur unbarmherzige Wüste, wohin das Auge blickte, Luftspiegelungen und Dunst am Horizont, der die flachen Hügel in der Ferne grau erscheinen ließ. Der Wüstengürtel hier war noch weitläufiger und unwirtlicher als rund um Goanikontes, was ich mir vorher nicht hatte vorstellen können. Das helle Licht schmerzte, die Augen tränten. Nur zum Vergnügen hielt sich hier niemand auf. Und die Diamantenpolizei sorgte dafür, dass es auch niemand zum heimlichen Schürfen tat. Drastische Strafen erwarteten denjenigen, der beim unerlaubten Eintritt in das Sperrgebiet erwischt wurde. In Südwest gab es ungewöhnlich große und reine Diamanten, die vor langer Zeit vom Oranjefluss in das Land gespült worden waren. 1908 hatte ein deutscher Eisenbahnarbeiter in Kolmanskuppe, knapp zehn Kilometer vor Lüderitzbucht, die ersten Rohdiamanten entdeckt. Er schürfte zunächst eine gewisse Zeit heimlich zusammen mit einem Freund und wurde unermesslich reich. Anfangs gab es so unvorstellbar viele Diamanten, dass man mit Schüttelsieben schon oberflächlich fündig werden konnte. Dann aber platzte das Geheimnis, der Abbau wurde staatlich organisiert und das gesamte Gebiet zur Sperrzone erklärt. Nach der Kapitulation war die Diamantenförderung von der Union schnell wieder aufgenommen worden. Die Überwachung des Sperrgebiets funktionierte bereits erstaunlich gut.

So vergingen weitere Wochen in gleichmäßiger Eintönigkeit. Trotz aller Erleichterungen im Lager - die Insassen durften innerhalb eines gewissen Radius' tagsüber inzwischen sogar das Lager verlassen - fragten Henning und ich uns inzwischen immer häufiger, wie es weitergehen würde. Wir brauchten einen Hoffnungsanker, ein Ziel, um den steinigen Weg dorthin besser zu ertragen. Viele Deutsche wurden in dieser Zeit repatriiert, also zurück nach Deutschland geschickt. Im südafrikanischen System war kein Platz mehr für deutsche Staatsdiener. Offene Stellen wurden durch eigene Landsleute besetzt.

Auch für uns wurde die Ausweisung zu einem gangbaren Weg, wenn auch nicht der, den wir uns vorstellten. Soviel wir wussten, lebten meine Eltern noch und waren in Sicherheit. Sie würden uns sicher für eine Zeit aufnehmen, wenn wir gezwungen sein würden, mittellos zurückzukehren. Schon planten wir konkret unsere Rückkehr nach Deutschland, als etwas Denkwürdiges passierte.

NEUNZEHN

Ich war gerade auf dem Weg zum kleinen Abort im Hof des Hotels, als ich gellende Schreie aus der Eingeborenenwarft neben dem Bahnhofsgebäude hörte. Schrill und hoch ließen sie keinen Zweifel daran, dass sich eine Frau in größter Gefahr oder Not befand. Sie schien gar nicht mehr aufhören zu können, bald begleitet von verängstigtem Kinderweinen.

Ohne Zögern rannte ich in die Richtung, aus der die Schreie kamen. Ich musste nicht lange suchen: Neben einer schäbigen Hütte in der üblichen Wellblech-Bauweise fand ich eine kleine, dürre San-Frau, die sich vor Schmerz krümmte und auf dem Boden hin und her rollte. Sie hielt beide Hände schützend vor das Gesicht. Neben ihr hockten drei Kinder, schreiend vor Angst und Sorge um ihre Mutter. Sonst sah ich niemanden. Die Warft war wie ausgestorben, offenbar waren die anderen Bewohner bei ihrer Arbeit. Ich begab mich zu der Verletzten, denn ganz offensichtlich war sie verletzt, und sprach sie laut an: „What's your problem?" versuchte ich in Englisch zu ihr durchzudringen, war aber nicht sicher, ob sie mich überhaupt hören oder verstehen konnte. Wieder einmal war es wichtig, dass ich zunächst erfuhr, was passiert war.

„Snake, Snake", stieß sie keuchend hervor, deutete auf ihr Gesicht und verfiel dann wieder in lautes Kreischen. Sie muss unglaubliche Schmerzen ertragen haben. Mit meiner beruflichen Routine fasste ich sie an den Schultern, nahm ihre Hände weg und betrachtete ihr gelblich-braunes, fleckiges Gesicht. Einen Biss konnte ich nicht sehen, wohl aber einzelne feuerrote Punkte, die wie Spritzer gefährlich nahe an ihren

Augen waren. Fieberhaft überlegte ich, wie sich ‚snake' und diese Flecken zu einer schlüssigen Lösung verbinden ließen.

Im Geiste ging ich die giftigsten Schlangen des Landes durch. Schwarze oder Grüne Mamba? Puffotter? Eine Kobra?

Ja, natürlich, eine Speikobra könnte es gewesen sein, kam mir blitzartig der Einfall. Sie sprüht ihrem Gegner durch eine spezielle Zahnkonstruktion hunderte kleiner Gifttropfen entgegen, die gerade in den Augen unbeschreibliche Schmerzen verursachen. Tödlich ist das Gift in der Regel nicht, dennoch muss schnell reagiert und die Augen ausgespült werden. Aber womit? Wasser gab es hier offensichtlich nicht, und der Weg zurück zum Bahnhofsgebäude wäre eindeutig zu weit gewesen. So lange konnte und wollte ich die arme Frau unmöglich allein lassen. Mit einem Anflug von Hilflosigkeit blickte ich mich hektisch um, obwohl ich gar nicht recht wusste, wonach ich eigentlich suchte. Dann fiel mein Blick auf eine kleine Blechschale, in der die Frau offensichtlich gerade ihre tägliche Ration Reis abgeholt hatte.

Bis heute weiß ich nicht, wie ich zu der Eingebung gekommen bin, aber in Notsituationen handelt man oft instinktiv, und das habe ich wohl auch getan. Ohne nachzudenken, kippte ich die Körner auf den Boden, raffte meine Röcke zusammen und urinierte in die Schale. Es war mir in dem Moment völlig egal, ob und wer mich dabei beobachtete. Ich wusste nur, dass ich möglichst schnell an Flüssigkeit kommen musste.

Später erinnerte ich mich dran, dass Henning mir in Goanikontes einmal aus Anettes kleinem Büchlein vorgelesen hatte, dass man Speikobragift notfalls auch mit Urin abwaschen konnte. Wahrscheinlich habe ich dieses Wissen in dem Moment wieder aus meinem Unterbewusstsein hervorgezogen.

Inzwischen wimmerte die Frau nur noch. Ich sprach beruhigend auf sie ein, kniete mich an ihren Kopf und träufelte die

Flüssigkeit langsam über Augen und Gesicht. Die San zuckte zusammen und biss sich fest auf die Zähne, denn wahrscheinlich war auch mein Urin ziemlich scharf. Viel war es nicht, was ich in der Schale aufgefangen hatte. Schon kreisten meine Gedanken heftig, wie ich an weitere Flüssigkeit kommen konnte, als ich zwei der Küchenmädchen händeringend und mit ihren weiten Röcken kämpfend auf uns zustürmen sah.

„Schnell, holt Wasser", schrie ich ihnen zu, noch ehe sie uns erreicht hatten. Zum Glück verstanden sie mich auf Anhieb, machten kehrt und kamen einen kurzen Moment später mit zwei vollen Wasserkrügen zurück. Nun konnten wir die Spülungen mehr oder weniger fachgerecht weiterführen, auch wenn die Wirkung nur sehr spärlich einzusetzen schien. Die Frau schrie wieder mehr, offenbar ließen die Schmerzen nur sehr langsam nach. Ich hoffte sehr, dass diese Eingeborene ihr Augenlicht nicht einbüßen würde, schon um ihrer drei Kinder willen, die immer noch bewegungslos am Fuße der Hütte kauerten. Mit großen Augen betrachteten sie das Geschehen.

Nach einer gefühlten Ewigkeit, in der wir in der prallen Sonne langsam mehrere Liter kostbaren Wassers über das Gesicht auf den Boden geträufelt hatten, entspannten sich die Gliedmaßen meiner Patientin. Arme und Beine lagen nun schlaff auf dem Boden und ich war mir nicht sicher, ob die San inzwischen in Ohnmacht gefallen war. Atmung und Puls waren stabil, der Zustand nicht lebensbedrohlich. Ich atmete tief durch.

Als die letzten Tropfen aus beiden Krügen verbraucht waren, wandte ich mich an Mary, das kräftigere der beiden Küchenmädchen.

„Bring unsere Patientin doch bitte raus aus der Sonne und hinein in ihre Hütte. Sie braucht jetzt Schatten und Ruhe."

„Ja, Ma'am", antwortete Mary und griff beherzt zu. Sie nahm die magere Frau, die etwa die Hälfte der übergewichtigen Nama wog, wie eine Braut auf ihre Arme, zwängte sich durch die schmale Türöffnung und verschwand in der armseligen Behausung. Mühsam und steif vom langen Hocken in ungewohnter Position erhob ich mich, klopfte mir den Staub ab und folgte den beiden durch den Rindsledervorhang ins Dunkle. Erst nach einiger Zeit gewöhnten sich meine Augen an das schummerige Licht, das durch einige Ritzen zwischen den Wellblechplatten hereinbrach. Ich weiß nicht, was genau ich im Inneren der Hütte erwartet hatte, aber zumindest hatte ich mit irgendeiner Möblierung gerechnet. Hier gab es nichts bis auf ein paar herumliegende Schüsseln, Töpfe und Matten. Kein Tisch, kein Bett, kein Hocker, nichts. Und hier wohnten tatsächlich mindestens vier Menschen? Offensichtlich schliefen sie noch wie ihre Vorfahren auf dem nackten Boden, denn Mary hatte unsere Patientin bereits in einer Ecke zu Boden gelassen. Ich trug Jane auf, rasch wieder in die Küche zurückzukehren und den Muscheleintopf nicht mehr aus den Augen zu lassen. Mary sollte noch so lange bei der Frau bleiben, bis jemand aus ihrer Sippe aus der Wüste zurückgekehrt war. Widerwillig trollte sich Jane.

Etwas später kehrte auch ich in die Küche zurück und widmete mich meinen nie enden wollenden Aufgaben. Die Anspannung der letzten Stunde wichen einer tiefen Erschöpfung. Mein Rücken und meine Beine schmerzten, und in meinem Kopf kreisten einmal mehr für mich früher noch untypische negative Gedanken. Wie weit weg wir hier waren von jeglicher Zivilisation und ärztlicher Hilfe! Mitten in der Wüste, so wurde mir einmal mehr klar, konnte ein kleiner Mensch, und sei er medizinisch auch noch so gut ausgebildet, nicht viel bewegen. Die Natur war feindselig und ließ es uns Menschendeutlich spüren. Gleißende Sonne, extreme Temperaturen und giftige Tiere machten uns allen das Leben schwer und zehrten an der Gesundheit. Wie sehr mussten die Soldaten im Lager leiden und wie wenig konnte auch Henning ihnen mit den einfachen Mitteln helfen! Unser kleiner Sohn begann krabbelnd die Welt zu erkunden, und es kostete viel Aufmerksamkeit, ihn vor Sonnenbrand und gefährlichen Erkrankungen zu schützen. Das war nicht das Leben, das ich mir erhofft hatte, als ich im kühlen Norddeutschland eingekuschelt auf dem Sofa mit Henning aufregende Pläne geschmiedet hatte!

Aber es musste weiter gehen. Wie jeden Tag spannte ich die Pferde vor den Karren, belud ihn mit der täglichen Ration Eintopf und Gebäck und machte mich auf den Weg zum Lager. Dort angekommen, bekam ich an diesem Tag nicht mal Henning zu Gesicht, er war mit einem medizinischen Notfall am anderen Ende des Lagers beschäftigt.

„Heute hätte ich dich besonders gebraucht", murmelte ich halblaut vor mich hin. „So geht es einfach nicht weiter". Niedergeschlagen machte ich mich auf den Rückweg und hoffte, dass wenigstens das unbeschwerte Lachen meines Kindes etwas Freude in mein Herz zurückbringen würde.

Am Bahnhofsgebäude angekommen, erkannte ich in einiger Entfernung den Ehemann der verletzten Frau in der Nähe der Stallungen. Er war noch verhältnismäßig jung, wirkte aber ausgezehrt wie ein Greis. Knochig und gebückt von weiten Märschen durch die karge Wüste, nur bekleidet mit dem typischen Lendenschurz der Khao-San-Stämme, stand er einfach da und beobachtete mich. Aus Erfahrung wusste ich bereits, dass er mir nicht beim Ausspannen helfen würde, es sei denn, ich würde es ihm lautstark und herrisch befehlen. Aber dazu war ich zu schwach. Mechanisch löste ich das Zuggeschirr und führte die beiden Gäule in ihren Unterstand unter einem Blechdach. Sollte er doch tatenlos zugucken, solange er wollte. Für heute wollte ich nichts mehr als meine Ruhe.

Dann aber, langsam und als würde er ein Beutetier jagen, kam der San näher und blieb einige Meter neben mir stehen. Er schien allen Mut zusammenzunehmen, denn unvermittelt legte er, begleitet von einem Wortschwall mit den vielen typischen Schnalz- und Klicklauten der Khoi-Sprache, vorsichtig einen verschlissenen Tabaksbeutel direkt vor mir auf den Boden. Er verneigte sich einige Male und verschwand schnell und lautlos. Obwohl ich kein Wort Khoi sprach oder verstand, erkannte ich doch den Sinn seiner Handlung: Er hatte mir ein Geschenk gebracht aus Dankbarkeit für die Behandlung seiner Frau. Offenbar schien es ihr inzwischen besser zu gehen.

Schnell hob ich das Säckchen auf und verstaute es in meinem Rock, denn gerade fehlte mir die Zeit, seinen Inhalt zu begutachten. Zuerst mussten die Pferde getränkt und der Karren abgeladen werden, bevor die anbrechende Dunkelheit alles verschlucken würde. Mir blieb nicht mehr viel Zeit dafür, die Nacht senkte sich auch im südlichen Teil des Landes innerhalb kürzester Zeit über das Land. Zwischen Sonnenuntergang und Dunkelheit lag oft gerade mal eine halbe Stunde. Laut rief ich nach Jane und Mary und vergaß den Beutel so schnell wie ich ihn verstaut hatte.

Erst abends in unserem Hüttchen, als ich den zahnenden Jonny endlich zum Schlafen gebracht hatte und mich müde entkleidete, fiel der Beutel wieder aus meiner Tasche. Mit einem leisen ‚Klong' landete er auf dem Steinboden. Nanu? Der Klang erinnerte mich an meine frühere Murmelsammlung, und neugierig hob ich mein kurzzeitig vergessenes Geschenk auf. Vorsichtig öffnete ich das Verschlussbändchen und drehte den Beutel herum. In meine geöffnete Handfläche fielen drei Kristalle, wie ich erkennen konnte von milchig weißer Farbe und leicht kubisch geformt. Sie waren etwa erbsengroß und glatt abgeschliffen. Staunend betrachtete ich die Steine und fühlte die Kühle, die trotz der immer noch bestehenden Hitze von ihnen ausging. Sie gefielen mir, erinnerten sie mich doch an meine glückliche Kindheit, und so ließ ich sie gedankenlos zwischen meinen Fingern kreisen. Die beruhigende Wirkung ließ nicht lange auf sich wirken, ich ließ mich auf meine Pritsche fallen und war in Sekundenschnelle eingeschlafen.

Am nächsten Tag im Lager sah ich Henning wieder. Er war auffallend blass und eingefallen und wirkte noch ausgezehrter als sonst.

„Ich hab' ne lange Nacht hinter mir, Schatz."

„Warum, was ist passiert, was ist anders?", sorgte ich mich. „Bist du krank?"

„Nein, nein, ich zum Glück nicht. Aber im Lager ist eine Grippeepidemie ausgebrochen. Mehrere Männer sind schon jetzt in einem kritischen Stadium, und ich weiß wie so oft einfach nicht, was ich mit ihnen machen soll. Eigentlich gehören sie alle in stationäre Behandlung ins Lazarett, aber ich glaube, dass sie nicht mal den Transport überleben würden. Außerdem haben die Buren momentan mehr als genug damit zu tun, ihre eigenen Leute zu versorgen. Die hat es auch reihenweise erwischt. Das Fieber der Männer ist extrem hoch, und außer einer intensiven Kühlung und der üblichen Medikamente kann ich einfach nichts mehr machen. Es ist bitter, so machtlos mitansehen zu müssen, wie die Betroffenen dahin siechen. Dazu kommen noch die schweren Typhus- und Skorbut-Fälle. Bei denen weiß ich wirklich nicht mehr, wie ich sie aufpäppeln soll. Du kennst ja die Begleiterscheinungen, die Einblutungen in die unteren Gliedmaßen und die Gefäßstörungen. Das sehe ich inzwischen einfach zu oft. Sogar die Bettlägerigen, die ja eigentlich schon länger wieder halbwegs vernünftig ernährt werden, hören nicht auf zu bluten. Ich denke, die Mangelversorgung hat einfach zu lange bestanden. Wir wissen manchmal kaum, wie wir die nötige Mundpflege bei ihnen machen sollen, so empfindlich ist allein das Zahnfleisch, geschweige denn, wie wir die vielen verschmutzten Decken wieder in einen halbwegs akzeptablen Zustand bekommen. Die Männer sind so schwach, dass ich nie weiß, ob ich sie beim nächsten Mal überhaupt noch lebend sehe! Die klappen mit Herzschwäche zusammen wie Kartenhäuser, da kann man zugucken. Ich war schon mehrere Mal bei der Kommandantur, aber die schütteln einfach den Kopf. Keine Kapazitäten für Krankentransporte, die eigenen Leute gehen vor, meinten sie. Lange schaffe ich das nicht mehr, echt nicht!" Verzweifelt sank er in sich zusammen und bedeckte sein Gesicht mit den Händen.

„Oh nein!", entfuhr es mir ehrlich entsetzt, denn das Lager hatte ich immer noch nicht betreten. Ich weiß nicht, ob es mir im Laufe der Zeit erlaubt worden wäre, aber ich war mir bewusst, wie lange viele der Gefangenen kein weibliches Wesen mehr gesehen hatten und wollte nicht provozieren.

„Was ist denn mit der Zusatzration Zwiebeln, die ihr geliefert bekommt, schlagen die denn nicht an?"
Seit einiger Zeit waren die Gemüserationen für die Lagerinsassen deutlich erhöht worden. Hennings Vorsprachen zur Behandlung der immer noch grassierenden Skorbut hatten Wirkung gezeigt.

„Doch, doch, aber es dauert außergewöhnlich lange, bis der Körper die Nährstoffe umsetzt. Ein Kampf gegen Windmühlen. Die Jungs erholen sich zu langsam. Sie waren einfach zu lange im Feld, und es hat zu lange gedauert, bis im Lager regelmäßig genug Gemüse für sie ankam. Es ist echt zum Verzweifeln, wenn man mal gelernt hat, wie lange es eigentlich dauert, bis ein Mensch ernsthaft an Skorbut erkrankt und wie schnell er sich davon erholt, wenn er ausreichend gesunde Kost bekommt!"
Kraftlos ließ Henning sich neben mir auf den Boden fallen. Sein sonst so unverwüstlicher Optimismus schien inzwischen ebenso auf der Strecke geblieben zu sein wie meiner. Ich liebte

meinen Mann, und ihn so leiden zu sehen, machte mich traurig.

„Liebling", versuchte ich ihn aufzumuntern, „du kannst nicht für alles verantwortlich sein. Jeder weiß, was du hier tust und leistet. Du setzt dich selbst zu sehr unter Druck. Wie schon in Karibib. Ich kenne dich und weiß, dass du dich für jeden hier zuständig fühlst, der auch nur einen Splitter im Finger hat."

„Und was soll ich dagegen tun?", fragte er resigniert. Ich zog ihn an mich und nahm sein Gesicht in meine Hände.

„So schwer es auch fällt: Denk auch mal an dich! Nur wenn du bei Kräften bleibst, kannst du anderen helfen und sie auffangen. Denk an uns und daran, dass das hier alles bald ein Ende finden wird. Ich weiß, dass sich so etwas wie immer leichter sagen als tun lässt, aber wenn du zusammenbrichst, tun es die Männer erst recht!"

Mir fiel der Tabaksbeutel ein. Zur Aufmunterung reichte ich ihn Henning mit großer Geste.

„Guck mal, ich habe dir ein Geschenk mitgebracht. Gestern habe ich das hier von einem Buschmann bekommen, dessen Frau ich nach dem Angriff einer Speikobra helfen konnte. Erinnerst Du dich, dass in dem kleinen Handbuch stand, man müsse die Giftspritzer schnell mit irgendeiner verfügbaren Flüssigkeit verdünnen? Mir fiel es ein, aber in der Not hatte ich nichts anderes zur Verfügung als mein eigenes Pipi. Und es hat funktioniert!", rief ich fast euphorisch, denn wie ich mich am Morgen selbst überzeugt hatte, ging es meiner Patientin deutlich besser. Sie hatte ihr Augenlicht behalten.

Spontan fing Henning an zu lachen.

„Nein, wirklich? Meine kleine Heilerin! Damit wirst Du in Buschmannkreisen wahrscheinlich weit über die Landesgrenzen hinaus bekannt werden. Eine Weiße, die vor Eingeborenen pinkelt! Das wird noch in Jahren an ihren Feuern erzählt werden!"

Langsam kehrte etwas Farbe in Hennings eingefallenes Gesicht zurück, die jedoch postwendend wieder verschwand, als er die drei Kristalle sah. Ungläubig blickte er in seine inzwischen schwieligen Hände. Von den zarten Chirurgenfingern, die einst so filigran operierten, war im harten Lagerleben nicht mehr viel übrig geblieben. Hektisch blickte er nach rechts und links und schloss dann blitzschnell seine Faust.

„Schatz, weißt du, was das ist?", stieß er atemlos hervor. „Du weißt es, oder?"

„Nein, sollte ich?" Für Mineralien und Edelsteine hatte ich mich noch nie besonders interessiert. Für mich zählten seit jeher Farbe und Form von Steinen, und beides gefiel mir an diesen.

„Das sind…, das sind…Diamanten", flüsterte er ehrfürchtig.

„Ich bin ganz sicher, ich hab mir in Karibib von einem Minenarbeiter genau beschreiben lassen, wie sie im Rohzustand aussehen. Das müssen welche sein, guck doch mal!"

Mit genauerem Hingucken war allerdings nichts mehr, denn Henning hielt seinen Schatz mit eiserner Faust umklammert. Und das war es im wahrsten Sinne des Wortes: Ein Schatz. Wenn es wirklich Diamanten waren, waren wir reich, sehr reich. Wir könnten das Land verlassen und irgendwo auf der Welt, weit weg von Krieg und Besatzung, noch einmal neu anfangen.

Fassungslos schauten wir uns an, unfähig zu irgendeiner Kommunikation oder auch nur einem klaren Gedanken. In Hennings Hand lag die Lösung unserer Probleme. Es war eine Fügung, eine Chance oder wie auch immer man es bezeichnen wollte. So einfach und so unerwartet wie nur irgendetwas.

„Hör zu", raunte er mir verschwörerisch zu. „Bevor wir irgendetwas unternehmen, um hier wegzukommen, müssen wir erst verifizieren, ob es sich wirklich um Diamanten handelt. Ich habe von den Wachen hier von einem ziemlich zwielichtigen Typen gehört, der am Sperrgebiet herumreist und illegal geschürfte Diamanten begutachtet. Er soll ein echter Halunke mit horrenden Provisionen sein, aber er ist gut. Sein Urteil soll so sicher sein wie das Amen in der Kirche und vor allen Dingen zieht er dich nicht über den Tisch. Er kann es sich nicht leisten, ein falsches Urteil über einen vorgelegten Stein zu geben, denn dann würde er das Vertrauen seiner Kundschaft verlieren, die die Steine an den scharfen Kontrollen der Minengesellschaft meist unter Einsatz ihres Lebens vorbeigeschmuggelt haben. Such ihn und zeig ihm die Steine. Erst dann können wir uns sicher sein."

Verstohlen gab er mir unsere steinharte Hoffnung in die Zukunft zurück und drückte dabei ganz fest meine Hand. In seinen tiefliegenden Augen sah ich einen Funken Hoffnung zurückkehren, der mich zutiefst berührte. Zärtlich küsste ich ihn auf die Nasenspitze und nestelte scheinbar beiläufig an meinen Röcken herum, um unser wertvolles Geschenk wieder sicher zu verstauen. Beide waren wir immer noch viel zu aufgeregt, um uns normal zu unterhalten. Schweigend saßen wir im Schatten des Karrens, bis ich mich zum Aufbruch zwang.

Wir durften kein zusätzliches Aufsehen erregen. Henning und ich fielen sowieso schon mehr als genug auf, das wussten wir. Alle kannten den Lagerarzt und alle warteten täglich auf den Karren mit Essen, von dem mit etwas Glück auch für die Insassen ein Krümelchen abfiel. Wenn ich am Tor vorfuhr, wurde ich regelmäßig fröhlich johlend begrüßt, und meine regelmäßigen Kontakte zu Henning wurden verständlicherweise sehr neidisch beäugt. Keiner der Lagerinsassen hatte seine Familie in den Monaten auch nur ein einziges Mal sehen dürfen. Für Viele war schon die Vorstellung, ihre eigene Frau würde auf einem Karren am Lager vorfahren, ein echter Tagtraum. Henning und ich gaben uns aus Rücksicht auf die armen Kameraden nach wie vor alle erdenkliche Mühe, unsere Gefühle füreinander nur äußerst zurückhaltend auszudrücken und unsere privilegierte Stellung nicht auszunutzen.

Nun mussten wir also noch mehr aufpassen. Verschwörerisch murmelte ich zum Abschied einige hoffnungsspendende Sätze, strich meinem Mann kurz über die Wange und tat so, als wäre alles wie immer. Innerlich drohte ich zu platzen von Aufregung und machte mich schnell auf den Heimweg, bevor man mir, wie schon oft in meinem Leben, meine Gefühlslage nur allzu deutlich ansehen würde. Wir mussten vorsichtig sein, sehr vorsichtig, wenn wir unserem Schicksal ein Schnäppchen schlagen wollten.

ZWANZIG

Einige schlaflose Nächte und schier unerträgliche Tage später war es soweit: Der ‚Schätzer', wie er allgemein nur genannt wurde, machte Rast im Bahnhofshotel in Aus. Ich hatte ihn schon einige Male dort gesehen. Nun aber, da ich explizit von ihm gehört hatte, erkannte ich ihn. Offenbar konnte er sich problemlos den Luxus leisten, das einzige für zivile Reisende freigehaltene Zimmer regelmäßig zu einem horrenden Preis zu mieten. Seine Geschäfte schienen bombig zu laufen, aber bisher hatte ich naturgemäß nicht den geringsten Anlass, mich persönlich mit dem besten Kunden des Hauses zu unterhalten. Das sollte sich nun ändern.

Der ‚Schätzer' war ein ehemaliger Mitarbeiter der Minengesellschaft, der in den Wirren des Krieges rechtzeitig vor der Übernahme durch die Südafrikaner den Absprung geschafft und vorausschauend seine Personalakte vernichtet hatte. Er war schlichtweg durch das Netz der Verantwortlichkeiten geschlüpft: Bei der Übernahme war er nicht mehr als Arbeitnehmer verzeichnet und wurde von der neuen Minengesellschaft daher auch nicht vermisst. Was ihm geblieben war, war sein riesiges Insiderwissen rund um die Diamantenförderung und ihre Vermarktung. Er wusste alles über Qualität und Schliff von Rohdiamanten und über die Preise, die in Europa für die vorgelegten Stücke erzielt werden würden.

Der perfekte Ansprechpartner also für alle, die ihre heimlichen Funde möglichst schnell und unauffällig in Bares verwandeln wollten. Da er wie alle kolonialen Bediensteten aus Deutschland kam, fiel es mir nicht schwer, ihn unauffällig zu einem Treffen außerhalb des Gebäudekomplexes zu bewegen. Wir trafen uns bei einer nahegelegenen Felsformation, einem

Ort, der wenigstens einen minimalen Schutz gegen neugierige Blicke bot.

„Na, dann zeigen Sie mal ihre guten Stücke", forderte er mich jovial auf, nicht ohne vorher darauf hinzuweisen, dass seine Dienste natürlich nicht umsonst seien. Den kleinsten Stein eines Fundes beanspruchte er jeweils für sich, egal welchen Ausmaßes. Ich schluckte schwer. Bei drei Steinen würde ich einen abtreten müssen, nur um Gewissheit zu haben. Konnte ich das wirklich zulassen? Kleine Schweißtropfen bildeten sich auf meiner Oberlippe, die ich ungeduldig wegwischte. Das war echter Wucher und innerlich begann ich zu brodeln. Aber mir blieb keine andere Wahl.

„Okay, ich mache es", willigte ich widerstrebend ein. Wir mussten Sicherheit haben, denn hätten wir nur unbedeutende Halbedelsteine vor uns, müssten Henning und ich unsere Hoffnung auf eine baldige Flucht so schnell wieder begraben wie sie aufgekeimt war. Fest umklammerte ich das Beutelchen in meiner Rocktasche, während mein Gegenüber mit der überheblichen Gelassenheit eines Profis langatmig sein Prüfbesteck auspackte und es auf einem Felsen ausbreitete. Das Equipment bestand aus einer Glasscheibe, einer Pinzette, einem Lappen, den man kaum mehr als solchen bezeichnen konnte, einem Lupenglas, einer kleinen Handwaage mit Gewichten, einem Reagenzglas und einigen Fläschchen mit durchsichtiger Flüssigkeit.

„Dann wollen wir mal. Geben sie mir mal Ihre guten Stücke."

Argwöhnisch musterte ich mein Gegenüber. Ich vertraute ihm immer noch nicht. Was blieb mir aber anderes übrig?

Ich dachte an Henning und wie seine physische und psychische Situation immer schwieriger wurde. Ich dachte an Jonny und dass er unmöglich unter diesen Bedingungen aufwachsen konnte. Und ich dachte an Zuhause. An meine Eltern, an grüne Wiesen und Weiden, kalte Winter mit Schnee und Eis und an uns als glückliche Familie in einem sicheren Umfeld. Mit einem Ruck griff ich in die Tasche und übergab dem ‚Schätzer' das Kapital für unsere Zukunft. Anerkennend pfiff er durch die Zähne.

„Mein lieber Mann, was haben wir denn hier? Solche Schätzchen sind mir aber lange nicht mehr unter das Lupenglas gekommen!"
Eine gefühlte Ewigkeit drehte und wendete er die Steine, hielt sie gegen die Sonne und dann wieder auf den dunklen Boden gerichtet, rieb sie mit etwas Flüssigkeit ein, polierte einen nach dem anderen. Die Prozedur wiederholte er unzählige Male. Ich wurde immer nervöser, der Schweiß lief mir inzwischen in Tropfen die Wirbelsäule entlang und versickerte in meinem Rockbund.
Der ‚Schätzer' ließ sich Zeit, viel Zeit, die mich fast um den Verstand brachte. Unruhig trippelte ich von einem Bein auf das andere. Dann schließlich, ich konnte mich kaum noch beherrschen, ihn nicht unhöflich zur Eile anzutreiben, blicke er mich lange an. Ich erkannte eine Mischung aus Ehrfurcht und Zufriedenheit, denn ein Drittel dieses wunderbaren Fundes würde er für sich beanspruchen.

„Das, Mädchen", sagte er bedächtig, „ist seit langem der spektakulärste Fund, den ich in der Hand hatte. Die Steine haben ein Gesamtgewicht von sechs Karat. Traumhafte Qualität ohne Einschlüsse und nicht zu dunkel. Und sehen Sie, dieser hier…", dabei zeigte er auf das mittelgroße Exemplar, „…erlaubt sogar einen besonderen Schliff. Das ist eine ordentliche Stange Geld, die wir hier vor uns haben. Vorausgesetzt natürlich, die Steine schaffen den Weg raus aus dem Land."

Mit diesen Worten steckte er zwei seiner drei Untersuchungsobjekte zurück in das Leinensäckchen und ließ den dritten mit einem selbstgefälligen Lächeln in der Brusttasche seiner speckigen Lederweste verschwinden. Was für ein hoher Preis für ein wenig Sicherheit! Was für ein Halsabschneider!

Trotzdem blieb mir nichts anderes übrig, als meinem Gegen-über auch noch einen zweiten Stein anzubieten. Wir brauchten Bargeld für die Flucht. Der ,Schätzer' rechnete und überlegte, dann holte er aus seinem Stiefelschaft ein dickes Bündel süd-afrikanischer Geldnoten. Mit deutschem Papiergeld konnte man schon lange nicht mehr bezahlen, im Gegenteil. Nach Kriegsende verlor so manch einer, der noch eiserne Notgro-schen über die Wucherzeiten der Rationierungen gerettet hatte, durch ungünstige Wechselkurse auch diese letzten Reserven.

Er begann die Scheine abzuzählen, und wieder fühlte ich mich mehr als unwohl. Mit der neuen Währung konnte ich noch nicht viel anfangen und kannte ihre Kaufkraft nicht. Ich biss mir vor Wut auf die Lippen. Da stand ich mitten in der Wüste und konnte nicht einmal beurteilen, ob ein vagabun-dierender ehemaliger Staatsdiener mich nun übers Ohr haute oder nicht. Vermeintlich ,guter Ruf' hin oder her, mit mir hatte er leichte Beute.

Ich stopfte mir das Bündel, das er mir entgegen-streckte, hastig in die Rocktasche und eilte mit meinem letzten verbliebenen Diamanten grußlos zurück zum Hotel.

EINUNDZWANZIG

Nun galt es also, eine Flucht mit unserem brisanten Besitz zu organisieren. Die Diamantenpolizei war sehr streng, Diamantenschmuggel wurde hart bestraft. Überall am und im Sperrgebiet waren Patrouillen eingesetzt, die empfindlich zur Sache gingen, wenn sie einen Schmuggler mit nur einem winzigen Rohdiamanten erwischten.

Wir mussten es nach Lüderitzbucht und auf ein Schiff schaffen, dann wären wir in Sicherheit. Fieberhaft arbeitete ich gedanklich an den Details.

Henning aus dem Lager zu befreien, dürfte kein Problem sein. Morgens fand der tägliche Rapport mit Gefangenenabzählung statt, danach wurde es inzwischen geduldet, dass die Gefangenen das Lager bis fünf Uhr nachmittags und sogar im recht beachtlichen Radius von acht Kilometern verlassen durften. Wohin sollten sie auch flüchten? Die nächste Siedlung war über hundert Kilometer entfernt. Die Buren, die ihre Gefangenen eigentlich auf solchen Ausflügen mit Gewehren begleiten sollten, befanden sich meist in einer Lethargie und vernachlässigten ihre Pflicht, so dass Truppler ohne Bau- oder Küchendienst die Zeit regelmäßig nutzten, auf Hügel in der Nähe zu steigen, Holz zu sammeln oder sich die Zeit in der Umgebung zu vertreiben. Das Lagerleben hatte eine gewisse Eigendynamik entwickelt. Jeder ging einer Tätigkeit nach, entweder einer Arbeit, Sport oder eben einem Ausflug. Hauptsache nicht untätig hinter dem Stacheldraht hocken! Ein kurzer unbeobachteter Moment während der Mittagspause, eine größere Plane auf meinem Karren, unter die Hennig würde schlüpfen können und zwei der stärkeren Pferde, die uns nach Aus ziehen, solange das Fehlen des Arztes noch nicht bemerkt worden war, mehr würden wir nicht brauchen. Um diesen Punkt des Fluchtplans machte ich mir keine Gedanken. Erst zu Sonnenuntergang wurde wieder durchgezählt, und da waren wir hoffentlich schon weit genug weg.

Als Schmuggelversteck für unseren letzten, dafür aber auch wertvollsten Diamanten, überlegte ich mir einen Ort, um den fast alle Männer gern einen besonders großen Bogen machten. Dort würde keiner suchen, das wusste ich einfach. Zu Hennings Schutz würde ich nicht mal ihm verraten, was ich vorhatte. Mein Plan nahm Gestalt an.

Schiffe fuhren inzwischen regelmäßig ab Lüderitzbucht. Die Stadt bildete neben Walfisbay die wichtigste und schnellste Seeverbindung nach Südafrika und in andere Commonwealth-Staaten. Über eines waren Henning und ich uns einig: Nach Deutschland wollten wir vorerst nicht zurück. Dort tobte noch der Krieg. Und auch wenn wir unsere Familien und das Land vermissten, waren wir uns darüber einig, dass wir wieder frei sein und ein neues Leben beginnen wollten, weit weg von Gewalt, Grausamkeiten und Hunger. Im neuen Protektorat war man inzwischen froh um jeden Deutschen, der das Land freiwillig verließ und Platz machte für südafrikanische Bürger. Man würde uns als Zivilisten also unproblematisch ziehen lassen, noch dazu, wenn wir im Besitz gültiger Papiere waren.

Wir mussten also ‚nur‘ in die Küstenstadt gelangen und dort Tickets für eine Schiffspassage nach Übersee bekommen. Ich wusste von Reisenden im Hotel, dass es seit Januar 1916 wieder einen offiziellen Passagierdient zwischen Südwestafrika und der Union gab. Und Geld für die Tickets hatte ich ja inzwischen…

Einige harte Wochen stellten wir unsere Fluchtpläne jedoch erstmal zurück. Die gesundheitliche Lage im Lager wurde ernster. Immer noch wütete die Grippeepidemie. Henning lehnte es kategorisch ab, seine Patienten zu diesem Zeitpunkt im Stich zu lassen, so schlecht es ihm auch selbst ging. Ich wusste, dass er sich sein Leben lang Vorwürfe machen würde, in dieser schwierigen Zeit mehr an sich als an die Kranken gedacht zu haben, und akzeptierte seinen Entschluss. Er arbeitete hart, sehr hart sogar, denn inzwischen hatte es die ersten Grippetoten unter den deutschen Soldaten gegeben. Dennoch war er seinen Aufgaben psychisch nun besser gewachsen als noch in der Anfangsphase der Internierung. Die Zuversicht, dass es über Kurz oder Lang ein positives Ende seiner Gefangenschaft geben würde, verlieh ihm die nötige Kraft für sein ärztliches Handeln und übertrug sich unterbewusst sicher auch auf seine Patienten. Einige der schlimmsten Fälle, die die Schwelle zwischen Leben und Tod eigentlich schon deutlich überschritten hatten, befanden sich auf dem Weg der Besserung. Die Lebensmittellieferungen waren umfassender geworden und damit auch der allgemeine Gesundheitszustand der Lagerinsassen. Über die Lagerkommandantur bekam Henning ausreichend Medikamente geliefert. Sie wussten um seine Verdienste.

Auch das Hygieneproblem entschärfte sich. Die Südafrikaner bezahlten inzwischen gut dafür, dass die Wäsche im Hotel Aus von den Waschfrauen gereinigt wurde. Dadurch versuchten sie die Ansteckungsgefahr auch für die eigenen Leute zu minimieren. Die Burin ihrerseits ließ sich ein weiteres lukratives Geschäft natürlich nicht entgehen. Sie heuerte zusätzliche Eingeborenenfrauen an, die unter ihrer barschen Führung und deutlichen körperlicher Züchtigung von früh bis spät an den Zubern standen und die blut- und sekretbehafteten Laken scheuerten, bis sie scheinbar blütenrein waren.

Irgendwann war der Zenit überschritten, die Zahl der Todesfälle ging deutlich zurück. Henning konnte sich entspannen und tat es zusehends. Bald traten in den Reihen der Gefangenen keine neuen Epidemiefälle mehr auf.

Eines Mittags signalisierte er mir während meines Besuchs, dass er sich innerlich nun für den Aufbruch bereit fühlte.

„Die Jungs hier wissen inzwischen, was sie zu tun haben. Sie machen ihre Sache so gut, dass ich nicht mehr ständig da sein muss."

Wie zur Bekräftigung seiner Worte nickte er und blickte nachdenklich in die Ferne zu den nahegelegenen Tafelbergen. „Ich glaube, jetzt ist es an der Zeit, dass wir an uns denken."

Seine Miene war entschlossen, aber ich erkannte trotzdem den inneren Kampf, den er immer noch mit sich führte. Henning war kein Mensch, der sich von seinen Aufgaben davonstahl.

„Du hast von Anfang an ein großes Opfer gebracht", versuchte ich ihm zu helfen. „Nicht viele hätten so gehandelt. Du hast dich freiwillig internieren lassen, nur um anderen Menschen zu helfen. Du hast gehungert, auf deine Familie verzichtet und bist mehr als einmal an die Grenzen deiner körperlichen und seelischen Belastungsfähigkeit gekommen. Das ist weiß Gott mehr, als man erwarten kann. Und du hast so viel getan, dass dir Viele hier ihr gesamtes weiteres Leben dankbar sein werden. Keiner wird dir verübeln, dass du nun an dich denkst. Jeder würde fliehen, wenn er die Möglichkeit dazu hätte, und du hast sie!"

Langsam redete ich mich in Fahrt und sprudelte mit all dem heraus, was ich mir selbst immer wieder sagte, wenn ich an unsere Flucht dachte. Natürlich fühlte auch ich ein zunehmend schlechtes Gewissen, unsere vielen Soldaten im Lager zukünftig nicht mehr unterstützen zu können, und sei es auch nur mit kleinen Schmuggeleien. Andererseits konnten wir nicht so weitermachen bis zur Selbstaufgabe.

Ich redete noch eine Weile auf Henning ein, der aber bald erkannte, dass ich es auch um meiner selbst willen tat. Er küsste unvermittelt seinen Zeigefinger und führte ihn sachte

an meine Lippen. Ich verstand die Geste, und in gegenseiti-
gem Einvernehmen beendeten wir das Gespräch. Wir würden
die Flucht versuchen, und zwar bald.

Dann ging tatsächlich alles schnell: Als einige Tage
später aufgrund der Grippewelle nur deutlich reduzierte
Wachen postiert waren, gab mir Henning ein Zeichen und
versteckte sich in einem unbeobachteten Moment blitzschnell
unter der Plane meines Karrens, die auf dem Hinweg zur
Abdeckung frischer Wäsche gedient hatte. Nicht einmal die
afrikanischen Arbeiter der Kommandantur hatten es bemerkt,
denn die waren mit den angelieferten Wäschesäcken auf dem
Weg zum Provianthaus.

Ich spürte einen leichten Schrecken, gekoppelt mit einem
plötzlichen Glücksgefühl. Sollte es wirklich so einfach gewesen sein, Henning aus dem Lager herauszubekommen? So
schnell und so unkompliziert? Ich konnte es kaum glauben,
nahm die Chance aber mehr als dankend an und wendete die
Karre so schnell es eben unauffällig möglich war. Alles sollte
so wirken wie immer. Ich wagte kaum zu atmen vor Aufregung und trieb die Pferde zur Eile an. Verwirrt über die von
mir ungewohnt heftigen Peitschenhiebe verfielen sie in
schnellen Trab und zogen uns Meter um Meter vom Lager
weg. Als es außer Sichtweite war, stieß ich einen ungläubigen
Seufzer nach dem nächsten aus.

„Wir haben es geschafft, wir haben es geschafft, mein
Liebling!" rief ich immer wieder in die Weiten der Wüste und
erhielt juchzende Antworten aus den Falten des Leinens. Zur
Sicherheit blieb Henning dort, wo er war, schließlich wollten
wir unsere erste Fluchtetappe nicht durch übermütiges Verhalten gefährden.

In Aus hielt ich den Wagen neben dem kleinen
Bahnwärterhäuschen, das für so lange Zeit Jonnys und meine
Unterkunft gewesen war. ‚Zuhause' konnte man weiß Gott zu

diesem Loch nicht sagen. Heute würden wir es endlich verlassen! Ich wusste, dass am späten Nachmittag wie jeden Tag ein Personenzug die Station auf dem Weg nach Lüderitzbucht passieren würde. Den würden wir nehmen, und ein weiteres Mal war ich dankbar für die Fügung, in diesem gottverdammten Nest vier Wände und ein Dach gefunden zu haben, das Henning in den verbleibenden Stunden nun ein Versteck bieten würde.

Es war wieder einmal brütend heiß an diesem Mittag. Keiner, der nicht unbedingt musste, hielt sich freiwillig im Freien auf. So gelang es Henning, im Schutz eines verdorrten Busches am Bahndamm das Stationshäuschen unbeobachtet zu erreichen. Schnell verriegelte ich die Tür hinter ihm. Mein Herz klopfte bis zum Hals. Mich verunsicherte die Tatsache, die Situation aus meiner Sicht nicht ausreichend unter Kontrolle zu haben. Dieses Mal war es nicht Henning, der uns schützend unter seine Fittiche nahm, dieses Mal war ich es, die unsere Flucht organisieren und durchführen musste, mit einer ordentlichen Portion Mut und Selbstbewusstsein, zumindest bis wir in Lüderitz angekommen waren.

Uns blieben noch etwa drei Stunden, die für mich zu einer Ewigkeit wurden. Im Hotel ging alles seinen gewohnt schläfrigen Gang. Die Burin hatte sich wie immer hinter ihrer Bar verschanzt, auch wenn wie so oft kein Gast zu bedienen war. Seitdem ich das Zepter in der Küche übernommen hatte, hatte sie sich kaum mehr aus ihrer selbstgewählten Isolation herausbewegt und mir unausgesprochen die gesamte Haushaltsführung überlassen.
Vom nächsten Tag an würde sie sich allein um ihr Geschäft kümmern müssen. Diese Tatsache erfüllte mich mit einer gewissen Genugtuung.

Ich suchte Jonny und fand ihn bei Mary in der Küche. Auf sie war Verlass. Mary war schon ihr ganzes Leben lang bei Weißen angestellt, hatte schon als kleines Mädchen in der Küche helfen müssen, und über die Jahre ein verhältnismäßig hohes Pflichtbewusstsein entwickelt. Bei ihr hatte ich nie Angst, wenn ich meinen Sohn für meine tägliche beschwerliche Tour zum Lager zurückließ. Und so war Jonny auch heute bester Laune. Er juchzte, als er mich sah, und krabbelte mit seinen Babyspeck-Beinchen so schnell es ging auf mich zu. Der Windelpopo schob sich dabei hin und her wie ein Pendel.

Als er mich erreicht hatte, strahlte er sein unwiderstehliches Kinderlachen und zeigte seine ersten vier Zähnchen. Ich war unendlich froh, ihn von jetzt an hoffentlich immer um mich zu haben und mit Henning eine richtige Familie zu sein. Wenn wir doch nur schon auf dem Schiff wären!

Mit Jonny auf dem Arm gab ich wie gewohnt die Anweisungen für das Abendbrot und kontrollierte unsere Vorräte. „Nur nicht anders als sonst sein", sagte ich mir immer wieder, und bemühte mich, meine Nervosität so gut es ging zu verstecken. Um Mary tat es mir leid, am liebsten hätte ich sie als Kinderfrau mit auf unsere Reise genommen. Aber daran war natürlich nicht ernsthaft zu denken. So war sie die Einzige, die ich mit einem wehmütigen Blick an diesem Ort zurücklassen würde.

Ich wurde nervöser und nervöser, je häufiger die Standuhr im Gastraum schlug.

Noch zwei Stunden, noch eine.

Als Jonny in seinem Tragetuch auf meinem Rücken eingeschlafen war, eilte ich zum Bahnhäuschen, brachte Hennig etwas Wasser und Essen und raffte schnell unser weniges Hab und Gut zusammen. Jetzt war auch die Zeit gekommen, den Diamanten in seinem Versteck zu platzieren. Jonny erwachte quakend, als ich das Tuch löste. Als er aber seinen Vater sah, war sein Unmut wie ausgelöscht. Henning schnitt kindliche Grimassen und veranstaltete Fingerspiele, und Jonny war entzückt. Ein Bild voller Harmonie, das mir bis heute deutlich in Erinnerung geblieben ist.

Dann endlich hörten wir ihn: Den Pfiff der einfahrenden Dampflokomotive. Fast pünktlich war der Zug, eine weitere glückliche Fügung für uns. Ich wusste, dass ein etwa halbstündiger Aufenthalt in Aus vorgesehen war, um die Lokomotive mit Wasser zu betanken und den Passagieren die Möglichkeit einer Erfrischungspause zu geben. Die Burin war in dieser Zeit hinter der Bar gefragt, machte ihr Tagesgeschäft und war folglich auch abgelenkt. Es würde ihr nicht auffallen, dass ich nicht wie üblich in der Küche war.

Hand in Hand saßen wir auf der Pritsche in der heißen, dunklen Hütte und warteten. Warteten, dass der Zug in unser neues Leben nun endlich abfahren würde. Sprichwörtlich wurden Minuten zu Stunden. Als der Heizer endlich Kohlen in den Kessel nachschaufelte und die Fahrgäste mit einem schrillen Pfiff zurück zu den Waggons gerufen wurden, bestiegen wir so gelassen wie möglich ein einzelnes Abteil. Für jemanden, der uns nicht kannte, mussten wir wie normale Reisende aussehen, wenn auch weder vornehm noch gepflegt gekleidet. Wir versuchten unser Aussehen mit umso würdevolleren Mienen auszugleichen, während sich die schwere südafrikanische Lok langsam in Bewegung setzte.

Ein letzter Blick auf das Bahnhofshotel, die einfachen Steingebäude der Station, die Wellblechhütten für Vieh und Materialien und die etwas abgesetzten Pontoks der Schwarzen – dann war der Spuk vorbei. Aus entfernte sich, wurde zu einem schon jetzt zu einem unliebsamen Ort in unserer Lebensgeschichte. Erschöpft und dankbar ließen wir uns auf den edel bezogenen Sitzen nieder. Wir waren in der ersten Klasse gelandet, aber das war uns im Rahmen der Gesamtumstände herzlich egal.

Endlich, endlich, nach vielen Monaten gönnten wir uns eine nicht enden wollende Umarmung und einen sehr langen Kuss, der von unserem Sohn staunend beäugt wurde. Wir hatten es tatsächlich geschafft!

Wie selbstverständlich verkaufte uns der Schaffner ohne Rückfrage unsere Reisetickets, und von der Diamantenpolizei war weit und breit nichts zu sehen. Keiner schien sich an uns zu stören, und abgesehen vom Mitführen eines kleinen Steins taten wir ja auch nichts Verwerfliches. Jonny war ausgeschlafen und ließ sich auch von seinen inzwischen schwer durchhängenden Windelstoffen nicht davon abhalten, das Abteil gründlich auf allen Vieren zu erforschen. Selig schaute ich abwechselnd ihn und meinen Mann an und konnte mein Glück immer noch nicht fassen.

Plötzlich aber wurde die schwere Dampflokomotive langsamer und blieb schließlich stehen. Ängstlich blickten wir uns an. Doch noch die Diamantenpolizei? Vorsichtig spähte Henning aus dem geöffneten Abteilfenster und ließ sich kurz darauf in seinen Sitz zurückfallen. Er atmete hörbar aus.

„Alles in Ordnung, Isi. Kein Problem. Offenbar ist die Strecke zugeweht. Ein paar Schwarze haben sich gerade mit Schaufeln auf den Weg gemacht. Sonst habe ich niemanden gesehen. Ich denke, es geht gleich weiter."

„Puuh", stieß auch ich einen Seufzer aus. „Auf eine Kontrolle können wir wirklich verzichten."

„Wo hast du den Stein eigentlich?"

Henning bedachte mich mit einem verschwörerischen Blick. Unmerklich schüttelte ich den Kopf. Auch wenn wir uns allein im Abteil befanden, wollte ich kein Risiko eingehen. Je weniger wir den Diamanten thematisierten, desto unauffälliger würden wir uns verhalten können, falls es doch noch zu einer Kontrolle käme. Henning war ein schlechter Lügner. Das wusste er selbst. Wahrscheinlich war er insgeheim froh, das Versteck nicht zu kennen. Er wandte sich wieder dem Fenster zu beobachtete die schwitzenden Bahnarbeiter, die mühsam die Schienen von ihrer heißen, trockenen Sandlast zu befreien hatten.

Zehn Kilometer vor Lüderitzbucht fuhren wir an Kolmannskuppe vorbei, und obwohl die Siedlung inzwischen als Bürogebäude der neuen südafrikanischen Minenbetreiber diente, war der Charakter einer Geisterstadt mehr als deutlich. Da Kolmannskuppe mitten im Sperrgebiet lag, war nach Kriegsende kaum ein Deutscher dort gewesen, hatte aber immer wieder von der ruhmreichen Vergangenheit des Örtchens gehört. Durch gute Baumaterialien und viel Geld aus Diamantenfunden hatte es dort vor dem Krieg außergewöhnliche Annehmlichkeiten und Luxus gegeben. Reisende im Hotel Aus hatten von einer Kegelbahn, einem Theater, einer kleinen Draisine zwischen den Häusern und sogar einer Eismaschine für alle Kühlgeräte der Siedlung berichtet. Kolmannskuppe war durch die Eisenbahn an Windhuk angebunden, so dass auch die Versorgung der Bewohner mit Lebensmitteln und Luxusgütern unkompliziert war. Es muss eine Zeit des Überflusses in jeder Beziehung für die Bewohner gewesen sein, die inzwischen genauso unwiederbringlich vorbei war wie unser persönlicher Traum von einem freien, selbstgestalteten Leben in Deutsch-Südwest.

Kolmannskuppe war so etwas wie ein Spiegel der Vergangenheit. Die meisten der langgestreckten Gebäude waren verlassen und schon halb vom Wüstensand eingenommen. Fensterscheiben waren zerbrochen, die Holzläden und Türen abgebaut, die Gleise der kleinen Schmalspurbahn kaum noch auszumachen. Deutliche Zeichen des Endes der deutschen Kolonialmacht.

Vor Lüderitzbucht war es, als würden wir in eine andere Welt einfahren: Die schroffen, unwirtlichen Gneisfelsen schienen sich zu teilen und zeigten uns plötzlich das Meer. Tiefblau und weit, wie wir es vom Anfang unserer Reise her kannten. Es gab keinen Strand wie in Swakopmund, nur harte, fast buschlose Steinküste. Möwen flogen umher, und die salzige Luft zerzauste mir die Haare. Stumm vor Staunen über diesen plötzlichen Wechsel zwischen Wüste und Meer hing ich aus dem Fenster, als sich unsere Fahrt erneut verlangsamte. So kurz vor dem Ziel noch ein Halt? Mir sackte das Herz in die Hose. Das konnte nichts Gutes bedeuten, denn die Strecke war offen und gut befahrbar.

„Verdammt", zischte Henning zwischen seinen geschlossenen Zähnen hindurch. „Doch noch eine Kontrolle. So ein Mist!"

Schlagartig fingen meine Hände an zu zittern. Beklommen faltete ich sie vor Jonnys Bauch, der auf meinem Schoß saß. Jetzt lag es an mir und nur an mir. Freiheit oder Gefängnis.

Unsere Abteiltür wurde schwungvoll aufgedrückt. Zwei uniformierte Südafrikaner blickten streng auf unsere kleine Familie.

"Diamantenkontrolle", sprach uns der jüngere der Beiden an. „Bitte öffnen Sie ihr Reisegepäck und stülpen Sie die Innentaschen ihrer Kleidungsstücke um".

Henning war blass geworden, kam der Aufforderung aber unverzüglich nach. Es war ein Segen, dass er das Versteck selbst nicht kannte.

„Selbstverständlich, meine Herren", entgegnete er gehorsam und zog die Taschen seiner fadenscheinigen, schmutzigen Leinenhose nach außen. Angewidert vom Dreck und Staub, der uns umgab, legten die Kontrolleure die Köpfe schief und beäugten meinen Mann abschätzend. Offenbar unterstellten sie ihm Glaubwürdigkeit, denn beide wendete ihre Aufmerksamkeit nun mir zu.

„Sie bitte auch, Ma'am", forderten sie mich bestimmt auf.

Ich drückte Henning unser Kind in die Arme und drehte meine Rocktaschen wie geheißen nach außen. „Bitte, bitte, lass meine Hände nicht mehr so zittern", schickte ich ein Stoßgebet, das offensichtlich erhört wurde.

Mit einem lauten ‚Plong' fiel ein hölzernes Spielzeug aus der einer Tasche, sonst waren sie außer einem feuchten Leinentuch für ein zahnendes Kind leer.

„Okay, danke. Und nun bitte noch einen Blick in Ihre Reisetaschen!"

Henning blickte mich unsicher an, schien mir aber völlig zu vertrauen, dass ich das Beutelchen nicht offensichtlich zwischen unser weniges Hab und Gut stecken würde. Bereitwillig öffnete er den groben Sack. Seine Arzttasche hatte er im Lager zurückgelassen.

Die Beamten beugten sich geschäftig darüber. Auch der Seesack hatte schon bessere Zeiten gesehen, er war speckig und hatte mehrere Flecken unbekannter Herkunft. Angewidert durchsuchten sie mit spitzen Fingern den Inhalt.

Jonny wurde unruhig, offenbar bemerkte er die Spannung in der Luft. Er lehnte seinen Kopf an Hennings Schulter, verzog die Mundwinkel und begann kläglich zu weinen.

„Uwäääh", kam es mitleiderweckend aus seiner kleinen Kehle, während er ängstlich auf die beiden Kontrolleure an der Tür blickte. Henning klopfte ihm beruhigend auf den Rücken, was aber eher das Gegenteil bewirkte. Das Weinen wurde kräftiger und schriller. Jonny begann sich zu winden und wollte zu mir.

„Na gut, kleiner Freund, wir haben verstanden", kommentierte einer der Polzisten die Situation plötzlich erstaunlich versöhnlich. „Dann lassen wir deine Mama jetzt auch mal in Ruhe. Wir wünschen Ihnen noch eine angenehme Reise!" Mit diesen Worten schlossen sie die Abteiltür und rissen die nächste auf.

Einen kurzen Moment bewegten Henning und ich uns keinen Millimeter, sondern starrten uns einfach nur an. Ganz langsam nur wich die Anspannung. Ich nahm Jonny und drückte ihn fest an mich. Sofort beruhigte er sich. Henning sackte in sich zusammen und ließ sich schwer in seinen Sitz fallen.

„Das war knapp", kommentierte er kurz und vergrub das Gesicht zwischen seinen Händen.

„Aber wo zum Teufel hast du…?"

„Schschsch", machte ich und hob warnend die Hand. Noch waren wir nicht an unserem Ziel.

Der Stopp dauerte noch eine knappe halbe Stunde, dann setzten wir unseren Weg fort. Lüderitzbucht kam in unmittelbare Nähe. Aus den Fischfabriken strömte ein intensiver Geruch. Die Fischfangindustrie war nach Kriegsende bereits wieder voll im Gange, allem voran die Langustenfischerei. Die stachelige Felsenlanguste wurde zu Tausenden vor der Küste gefangen und direkt in riesigen Wellblechhallen verarbeitet. Alles roch fremd und anders – und nach Freiheit. Als wir in den Bahnhof einrollten, entfuhr mir ein tiefer Seufzer der Erleichterung.

„Jetzt aber, Isi, jetzt!" ließ Henning nicht locker, als wir endlich in Sicherheit waren. „Wo ist er? Wo ist der Diamant?" Erwartungsvoll blickte er zu mir hinunter.
Kurz spannte ich ihn noch auf die Folter und grinste ihn verschwörerisch an. Den kleinen Triumph gönnte ich mir einfach.

„Da ist er, da ist er drin", rief ich aus und tätschelte die übervolle Windel unseres Sohnes.

„Weißt du, ich habe inzwischen schon in so viele hartgesottene Gesichter geguckt, die vielleicht sogar Menschen töten konnten, beim Windelwechseln jedoch sofort kapitulieren würden. Hier in der Wüste würde niemand, und dafür hätte ich die Kronjuwelen der englischen Königin verwettet, würde niemand freiwillig eine stinkende Säuglingswindel auf Schmuggelgut kontrollieren. Und siehste, ich hatte Recht!"

Triumphierend blickte ich zu Henning hoch und erwartete seine Reaktion. Ein breites Grinsen erschien auf seinem ausgemergelten Gesicht, wie ich es schon lange nicht mehr gesehen hatte.

„Sie ist wirklich unschlagbar, meine Schmugglerbraut", murmelte er und nahm mich so fest in den Arm, dass Jonny zu quieken begann. „Und genau deshalb habe ich dich geheiratet!"

Unser Schiff sollte zwei Tage später in See stechen. Ein großer Dampfer, der uns über Kapstadt bis nach Australien bringen würde.

Australien, das Land der unbegrenzten Möglichkeiten. Da wollten wir hin. Leisten konnten wir uns die Überfahrt, wie ich mit einem Blick auf die Preistafeln für eine Familienkabine feststellen konnte. Offenbar hatte uns der ‚Schätzer' tatsächlich fair behandelt. Um unsere Weiterreise mussten wir uns keine Sorge machen.

Die letzten beiden Nächte quartierten wir uns im Hansa-Hotel ein, einem altehrwürdigen Haus aus dem Jahre 1909 hoch über dem Hafenbecken. Wir genossen unverschämt lange Duschen und das große, weichgepolsterte Bett mit blütenweißer, gestärkter Bettwäsche in vollen Zügen. Auch das ließ unser neuer Reichtum zu, ebenso wie eine neue Garderobe für uns Drei. Lüderitzbucht erschien immer noch wie ein deutsches Städtchen, auch wenn es schon so lange unter süd-afrikanischem Protektorat stand. Überall gab es Geschäfte, meist sogar noch unter deutscher Leitung, allerdings mit süd-afrikanischen Produkten.

Mit unserem dicken Bündel Geldscheine kauften wir einfach alles, worauf wir so lange hatten verzichten müssen. Wir aßen Kabeljau mit Salzkartoffeln und tranken kaltes Bier, gebraut nach deutschem Reinheitsgebot. Es fühlte sich an wie zum ersten Mal, so als hätten wir das alles nie zuvor getan.

Am letzten Abend kletterten wir die kleine Anhöhe zur Christuskirche hinauf. Sie war 1911/1912 oben auf dem höchsten Felsen als Zeichen der Hoffnung erbaut worden. Ein einfacher Steinbau mit wundervollen Fenstern, die Szenen aus den vier Evangelien zeigten. Es war ein strahlender Abend, ganz untypisch für das sonst meist im kalten Nebel ver-schwundene Städtchen. Zwar wehte ein strammer Ostwind, die Gebäude jedoch erstrahlten farbenprächtig und einladend. Während des Gottesdienstes schien das Licht der tiefstehen-den Sonne durch die bunten Fensterbilder und beleuchteten Martin Luther, der seinen Blick auf Jesus gerichtet hielt. Die eindrucksvollen Motive und schillernden Farben in den Fens-tern spiegelten unsere Hoffnung auf eine ebenso schillernde Zukunft und brachten uns unseren inneren Frieden zurück. Das Blatt hatte sich zum Guten gewendet.

Am nächsten Tag verließen wir Afrika für immer. Unser Traum endete, wie er begonnen hatte: Kühl, neblig und mit einem ‚Schnell-Weg-Gefühl' in eine ungewisse Zukunft. Der klare Himmel vom Vorabend war verschwunden. An seine Stelle war der so typische Nebel getreten, verursacht durch die kalten Winde des Beluga-Stroms.

Wie bei unserer Ankunft aus Deutschland standen wir dick eingemummelt an der Reling eines großen Dampfschiffs und sahen zu, wie Landschaft und Gebäude kleiner wurden. Jonny auf meinem Arm juchzte vor Freude über die Pelikane, die majestätisch über die Wasseroberfläche segelten.

„Gagga, Gagga", rief er immer wieder mit seiner hohen Kinderstimme und zeigte mit dem Fingerchen aufgeregt in alle Richtungen. ‚Gagga' war eines der ersten Wörter, das unser Kleiner in Afrika gelernt hatte. Es stand für alle Vögel, egal ob Huhn, Strauß oder Wasservogel. Ich denke, er hatte es von den Hühnern übernommen, die sich immer und überall auf der Suche nach Futter in der Nähe der Häuser aufhielten.

Uns Große überkam nun doch eine Wehmut, die wir noch am Abend zuvor nicht für möglich gehalten hätten. Die Erlebnisse des letzten knappen Jahres hätten bewirken müssen, dass wir uns über unsere glückliche Abreise freuten. Das taten wir aber nur mit einem Teil unseres Herzens. Der andere vermisste schon jetzt dieses so extreme und doch so einnehmende Land. Mit jeder Seemeile, die wir uns entfernten, wurde uns deutlicher, was wir zurückließen.

Es hatte nicht sein sollen. Wir gehörten nicht hierhin. Afrikas Küste wurde immer kleiner und verschwamm schließlich in grauen Nebelschwaden. Einige Delfine und zwei, drei mächtige Albatrosse begleiteten das Schiff noch eine Weile, so als wollten sie uns auf ihre eigene Weise verabschieden.

Henning umarmte mich und unser Kind von der Seite und hielt uns ganz fest.

„In jedem Ende steckt ein Anfang", raunte er, und gab mir einen flüchtigen Kuss auf das Ohr.

Es ist nie zu spät, seine Träume zu verwirklichen!

Dem Herzen gefolgt

Unser Traum vom Leben auf dem eigenen Hof

Ein naturverbundenes Leben auf dem eigenen Bauernhof - davon hatten wir schon lange geträumt. 2019 haben wir uns diesen Traum erfüllt und einen alten Hof im Nordpfälzer Land gekauft. Eine spannende und emotionale Erfahrung!

ISBN: 978-3-7583-6516-4